www.tredition.de

Über den Autor

Christian Albrecht ist Verlagsleiter
bei einer Lokalzeitung in Zürich.

Fahrt mit der Summerauerbahn durch das Mühlviertel

Ihm war, als führe er durch ein längst vergangenes Jahrhundert – die Landschaft mit ihren Hecken, die abseits der Dörfer gelegenen Bahnhöfe mit ihren geheimnisvollen Namen wie Pregarten oder Kefermarkt, ja gar die Fahrgäste im Zug. Da wusste er, hier würde er die Geschichte, welche seit geraumer Zeit in seinem Kopf wohnte, ansiedeln.

Für Melanie, Valérie und Ewy

Christian Albrecht

Die Schande der Alwine Schimpfhuber

www.tredition.de

© 2016 Christian Albrecht

Umschlaggestaltung: Christian Albrecht, Corinna Podlech
Lektorat/Korrektorat: Corinna Podlech, Hamburg
© Bildrechte Cover/Illustration: Luigi Copello, Chiavari GE, Italia

Verlag: tredition GmbH, Hamburg

ISBN: 978-3-7345-1321-3 (Paperback)
ISBN: 978-3-7345-1322-0 (Hardcover)
ISBN: 978-3-7345-1323-7 (e-Book)

Printed in Germany

Bibliografische Information der Deutschen Nationalbibliothek: Die Deutsche Nationalbibliothek verzeichnet diese Publikation in der Deutschen Nationalbibliografie; detaillierte bibliografische Daten sind im Internet über http://dnb.d-nb.de abrufbar.

Die Schande der Alwine Schimpfhuber

1. TEIL

„Die im Balkankonflikt durch Vergewaltigung geschwängerten Frauen haben nach christlicher Lehre kein Recht auf Abtreibung; vielmehr sollten sie das Geschehene als einen Akt der Liebe begreifen. Dies ist die Kernaussage der gestrigen Rede des Papstes Johannes Paul dem II ..." Tikva wechselte den Sender des Autoradios. Aus den saftlosen Boxen, welche zur Standardausstattung des VW-Polo gehörten, schlich sich der Rolling Stones-Song „Sympathy for the devil."

„Diese weltfremde Bigotterie des Unfehlbaren ist zum Kotzen. Die Narrenfreiheit, die diesem senilen Trottel gewährt wird, ist grob fahrlässig, zumal weltweit Millionen von Christen die Botschaften des Papstes arglos aufsaugen."

„Die päpstliche Weisung für künftige Vergewaltigungsopfer: Wenn dich einer auf die rechte Backe schlägt, so biete ihm auch die linke dar", spann Ueli ins Lenkrad grinsend das unfehlbare Gedankengut weiter.

„Tikva, du tust dem katholischen Glauben Unrecht. Schließlich hast du dein Leben ebensolch antiquierter Gesinnung zu verdanken", bemerkte Martin, der quer auf dem Rücksitz lag. „Dein Glück, dass vor 26 Jahren in jener stinkkatholischen Gegend niemand auch nur auf den Gedanken gekommen ist, dich abzutreiben. Ich jedenfalls bin froh, dass es dich gibt." Und zur unumstößlichen Versicherung von Tikvas Existenz reckte er sich und strich ihr von hinten über ihr dichtes aschblondes Haar. Sie schüttelte seine Hand ab, indem sie sich drehte, um nun, unwirsch auf dem Beifahrersitz kniend, seine schmalzige Bemerkung zu verhöhnen: „Denn du bist mein ganzes Glück auf Erden ... Warum bist du nicht deutscher Schlagersänger geworden?"

„Weder der Papst, Drafi Deutscher noch Rex Gildo dürften es leugnen", warf Ueli, der stets um Vermittlung bemüht war, ein, „dass wir die Passhöhe erreicht haben und zur Vesperzeit in Eisenerz ankommen werden."

Tikva, die junge Frau hebräischen Namens mit der kurzen, fleischigen Stupsnase, deren Aussehen schwerlich auf eine Jüdin hätte schließen lassen, war froh, dass Ueli an der Reise in die Steiermark teilnahm. Ueli, der lediglich Bruchstücke ihrer Geschichte kannte. So wusste der Kollege von der Uni auch nur ansatzweise um Tikvas Beweggründe für diese Exkursion nach Eisenerz. Dennoch erahnte er Ungutes; um sich jedoch die Freude auf ihre gemeinsame Reise nicht vorzeitig zu vergällen, hatte er sich wohlweislich gehütet, genauer nachzufragen. Somit verwehrte Ueli dem unterschwelligen Bodensatz, der sich bei ernsthaften, zielbewussten Unternehmungen gemeinhin bildet, dank seiner erfrischenden Unbekümmertheit die Gärung. Letztlich unterschied sich das Trio vordergründig kaum von unzähligen weiteren Jugendlichen, die während der Sommerferien den Kontinent in sämtliche Himmelsrichtungen durchquerten.

Die bleierne Hitze, die in jenen Tagen über Mitteleuropa lag, war unerträglich. Die Passstraße führte in steilen Windungen talwärts und mit jeder Serpentine schien die Temperatur um ein paar Grad zu steigen. Zudem war die Heizung des Autos defekt. Nun, genau genommen war sie nicht defekt, nein, sie lief auf vollen Touren; der Regler klemmte, sie ließ sich nicht drosseln.

Im Gesäuse, einem wilden Tal, welches die Ennstaler Alpen rigoros durchtrennt, legten die drei Reisenden einen Kaffeehalt ein. Die Sommerhitze schien der Landschaft die Farbe entzogen zu haben. Ein Schwarzweißbild ohne Grautöne: unten die schwarzen Tannen mit ihren weit ausladenden Ästen, oben die blendenden Kalksteingipfel der Hochtorgruppe.

Ueli weilte einst als Kind mit seinen Eltern – beide begeisterte Bergsteiger – während einer Woche in diesem Landstrich im Urlaub. Unterkunft hatte ihnen die Oberst-Klinke-Hütte gewährt. Jählings ward er des grobschlächtigen Hüttenwarts erinnert, eines feisten Hünen mit gezwirbeltem Schnauz, welcher in der Vorstellung des Kleinen schon bei Tage nichts weniger als den leibhaftigen Oberst Klinke verkörperte und ihm schließlich während der endlosen Nächte im voll gepferchten Matratzenlager in Furcht erregenden Träumen als blutrünstiger Schlächter erschien. Als dann zum Frühstück der Hüttenwart die großen Tee-, Milch- und Kaffeekannen auftrug, derweil sich seine Muskeln unter dem eng anliegenden Unterhemd strafften, suchte der verängstigte Knabe Zuflucht hinter seines Vaters breitem Rücken.

In Eisenerz, am Ziel ihrer Reise, ließ sich das bachnasse Trio erschöpft in die Stühle eines Straßencafés sinken. Die Rundsicht auf den pittoresken, mittelalterlichen Bergmannsplatz war großartig. Kaum hatte der Kellner die drei moussierenden Seidl Bier serviert, erkundigte sich Tikva nach einem gewissen Hubert Stögermaier.

„So lass uns doch erst mal ankommen", monierte Martin.

„Der Hubsi zieht täglich seine Runden von Kneipe zu Kneipe – ist ja schließlich in Rente. Noch vor einer Stunde war er hier. Derzeit dürfte er draußen in der Jausenstation Oberegger an der Gerichtsgrabenstraße am Stadtausgang Richtung Präbichl sein", erklärte der leutselige Ober.

Tikva nahm hastig einen Schluck Bier, scherte sich nicht um den Strich Schaum, der an ihrer Oberlippe klebte, legte einen Hunderter auf den Tisch, sprang auf und wandte sich zum Auto. Sie lehnte an der Türe des staubigen Polo, während ihr ungeduldig-gebietender Blick schrie: „Ich will jetzt zu Stögermaier – wir sind schließlich keine Touristen. Ich habe nicht die geringste Lust, an diesem trostlosen Ort, dessen angebliche Schönheit ich weder sehen kann noch will, Bier zu trinken. Ich will jetzt endlich Stögermaier sehen".

Martin kapitulierte. Mit einem kurzen, entschuldigenden Blick zu Ueli hob er sein Glas und leerte es in einem Zug. Der Kellner bedankte sich für das Trinkgeld und rief ihnen nach: „Macht übrigens gschmackige Schnitzel, der Wolfgang. Ist ja schließlich auch mein Cousin".

Sie folgten dem Verkehrsschild Präbichel-Frauenmauerhöhle, und schon nach ein paar hundert Metern erreichten sie die kleine Jausenstation.

Die Gaststube war gut besucht. Sie setzten sich an den einzigen freien Tisch in der Ecke. Martin hielt sich an die Empfehlung des mit dem Gastgeber versippten Kellners und bestellte sich ein Wienerschnitzel; Ueli entschloss sich für eine Jause. Tikva wollte nichts, sie fragte den Jausenwirt stattdessen just nach Stögermaier.

„Der Stögi war heute noch nicht hier. Ich nehme jedoch hoffnungsfroh an, dass er uns binnen der kommenden halben Stunde besuchen wird", antwortete dieser, während er mit dem Handrücken ein paar Brotkrumen vom Tisch fegte. „Sind Sie Verwandte von Hubert?", fragte er frank und frei, war er doch sichtlich erstaunt, dass sich jemand nach diesem zurückgezogenen Sonderling erkundigte.

Ein schwefliger Blitz durchzuckte Tikvas Augen, als wäre ihr die Galle in die Augen geschossen. Sie blieb stumm.

Martin starrte betreten auf sein Bier und Ueli warf dem Wirt, der sich bereits wieder abgewandt hatte, mit der dem Fragenden geschuldeten Höflichkeit, bar einer triftigeren Erklärung, in den Rücken: „Nicht direkt."

Des Hubert Stögermaiers Leben bewegte sich, seitdem er im Ruhestand war, in einem kleinen, überschaubaren Kreis.

Am Morgen pflegte er auszuschlafen. Danach braute er sich einen großen Braunen, den er auf seinem kleinen Balkon geräuschvoll schlürfend genoss. Dann führte er seinen Dackel, den er sich unmittelbar nach seiner Pension als Verbündeten gegen die drohende Einsamkeit angeschafft hatte, auf den nahe gelegenen Spielplatz. Dort konnte Waldi, so nannte er das verfettete Tier, ungestört sein Geschäft verrichten, denn die Kinder bevölkerten die Wiese erst am Nachmittag. Darauf begaben sich die beiden ins Gasthaus Erzberg, woselbst für wenig Geld deftige steirische Speisen gereicht wurden. Schließlich gönnte sich Hubert einen ausgedehnten Mittagsschlaf, um alsdann zur Vesperzeit mit Waldi an der Leine in gemütlichem Trott zur etwas abgelegenen Jausenstation „Wolfgang Oberegger" zu spazieren. So suhlte sich der einstige Versicherungsagent in seinen täglich wiederkehrenden Ritualen. Ein Gefangener, gleich einem Treibholz in einer Wasserwalze.

Just als der Gastwirt die Speisen auftrug, öffnete sich die Türe und ein massiger Mann mit geölten weißen Locken betrat das Lokal. „So, da habt ihr euren Stögermaier", sagte der Wirt halblaut mit einer leichten Kopfbewegung in Richtung des Weißgelockten, während er Ueli die Brettljause samt Kirschwasser zum Tunken auftischte. Warnend verwies er auf den scharfen Schliff des Messers, welches er zuvor hinter dem Tresen Effekt heischend über den Wetzstahl gezogen hatte. Martins platt gehämmertes Wienerschnitzel überraschte mit einer hauchdünnen Panade, die sich da und dort vom Fleisch losgesagt hatte, um ihm mit stattlichen Aufwölbungen Plastizität zu verleihen. Überdies erinnerte das Fleischstück seiner zerklüfteten Formung wegen an den Vierwaldstädtersee.

Stögermaier setzte sich direkt neben dem Eingang an einen Tisch der eben frei wurde. Den Dackel bugsierte er, indem er mit dem Außenrist nachhalf, behutsam in die

Ecke. Tikva rückte ihren Stuhl etwas beiseite, um an Uelis Schulter vorbei das Gesicht dieses korpulenten, älteren Herrn studieren zu können. „Der Schnitt und die Farbe seiner Augen, die hässliche, breite Stupsnase, die Züge um den Mund", zischelte sie Martin erregt ins Ohr, „es besteht kein Zweifel."

„Die Ähnlichkeiten gewisser Gesichtspartien sind frappant, doch lass uns erst essen, danach gehen wir gemeinsam zu ihm an den Tisch", riet Martin von vorschnellem Handeln ab.

Er widmete sich wieder seinem inkarnierten Vierwaldstättersee und kaute just an dem etwas gar sehnigen Gestade des Rütli, als Tikva unversehens das Messer auf Uelis Holzteller packte und schnellen Schrittes geradewegs auf Stögermaier zuging.

Kein Wort – ein Stich – ein schneller Tod.

26 Jahre ehedem, in einem Mühlviertler Maisfeld

Erbärmlich scheppernd verkündete die Fabrikglocke der Leinenweberei Stirnbuchser in Saumbach im oberösterreichischen Mühlkreis den Feierabend und entließ Alwine Schimpfhuber aus ihrem grautristen Gemäuer. Die knapp 16-jährige Fabrikarbeiterin verabschiedete sich von ihren Arbeitskolleginnen und machte sich mit dem Fahrrad auf den Nachhauseweg, der übers freie Feld, unterbrochen durch ein kleines Wäldchen, nach Affenschlag führte. Die Fahrrinnen des leicht ansteigenden Feldweges waren mit großen Bollensteinen durchsetzt, sodass man sich schlechtweg in einem ausgetrockneten Bachbett wähnte. Alwine lenkte ihr Fahrrad mit großem Geschick über und um die Steine, von denen sie mittlerweile jeden zu kennen glaubte, denn sie arbeitete bereits ein halbes Jahr in der Weberei. Flink wechselte sie von links nach rechts, um alsbald für einige Meter auf dem Wiesenstreif in der Wegmitte zu verharren.

In jenem trauten, von Wäldern und fruchtbaren Feldern überzogenen Landstrich, der stark kupiert und durch etliche Gräben durchschnitten, den südwestlichen Ausläufer des Granit- und Gneishochlandes der böhmischen Masse bildete, drohte die Sonne bereits hinter dem hohen Rücken des nahen Schalensteiner Bergs abzusterben. Ihre letzten Strahlen verloren sich auf dem staubigen Feldweg. Es war Freitag und im Nachbardorf war Tanz angesagt. Gewiss würde auch der Streitheimer Gerold, den Alwine vor einem guten Monat am Jubiläumskonzert der Nebenschlager Blasmusik kennengelernt hatte, zugegen sein. Freilich hatte sich Gerold, als er sie nach der Veranstaltung nach Hause begleitete und sich auf ihr Drängen hin in sicherer Distanz zum Ortseingang von ihr verabschiedete, etwas gar aufdringlich gebärdet. Gleichwohl, was ein richtiger Mann ist, der ist auch ein Draufgänger; dies hatte sie ihre Mutter oft sagen hören. Während Alwine lustvoll sinnierte, wie weit sie heute ihren Verehrer in seinen Zudringlichkeiten gewähren lassen würde, teilten sich zu ihrer Rechten die hoch stehenden Halme eines Maisfeldes. Eine kräftige Hand packte sie am Arm, zerrte sie vom Fahrrad und schleifte sie in den dunkelfeuchten Untergrund des Getreidefeldes. Schweiß, Dreck, Gestank, Gestöhne, Blut, Schmerz, Schleim, Ekel.

Der halbnackte, junge Mädchenkörper, die Hilflosigkeit, die verzweifelten Schreie, das weiße Fleisch, die zarte Haut, seine Macht, seine Dominanz über das weibliche Wesen, die starken Stöße seines steifen Gliedes in die Enge ihrer unberührten Scheide, sein heftiger Orgasmus.

Hubert Stögermaier richtete sich schwerfällig auf. Er keuchte. Ein Gemisch aus Sperma und Blut tropfte auf seine hellbeige Hose, die wulstig seine Fußgelenke umschloss. Ein lauer, unangenehmer Sommerwind spielte mit dem schleimigen Faden, der an seiner Eichel haftete. Er bückte sich und streifte sich die Unterhose über sein halb erschlafftes Glied. Nun zog er die Hose hoch und ging, ohne sich umzusehen – weshalb sollte er auch? – die wenigen Schritte zu seinem Auto, welches er zuvor im Schutze einiger kranker Tannen am Rande eines schütteren Wäldchens abgestellt hatte.

Weinend kroch Alwine aus dem Getreidefeld. Das zerrissene Kleid klebte an ihrem Körper. Ihr Gesicht glich einer Freske, eine Maske aus Erde und Blut, durch welche sich die Tränen einen Weg bahnten. Ihr Fahrrad lag mitten auf dem Feldweg. Alwine fasste ihr Gefährt beim Lenker, richtete es auf und wollte aufsteigen, doch das Brennen und Stechen im Unterleib hinderten sie daran. So ging sie zu Fuß, ihr Fahrrad stoßend, die letzten drei Kilometer nach Affenschlag. Die Sonne, Alwines einzige Zeugin, schickte sich an, diesen schändlichen Tag feigherzig zu verlassen, lediglich das bronzene Kreuz auf der Kirchturmspitze glühte in ihrem finalen, gebündelten Strahl, als Alwine Affenschlag erreichte. Die Straßen waren belebt, im Garten der Gaststätte „Zum Kirchenwirt" ging es hoch zu und her und etliche Mädchen und Burschen machten sich bereits auf den Weg zur Tanzveranstaltung nach Nebenschlag. Einem elenden Gespenst gleich, überquerte Alwine in einem Spießrutenlauf, den sie selbst nicht gewahrte, den Dorfplatz, an welchem ihr Elternhaus lag. Die Dunkelheit im Hausflur, welche lediglich durch einen schmalen Lichtstreifen, den die offene Küchentür freigab, durchbrochen wurde, ließ sie erschauern. Es war ihre erste Empfindung, seitdem sie aus dem Maisfeld gekrochen war. Ihre Eltern saßen mit Alwines jüngeren Brüdern in der Küche beim Abendbrot. Der Vater, erst eben von der Arbeit nach Hause gekommen, thronte wie gewohnt an der Stirnseite des Tisches und bemerkte seine Tochter als erster im grellen Kegel des von der Küche austretenden Lichtes.

„Alwine, wie kommst du denn daher?", entfuhr es ihm, indem er Partikel des Wurst-Brotgemischs, welches er mit seinen kräftigen Zähnen zermalmt hatte, quer über den Küchentisch spie. Die Mutter schoss vom Tisch auf, sah ihre Tochter und realisierte kraft ihrer weiblichen Eingebung augenblicklich, was Alwine widerfahren war. Sie schloss die Küchentür hinter sich, umarmte ihr Kind und führte sie ins Bad, währenddessen der Vater, außer Stande die Geschehnisse zu deuten, am Küchentisch die Familienehre beschwor.

Die Mutter duschte, wusch Alwine und versorgte ihre äußerlichen Wunden. Sie sprachen kein Wort. Sie führte Alwine auf ihr Zimmer, zog ihr das Nachthemd an und blieb während der ganzen Nacht an der Seite ihrer Tochter, welche kaum Schlaf fand. Immerfort spielte sich dieselbe

Szene ab: Die sich teilenden Maisstauden, die massige, gesichtslose Gestalt, der feste Griff um ihren Arm. Der Traumfilm wurde von Mal zu Mal deutlicher, er peinigte die Träumende mit den abscheulichsten Details, und Mitternacht war längst vorbei, als ihr Schänder ein Gesicht erhielt: das Gesicht ihres Vaters. Sie schrie: „Vater" und fiel endlich in einen tiefen Schlaf.

Stammtischrunde in der Gaststätte Zum Kirchenwirt

Schwungvoll trug Karl Schafgartner, der Kirchenwirt in dritter Generation, am Stammtisch drei fachmännisch gezapfte Halbliter Bier auf. Durch das gewollt unsanfte Aufsetzen der Krüge überschäumte das obergärige Gebräu, und einem Lavastrom gleich, kroch der steife Schaum schwerflüssig die Außenwand der Biergläser hinab, um sich auf dem grob gewobenen, dreckiggrünen Tischtuch zu verlieren. Schnurstracks ergriff der Wirt den Ausreibfetzen, der am Riemen seiner speckigen Lederschürze bammelte und suchte damit die Schaumkronen auf der Tischdecke aufzutupfen. Da jedoch das dicke Gewebe den Schaum unverzüglich aufsog, war diese Tupferei längst zu einem symbolischen Akt verkommen, an welchem sich nicht wenige seiner Gäste im Stillen ergötzten.

Eine knappe Stunde war vergangen, seit Alwine in ihrem zerrissenen Kleid, die Ellenbogen auf den Lenker gestützt, den Dorfplatz überquert hatte, und bereits war das Vorkommnis in aller Munde.

„Der Apfel fällt halt nicht weit vom Stamm, deshalb verwundert es mich nicht, dass die Tochter der Schimpfhuber Frieda ein Flittchen ist", bemerkte Metzgermeister Franz Gamsbichler nach dem ersten Schluck und wischte sich mit dem Handrücken den Schaum von der Oberlippe.

Sein Gegenüber, der Kommerzialrat Sepp Rumpfhuber, ein Mann von Geist und Anstand entgegnete: „Franz, bevor du nicht präzis weißt, was da geschehen ist, solltest du mit solchen Aussagen vorsichtig sein."

„Mich brauchst du nicht zu belehren, hat doch ihre Mutter früher sämtlichen Männern im Dorf den Kopf verdreht."

Tatsächlich war Frieda in ihrer Jugend das aufregendste Mädchen von ganz Affenschlag. Mit ihrem prächtig gelockten schwarzen Haar, den unergründlichen dunklen Augen und ihrem verführerischen Körper, gereichte sie den pummeligen bleichblonden Landpomeranzen zu einem exotischen Gegensatz und war schlicht die begehrteste junge Frau im Dorf.

„Doch durch ihr reserviertes, mitunter gar abweisendes Gehabe", entgegnete Rumpfhuber, „erstickte sie so manche Träume freiender Burschen im Keim, welche wiederum ihre erlittene Schmach akkurat durch solch üble Nachrede, wie von dir eben geäußert, jämmerlich zu tilgen versuchten."

Während all dieses Stammtischgeredes pflegte sich der Kirchenwirt, an der Theke lehnend, still im Hintergrund zu halten. Er hatte, wie ein tätowierter Anker an seinem linken Oberarm erahnen ließ, in jungen Jahren als Schiffskoch gearbeitet und unter deutscher Flagge sämtliche Weltmeere durchkreuzt. Nach jenen wilden Zeiten kehrte er zurück in den elterlichen Betrieb und schickte sich nach anfänglicher Auflehnung in den vorgegebenen gemächlichen Trott dieser unspektakulären provinziellen Dorfkneipe. Gemäß seiner gemessenen Art lag ihm nichts ferner, als an dem Dorfgeschwätz seiner Kunden teilzuhaben.

Gamsbichler, der sich durch Rumpfhubers Darlegung persönlich getroffen fühlte – buhlte doch auch er einst erfolglos um die Gunst der unnahbaren Schönen –, wollte mit hochrotem Kopf just zu einer Antwort anheben, als sich Gustav Schimpfhuber zur Runde gesellte. Jener, der in der Küche zurückgelassen, eine Weile dumpf schweigend am Tisch gesessen hatte, um alsdann seine Buben auf ihr Zimmer zu schicken. Danach verließ er ohnmächtig und durstig sein Haus, um wie jeden Abend beim „Kirchenwirt" einzukehren. Betretene Ruhe herrschte am Tisch, selbst der stets Wort gewandte Kommerzialrat wusste nichts zu sagen, und Gamsbichler half sich mit einem kräftigen Schluck Bier.

Erst der Wirt vermochte die Beklemmung zu lösen, indem er eine Runde frisches Bier, begleitet von einem doppelten Obstler, servierte. „Der wird dir jetzt gut bekommen", sagte er, als er den Schnaps vor Gustav hinstellte.

„Weiß man schon, was genau geschehen ist?", erkundigte sich der Tischler Johann Scheinpflug.

Gustav leerte den Schnaps in einem Zug. „Das wüßt' ich auch gerne. Das Kind kam in einem fürchterlichen Zustand nach Hause, hat nichts gesagt und Frieda ging sogleich mit ihr aufs Zimmer."

„Sie ist doch wohl nicht vergewaltigt worden?", fragte der Metzgermeister. „Ich sag halt, es gehören immer zwei dazu", dozierte er und ließ seinen Blick – überzeugt, mit seiner Plattitüde den Kern der Weisheit getroffen zu haben – selbstgefällig von Mann zu Mann gleiten.

Rumpfhuber bedachte ihn mit einem scharfen Blick: „So red' doch nicht so saublöd daher. Es gibt leider immer wieder solche Sittenstrolche, die sich an jungen Mädchen vergehen. Du erinnerst dich sicher an den Fall Schaumberger vom vergangenen Jahr; da war die Sachlage wohl klar."

Just in diesem Augenblick trat Hubert Stögermaier, Versicherungsinspektor aus Ottenkirchen, an den Tisch. Der eingefleischte Junggeselle pflegte sein Feierabendbier seit geraumer Zeit beim Kirchenwirt zu trinken, da das „Ottenkircher Stüberl" seit gut zwei Jahren in neuem Besitz war, nun „Pizzeria del Golfo" hieß und er dort, in jenem südländischen Ambiente, mit Rücken marternden Stabellen in Reih und Glied und obendrein mit unsachgemäß gezapftem Bier, keine Heimat mehr fand. Auch beim „Huberwirt", dem anderen Gasthof im Dorf, mochte Stögermaier seit anderthalb Jahren nicht mehr einkehren. Dies hatte sich wie folgt ergeben: Während der Faschingszeit hatte er in bierfröhlicher Runde der attraktiven slowakischen Serviererin aus Bratislava, als sie sich über den Tisch lehnte, um ihm sein Bier zu servieren, mit seinen Wurstfingern an die Brüste gegriffen. Die junge Frau fackelte nicht lange und verpasste dem lüsternen Hubert eine tüchtige Watschen. Der Wirt stellte Stögermaier kurzerhand vor die Tür, worauf die übrigen Gäste am Stammtisch für Hubert strammstanden. Mit Aussagen wie: „Wenn man das nicht mehr darf", oder, „Die hat's mit ihrem freizügigen Ausschnitt geradezu herausgefordert", stellten sie sich ebenso entschlossen wie überzeugt hinter ihren Kollegen. Dem Frieden, vor allem aber dem Geschäft zuliebe, kündigte der Wirt schweren Herzens seiner impulsiven Angestellten, welche bis zu jenem Eklat die männlichen Gäste aus der gesamten Umgebung geradezu magnetisch angezogen hatte und bei wenig Lohn für guten Umsatz besorgt war. Für Hubert war es wohl eine Genugtuung, dass „dies ordinäre Slawenweib wieder über die Grenz' zurückgschickt wurde." Doch sein nachhaltig gekränktes Gemüt verwehrte es ihm, jemals wieder einen Fuß über die Schwelle besagter Gaststätte zu setzen.

„Bist an deinem Bürostuhl kleben geblieben, dass erst so spät kommst", witzelte der Wirt kumpelhaft, als er das Bier vor Hubert hinstellte.

Sichtlich ungehalten rechtfertigte sich Hubert, der tatsächlich hinter der Zeit war: „Ich führte in Schalenstein mit einem Klienten ein Verkaufsgespräch, welches sich hinzog."

„Hast du schon vom Unglück, welches Gustavs Tochter widerfahren ist, gehört?", fragte Rumpfhuber den Versicherungsagenten, der sich soeben einen ersten tüchtigen Schluck Bier gönnte.

„Nein, wie sollte ich auch, ich war ja wie gesagt vor einer halben Stunde noch in Schalenstein."

Nun schilderten seine Stammtischkumpel das Geschehene, zumindest gefielen sie sich in ihren Mutmaßungen, jeder nach seiner willkürlichen Interpretation, wobei

Rumpfhuber sich redlich bemühte, den allzu haarsträubenden Spekulationen aus Rücksicht auf Alwines Vater, welcher stumm und niedergeschlagen das Gerede kaum wahrzunehmen schien, die Spitzen zu brechen. Um acht Uhr machte der Wirt nach einer letzten Runde Obstler Feierabend, da ein Großteil seiner Kunden ohnehin zur Tanzveranstaltung ins Nachbardorf aufgebrochen war. Die Gesellschaft verließ den Gasthof, verabschiedete sich auf der Straße und ein jeder ging seines Weges.

Im Morgengrauen saß Frieda Schimpfhuber noch immer an Alwines Bettkante. „Vater! Wieso, um Himmels Willen, hat Alwine Vater geschrieen?", ging es ihr immer wieder durch den Kopf. „Sollte Gustav seine eigene Tochter missbraucht haben?" Erschöpft legte sie sich neben Alwine, die an die Wand gepresst, nun tief zu schlafen schien. Frieda weinte still. Die aufsässigen Gedankenfäden der Nacht, welche den Verdacht gegen ihren Mann unerbittlich zu zementierten schienen, ließen sie keinen Schlaf finden. Jählings erschienen ihr Zeichen von Gustavs Triebhaftigkeit, Zeugnisse seiner Gewalttätigkeit.

Ein beschämendes Geschehnis, welches sich einige Jahre bevor sie den stämmigen Jungturner an den Bezirksgerätemeisterschaften kennen gelernt hatte, zutrug, wusste sie stets zu verdrängen. Doch nun schob sich diese längst eingemottete, unangenehme Geschichte in den Mittelpunkt ihrer Gedanken. In jener Nacht bildeten sich Zweifel zu Tatsachen aus, geriet der längst Rehabilitierte zum ruchlosen Täter, die fußfällig verblendete Sichtweise der einstigen Verliebten gab einer nicht minder verblendeten, anklagenden Auslegung Raum.

Ausbruch aus der Hölle

Die Nacht zum 2. Februar 1945 war eisig kalt. Der Zweite Weltkrieg sollte keine hundert Tage mehr dauern. Im Todesblock 20 des KZs Mauthausen, südöstlich von Linz, herrschte vollständige Dunkelheit. Gut 500 sowjetische Kriegsgefangene lagen frierend, eng zusammengepfercht auf ihren Lagern. Lediglich das Wimmern einiger Verletzter und die gelegentlichen Schreie derjenigen, denen im Dunkel der Nacht die erlittenen Schikanen und Qualen des vergangenen Tages gleich einem Film in Endlosschlaufe erbarmungslos wiedergegeben wurden, durchbrachen zuweilen die Ruhe. Wieder eine Nacht, wieder diese unsägliche Hoffnungslosigkeit.

Alon Brunsteins und Jewgenij Naryschkins knochige Hände fanden sich stumm und drucklos, um ihr ebenso wahnwitziges wie minuziös geplantes Vorhaben, den Ausbruch aus dieser lähmenden Ausweglosigkeit, zu besiegeln. Nur ein kleiner Kreis rund um Alon und Jewgenij wusste zunächst um diesen Plan. Erst kurz vor der Durchführung wurden sämtliche Insassen des Todesblocks in das verwegene Vorhaben eingeweiht. Und obgleich die Kunde vom baldigen Ende des Krieges über gewundene Pfade bis zu diesen abgeschotteten Häftlingen drang, gab sich kaum einer falschen Illusionen hin: Sobald die Einnahme des KZ durch die Alliierten bevorstünde – hierbei bestand kein Zweifel – würde das Lager gesäubert. Die Gefangenen würden allesamt hingerichtet werden. Deshalb war die große Mehrheit entschlossen, diese kümmerliche Chance möglichst bald zu nutzen, denn man trifft den richtigen Zeitpunkt selten, indem man ihn hinausschiebt. Es gab ohnehin keine Alternative.

Um zwei Uhr in der Früh griff Alon Brunstein mit dem Feuerlöscher der Baracke, gefolgt von einer Gruppe, welche noch einigermaßen bei Kräften war und sich mit Holzschuhen sowie mit weiteren potentiellen Wurfgeschossen bewaffnet hatte, die Nachtwache an. Hinter den erfolgreichen Angreifern folgte eine zweite Welle, welche, angeführt von Jewgenij Naryschkin, mit feuchten Decken den elektrischen Zaun kurzschloss.

Unverzüglich ertönten die Alarmsirenen. In Windeseile wurden die Posten der überwältigten Wachen neu besetzt. SS-Rottenführer Hellfried Schweingartner, seit einem knappen Jahr stellvertretender Lagerleiter, kletterte noch ein wenig schlaftrunken auf einen der Wachtürme. Auf dem Posten angekommen sah er im grellen Scheinwerferlicht, wie ein Strom hunderter Häftlinge einer breiigen Masse gleich die Mauer überstieg, um mit einem Sprung in den kalten Schnee in eine dünne, schutzlose Freiheit zu gelangen. Für manche der Ausbrecher endete der neue Status ehe er wahrgenommen wurde, im Kugelhagel der Maschinengewehre Schweingartners und seiner Kameraden. Die Mauer selbst war von den Scheinwerfern grell ausgeleuchtet und es stellte für den mittlerweile hellwachen Rottenführer eine sportliche Verlockung dar, Häftlinge, die soeben unter größter Anstrengung die Mauer erklommen hatten und sich zum Sprung aus ihrer Gefangenschaft vorbereiteten, mit einem gezielten Schuss abzuknallen. Jenseits der Mauer waren die Ausbrecher lediglich als ein dunkler Schwarm erkennbar, in welchen aus den Gewehren der Wachen blind geschossen wurde. Eines dieser Geschosse traf Jewgenij Naryschkin in die linke Kniekehle. Trotz teuflischer Schmerzen vermochte der junge sowjetische Soldat in den angrenzenden, Deckung gewährenden Wald zu entkommen.

Die knapp 300 Häftlinge, welche den Maschinengewehr-garben der Wächter entgingen, irrten nun durch den stock-dunklen Mauthauser Forst. Die überwiegende Mehrheit lief in größeren oder kleinen Gruppen, welche sich in der Folge mehr und mehr zersplitterten, wohl durch heimatlichen Instinkt geleitet, Richtung Osten. Dutzende Angeschos-sene und Entkräftete brachen nach wenigen Metern zusam-men, um auf dem gefrorenen Waldboden dem Ende ihrer Qualen durch einen stillen Tod zu begegnen.

Ein Stunde war seit der Massenflucht vergangen. Jewgenij Naryschkin kam trotz dem schwächenden hohen Blutver-lust gut voran. Er ging alleine auf schmalen, teils unwegsa-men Pfaden streng nordwärts, so wie er es mit Alon zuvor abgesprochen hatte. Urplötzlich knackte es im Unterholz hinter ihm. Erschreckt drehte er sich um und nahm eine Gestalt wahr, die sich ihm zügigen Schrittes näherte. Erst als diese dicht vor ihm stand, erkannte er Alon. Die beiden Freunde umarmten sich kurz und gingen weiter. Während Jewgenij seine Geschichte des Ausbruchs erzählte, be-merkte Alon dessen zerfetzte Sträflingshose. Mit dem Är-mel seines Hemdes verband Alon die Wunde notdürftig. Das Projektil, welches tief im Fleisch stak, vermochte er ohne die dazu erforderlichen Instrumente nicht zu entfer-nen. So zogen sie etwa eine Stunde durch die bittere Kälte, ehe sie sich völlig entkräftet im dichten Unterholz, wo kein Schnee lag, der verräterische Fußspuren hinterlassen hätte, aus Tannenzweigen ein dürftiges Nachtlager errichteten.

Sie hatten noch keine zehn Minuten in beklemmender Ruhe auf ihrer Liegestatt verharrt, als sie vom nahen Weg das Brechen von hartem Schnee wahrnahmen. Für den Bruchteil einer Sekunde wurden sie von einem grellen Lichtkegel gestreift. Nun waren die Schritte ganz nah, es mochten keine zehn Meter sein. Jewgenij klammerte sich an Alon und biss sich in den Ärmel seines Hemdes. Das Knirschen wurde wieder leiser, man schien sie nicht entdeckt zu haben. Nun aber verstummten die Schritte vollends und sie hörten, wie zwei Männer leise miteinander sprachen. Die eine Stimme, dies offenbarte sich selbst im Flüsterton, war das metallene Organ von Sturmmann Anton Eisengruber, der im Lager als „eiserner Anton" gefürchtet war. Alon reckte seinen Hals und sah durch den Reisigverhau schemenhaft zwei dunkle Gestalten, die soeben auf getrennten Wegen weitermarschierten.

Jewgenij zitterte noch am ganzen Körper, als die beiden Schergen längst davongezogen waren. Es war ein Zittern der Angst wie auch der starken Unterkühlung. Alon massierte seinen Freund mit seinen klammen Fingern an Brust und Händen.

„Jewgenij", flüsterte er ihm hierbei ins Ohr, um ihn etwas abzulenken, „wenn wir aus diesem Inferno rauskommen, werden wir in der Heimat ein Geschäft aufbauen. Ich weiß noch nicht welcherart, doch ich bin mir sicher, dass wir zusammen bleiben, zu Wohlstand kommen und dereinst eigene Familien gründen werden."

Alons therapeutisches Fabulieren wurde unversehens durch zwei Schüsse, die kurz hintereinander abgegeben durch den Wald hallten, beendet. Zwei Schüsse nur — gegenüber Dutzenden, als sie über die Mauer des KZ geklettert waren. Maschinengewehrsalven, welche sie dazumal, konzentriert auf den Ausbruch, kaum wahrgenommen hatten. Und nun diese beiden Schüsse, welche sie konsterniert und in absoluter Stille erstarren ließen.

Nach ein paar Stunden der frostigen Ruhe besprachen sich die beiden Fluchtgefährten. Vielmehr war es Alon, der befand, dass Jewgenij zu schwach sei, um weiterzugehen, und dass es daher wohl das Beste sei, wenn er, Alon, sich nun auf den Weg mache, um Hilfe zu holen. Er könne sich die Stelle wohl merken und werde binnen ein paar Stunden zurück sein. Mit einer innigen Umarmung erstickte Alon Jewgenijs Versuch einer Entgegnung, und schon kehrte ihm der Freund den Rücken zu und zog, sich einen Weg durch das dichte Unterholz bahnend, von dannen.

Der Zurückgelassene ließ sich in elender Hoffnungslosigkeit inmitten des endlosen Waldes nordwestlich von Mauthausen auf den Haufen Tannenreisige sinken, unfähig zu schreien, außerstande zu weinen. Hilfe – woher denn inmitten des Feindeslandes? Doch alsbald verspürte er den unbändigen Willen sich zu retten, sich gegen die Resignation aufzulehnen. Er richtete sich auf, suchte auf dem Waldboden nach einem starken, geraden Ast mit Gabelung, der ihm als Krücke dienen sollte und humpelte seinem Kameraden, wenn auch nicht schnell, doch zumindest weitgehend schmerzfrei, nach. Allein sein Fluchtgefährte war längst außer Sicht- und Rufweite.

An jener Weggabelung, an welcher sich die beiden Häscher getrennt hatten, wählte Alon die Mitte. Er kam auf dem nun lichteren Waldboden gut voran. So ging er etwa eine Stunde. Mittlerweile standen die Bäume weniger dicht und ließen Alon auf das baldige Ende dieses großen, dunklen Forstes hoffen. Und wahrhaftig, nach einigen weiteren Kilometern erreichte er den Waldrand. Im diesigen Licht des allmählich erwachenden Tages gewahrte er ein abgelegenes Bauerngehöft, welches sich direkt an den Wald anschloss. Er hielt sich im Schutze von Haselstauden, die flankiert von Hundsrosen und Schlehdorn den Waldrand säumten, und beobachtete das stille Gehöft, welches aus den morgendlichen Bodennebelschwaden ragte. Erschöpft beschloss er in diesem Versteck auszuharren, bis sich auf dem Hof etwas regen würde.

Alon dachte an seine Jugendzeit in Leningrad. Als einziger Sohn eines deutschstämmigen Juden und einer russischen Jüdin wuchs er in ländlicher Umgebung am Stadtrand von Leningrad in einem kleinen Haus, welches inmitten eines großen geheimnisvollen Gartens lag, auf. Seine Mutter arbeitete als Sprachlehrerin am Leningrader Gymnasium, bis sie zur Frühlingszeit des Jahres 1941 ihre sprachlichen Fähigkeiten als Dolmetscherin in den Dienst der sowjetischen Armee zu stellen gedrängt wurde. Im Sommer desselben Jahres geriet sie während der Großoffensive der deutschen Wehrmacht bei Kiew in Gefangenschaft und wurde nach Auschwitz deportiert. Alons Vater, ein bedeutender Physiker, verließ daraufhin das Haus, den geheimnisvollen Garten und seinen Sohn, um sich der Partisanenbewegung anzuschließen, und fiel wenig später im Kampf gegen die Armee seiner Vorfahren an der Front bei Rostow.

Der Knabe blieb allein zurück. Er hatte ein Zuhause, er hatte Geld und im Keller waren Berge von Notvorrat gebunkert; dafür hatte sein Vater, bevor er in den Krieg zog, gesorgt. In jener Zeit der Wirrnisse, welche ihm seine Eltern raubten, besuchte er weiterhin das Gymnasium und abends, in den langen Nächten und an den Wochenenden vertiefte er sich in die Fachbücher seines Vaters, welche die bis zur Decke reichenden Bücherregale an sämtlichen vier Wänden des Arbeitszimmers bis zum Bersten füllten und denen er schon seit seiner frühen Jugendzeit nicht widerstehen konnte. So stellte er sich auf ein tristes, eremitisches Ausharren in seinem Elternhaus am Stadtrand von Leningrad ein.

Doch kaum hatte ihn sein Vater verlassen, verliebte sich der 17-jährige Alon in Olga, die im Hafenquartier mit ihrer Mutter eine Garküche betrieb, wo einfachen Leuten ebensolche Speisen zubereitet wurden. Die Nächte waren hell und lau im geheimnisvollen Garten und erfüllten das glühende Verlangen der freudlosen Kriegskinder nach Zärtlichkeit.

Doch das kleine Glück mit Olga sollte nicht lange währen.

In den ersten Septembertagen wurde die Stadt von der deutschen Wehrmacht bombardiert und hernach durch einen Blockadenring von der Versorgung mit Lebensmitteln weitgehend abgeschnitten. Die Stadt hungerte, die Esswaren wurden rationiert. Im November wurde eine Eisstraße durch den zugefrorenen Ladogasee gebrochen. Die Nahrungsmittel, welche nun auf diesem Weg nach Leningrad gelangten, reichten jedoch bei weitem nicht aus, um die hungernde Bevölkerung der eingeschlossenen Stadt zu versorgen. Zudem wurden die Lastkähne von der deutschen Luftwaffe beschossen, wobei nicht wenige kenterten, um letztlich ihre wertvolle Ladung dem eisigen Wasser des gigantischen Sees zu überlassen.

Dank der Voraussicht seines Vaters hatte Alon keinen Hunger zu leiden. Während in den Wintermonaten Zehntausende Stadtbewohner verhungerten, war es ihm gar möglich, Olga und ihre Mutter mit den Konserven aus seinem Keller versorgen.

Im folgenden Frühjahr beschloss Alon, aus der belagerten Stadt auszubrechen. Auch Olga sollte seinem Plan gemäß mit ihm gehen, doch sie weigerte sich unter Tränen ihre Mutter alleine zurückzulassen.

Alon überließ Olga die Schlüssel seines Hauses und damit den Zugang zu seinen immer noch erheblichen Vorräten an Nahrungsmitteln.

Am Nachmittag des 3. März 1942 fand Alon Unterschlupf auf einem der Lastkähne, welche auf der Eisstraße den Ladogasee querten.

Er hatte kaum einen Fuß auf das östliche Ufer des Sees gesetzt, als er für das Militär angeheuert wurde; denn die

Sowjetarmee mobilisierte eifrig weitere Truppen für den Kampf gegen die faschistischen Aggressoren. Er wurde in eine Kompanie eingeteilt, die sich mehrheitlich aus udmurtischen Bauern sowie einigen kalmückischen Nomaden und Fischern rekrutierte, deren Wesensart ihm fremd war und deren Rede er nicht folgen konnte.

Nachdem sich Alon als furchtloser Soldat in verschiedenen Gefechten der Sowjetarmee geschlagen hatte und lediglich einmal geringfügig verletzt wurde, beteiligte er sich in einer rückwärtigen Truppe an der Schlacht im Kursker Bogen und an der geplanten Zerschlagung der deutschen Panzerbrigade. In den Wirren jenes Gefechts geriet er in deutsche Gefangenschaft und arbeitete in der Folge auf einer wahrhaftigen Odyssee durch halb Europa in verschiedensten Lagern.

Seine fundierten Kenntnisse der Physik blieben den Nazis nicht verborgen. Der junge Russe wurde in der Forschung eingesetzt, woselbst er seine Fähigkeiten bei der Entwicklung verschiedener Waffen und Massenvernichtungsgeräten einzubringen genötigt wurde. Die Annehmlichkeiten der wesentlich humaneren Behandlung, die ihm durch seine Sonderstellung zuteilwurde – in Steyr, einem Nebenlager von Mauthausen, schlief er gar in einem Einzelzimmer –, vermochten Alons immer wieder aufkommende Skrupel, ein Handlanger des Feindes zu sein, zu verdrängen. Kurzum, er hielt sich strikt an die gängige Überlebensstrategie, nach welcher sich jeder selbst der Nächste ist.

Schließlich öffnete sich die Haustür des Bauernhofs und eine junge Frau kam, ein Körbchen in der Hand haltend, auf den Hühnerstall zu, der dicht am Waldrand lag, direkt vor Alons Versteck. Sie öffnete die hölzerne Verriegelung des Verschlags und schickte sich an, begleitet vom Gegacker der Hühner, die Eier einzusammeln. Augenblicklich kehrte Alons Aufmerksamkeit zurück, denn er war sich wohl bewusst, dass sich ihm hier eine einmalige Gelegenheit offenbarte. Er kroch aus dem Gebüsch und ging behände auf den Stall zu. Da ihm in jungen Jahren die Muttersprache seines Vaters beigebracht wurde, sprach er in leidlichem Deutsch: „Guten Tag junge Dame, mein Name ist Alon Brunstein, ich bin ein sowjetischer Kriegsflüchtling."

Erschreckt drehte sich das Mädchen um und gewahrte den großen, spindeldürren Soldaten in seiner verschmutzten, zerschlissenen Sträflingskleidung. Sie wich in die hinterste Ecke des Stalls zurück, eher aufgeregt denn erschreckt, jedenfalls außerstande, sich ihrerseits vorzustellen.

„Ich möchte Ihnen keinen Ärger machen, ich bitte Sie lediglich um etwas Brot zur Stärkung", sprach er in ruhigem Ton und prägnantem russischen Akzent.

Alons angenehme Stimme, seine flehenden dunklen Augen sowie sein unaufdringliches Auftreten ließen die anfängliche Angst der jungen Frau schwinden: „Mein Name ist Frieda Duschlbauer. Warten Sie hier im Stall, ich komme gleich zurück", sagte sie mit wiedererlangter, jugendlicher Unbekümmertheit und kehrte, indem sie Alon im Hühnerstall einschloss, das Körbchen in der Hand schlenkernd ins Haus zurück.

„Mit wie vielen Eiern haben uns denn heute die Hühner beteilt?", fragte die Mutter, als Frieda in die Küche trat.

„Sieben Stück, fünf braune, zwei weiße und einen sowjetischen Flüchtling", gab Frieda zur Antwort, beflügelt durch ihren Entschluss, dem Not leidenden Soldaten zu helfen. „Alon Brunstein heißt er. Ich habe ihn im Hühnerstall versteckt."

Bevor Friedas Mutter zu einer Antwort anheben konnte, stürzte ihr Mann in die Küche: „Im KZ Mauthausen sind in dieser Nacht hunderte von Gefangenen ausgebrochen. Sie halten sich in den umliegenden Wäldern versteckt. Suchtrupps sind unterwegs, hat mir soeben der Viertlmayr Karl berichtet, als er mir die Sau brachte."

In der Tat hatte die Lagerleitung am frühen Morgen eine Treibjagd ausgerufen, an welcher sich nebst den Nazi-Schergen, der Gendarmerie, der Wehrmacht, dem Volkssturm und der Hitler-Jugend auch die aufgehetzte Zivilbevölkerung der Umgebung beteiligte. Frieda blickte ängstlich zu ihrer Mutter, welche ihren Mann ohne Umschweife über den unverhofften Gast im Hühnerstall informierte. Dieser setzte sich auf einen Küchenschemel, steckte sich eine Pfeife an und alsbald war der Raum von wohlriechenden Rauchschwaden erfüllt. Des Bauern humanistische Grundhaltung verwehrte es ihm, den Flüchtling den Häschern auszuliefern. Vielmehr sann er sogleich über ein sicheres Versteck auf seinem Hof nach.

„Im Hühnerstall kann er keinesfalls bleiben", meinte er nach einer Weile, „und auf dem Heuboden werden die braunen Gesellen zuerst suchen."

„Wir stecken ihn für die erste Zeit in die Räucherkammer", schlug die Mutter vor, „und wenn jemand kommt, öffnen wir die Klappe und räuchern ihn ein, bis er nicht mehr zu sehen ist."

Frieda schmunzelte bei dieser Vorstellung, und ihr Vater spann die Idee gleich weiter, indem er vorschlug, das Küchenbüfett tarnend vor die halbhohe Tür der Räucherkammer zu stellen. „Frieda", ordnete er an, „du kommst jetzt mit mir. Wenn die Luft rein ist, bringen wir unseren Gast in die Küche und du, Hanna, wärmst die Suppe von gestern auf, die wird ihm wieder zu Kräften verhelfen."

Als die Bäuerin den hohlwangigen Sträfling beobachtete, wie dieser gierig, jedoch nicht ohne Tischmanieren Kachel um Kachel der nahrhaften Mühlviertler Rahmsuppe, unter welche sie überdies zwei frische Eier gezogen hatte, auslöffelte und sich nun über Wurst, Käse und Brot hermachte, ward sie an Mona, eines ihrer Kälber erinnert, welche vor Jahresfrist völlig abgemagert, mit dem Tod gerungen hatte.

„Auch die Mona haben wir wieder aufgemästet", gab sie sich hoffnungsfroh, als sie das Holzbrett mit überreichlichem Nachschlag auf den Tisch stellte.

Im Spannungsfeld zwischen leichtfertiger Hilfsbereitschaft und Selbsterhaltungstrieb

Nach dem Essen bat Frieda Alon in die mit einem Strohsack, einem Harass, einem Nachttopf und einer Petrollampe dürftig umfunktionierte Räucherkammer. Derweil sich Alon in seinem Versteck einrichtete, kam er nicht umhin, an seinen Fluchtgefährten Jewgenij zu denken und an sein Versprechen, ihm, dem verletzten Freund sobald als möglich zu Hilfe zu eilen. Zumal das Versprechen, welches er Jewgenij im finsteren Wald dazumal abgegeben hatte, schlechtweg ein halbherziges war, bemühte er sich nun um einen Persilschein für den Wortbruch, begangen an seinem, ihm auf seiner Flucht lediglich hinderlichen Kumpanen. So erschien es ihm – und an diese Sicht der Dinge klammerte er sich – geradezu legitim, den Fluchtgefährten seinem Schicksal zu überlassen. Denn die Maximen des Krieges setzen sich über Sentimentalitäten hinweg und lassen risikoreiche Aktionen um derentwillen nicht zu, sie fordern den nüchternen, berechnenden Eigennutz.

„Dieser verdammte Krieg, der mir alles nahm, was mir lieb war, dieser verdammte nutzlose Krieg, der nicht meine Idee war, scheint sich nun doch noch meiner zu erbarmen. Er ließ mich der Hölle von Mauthausen entkommen, und nun beschert er mir die Obhut dieser barmherzigen Bauernfamilie. Folglich wäre es schlicht undankbar, das Schicksal, welches mich während des Krieges bislang mit sicherer Hand lenkte und vor ungezählten Fährnissen bewahrte, dieses fürsorgliche Schicksal, welches mir erneut so wohl gesonnen ist, über Gebühr zu strapazieren", sinnierte er in seiner pechschwarzen Klause, während die Suchtrupps längst die gesamte Umgebung durchkämmten. Alon war sich indes sehr wohl bewusst, dass man sein Handeln – oder vielmehr sein Unterlassen – durchaus in einem anderen Licht sehen konnte.

Erschöpft fiel Alon in einen unsteten Schlaf. Nach kurzer Zeit wachte er schweißgebadet auf. Jewgenij war ihm im Traum erschienen. Das Unterholz, woselbst sie sich vor Stunden getrennt hatten, teilte sich, und sein Freund kam mit wohlbehaltenen Beinen in unheimlicher Langsamkeit auf ihn zu. Das zerschossene Bein hatte Jewgenij, einer Keule gleich, zum Schlag bereit geschultert. Seine Blut unterlaufen Augen funkelten rachsüchtig. Der Träumende vermochte sich nicht von der Stelle zu regen, und just als Jewgenij zum Schlag mit dem fleischernen Schlegel ausholte, wurde Alon jäh aus seinem Traum gerissen.

„Wann habe ich Jewgenij aufgegeben?", brütete er qualvoll über der Quintessenz des Geträumten. „War es hier in der wohligen Sicherheit dieser mitleidigen Bauernfamilie, war es auf dem Weg hierher oder bereits bei der verabschiedenden Umarmung? Ich hätte die Stelle im Wald ohnehin nicht mehr gefunden. Hätte ich den hoffnungslos Verlorenen erschlagen sollen, um ihn vor dem schleichenden Tod durch Verbluten oder Erfrieren zu bewahren?" Allein er wusste sich die marternde Frage nach dem Zeitpunkt seines Wortbruchs sehr wohl zu beantworten. Darob sollte der Ermattete noch für Stunden keinen Schlaf finden.

Der Mitläufer

Zur selben Zeit stieß der 17-jährige Bauernsohn Gustav Schimpfhuber im Nachbardorf das Tor zum Schuppen auf, in welchem die Werkzeuge und Geräte für den Holzschlag eingelagert waren. Er nahm eine langstielige Axt von der Wand und schwang sich einen Strick über seine kräftigen Schultern. So ausgerüstet machte er sich auf den Weg zu dem Wald, welcher das Land zwischen seinem Dorf und Mauthausen überzog.

Schon vor dem Morgengrauen hatte ihn die Kunde vom Ausbruch der Gefangenen des Konzentrationslagers Mauthausen erreicht. Benedikt Fuchshuber, ein einstiger Schulfreund, der nun Mitglied des Volkssturms war, hatte als einer der vielen Meldeläufer die Nachricht von Hof zu Hof getragen. Mit der von seinen Vorgesetzten kolportierten Unwahrheit, die Ausbrecher hätten kurz nach ihrem Entkommen eine Mauthauser Bauernfamilie im Schlaf überrascht und erschlagen, wurde die Rachgier geschürt und somit die Bereitschaft weiter Bevölkerungskreise gefördert, sich an der gnadenlosen Hetzjagd nach diesen ruchlosen Bolschewiken zu beteiligen.

Gustavs Vater trat vor das Haus und entließ seinen Sohn mit folgenden Worten auf die Jagd: „Geh nur mein Sohn, dies ist dein Krieg, der meinige hat mir vor dreißig Jahren den Arm geraubt, doch ich habe ihm längst verziehen."

So stapfte der junge Bauernsohn, angespornt durch die Gewissheit, dem Vaterland seine Schuldigkeit zu erweisen, durch den kalten Schnee quer über die Felder auf den großen Forst zu. Die gefrorene obere Schicht des Schnees zerbarst unter seinen schweren Schuhen wie Fensterglas. Alsbald erreichte er den Waldweg, der sich über einige Kilometer um Hügel und durch Tobel nach Mauthausen wand.

Der Wald lag still, lediglich ein paar Vögel kündeten zwitschernd den anbrechenden Tag an.

Nach einer guten halben Stunde öffnete sich der Wald zu einer Lichtung. An deren Ende kam ihm ein junger Mann in Sträflingskleidern, der sich mühevoll an einer hölzernen Krücke fortbewegte, entgegen. Als sie gerade noch einen Steinwurf voneinander entfernt waren, hob Jewgenij Naryschkin seine Arme, mehr nach vorne als in die Höhe, wohin er sie, schwach wie er war, nicht mehr brachte. Gustav ging die wenigen Schritte, welche sie noch trennten, auf den Ausbrecher zu, packte die Axt mit beiden Händen und holte zum Schlag aus. Der Schaft seines Mordgerätes drehte sich hierbei in seinen Händen, sodass nunmehr nicht der Nacken, sondern die Schneide in Jewgenijs Scheitel drang. Der Kopf zerbarst bis zum Hals. Der grausige Anblick ließ Gustav die Axt entgleiten, er sank auf die Knie und übergab sich vor der Leiche seines Opfers in den kalten Schnee. Eine geraume Weile kniete er mit gesenktem Kopf auf dem Waldweg, nicht minder stumm und regungslos als der tote Russe. Gewissensbisse zermarterten alsbald sein Gehirn. War seine Heldentat im Dienste des Vaterlandes nicht eher ein feiger Mord? Hatte er doch das junge Leben eines wehrlosen, verwundeten Soldaten, kaum älter als er selbst, mit einem Axthieb ausgelöscht. Zählt Vaterlandstreue mehr als ein Menschenleben? Heiligt der Krieg sämtliche Mittel? Kann man einem Krieg je verzeihen? Kann man einem Kriegsverbrecher je verzeihen?"

Ein Rabe ließ sich auf dem Wipfel einer mächtigen Tanne am Wegrand nieder. Der wippende Zweig befreite sich von seiner Schneelast und das Spiel setzte sich bis zum untersten, weit ausladenden Ast fort, welcher seine weiße Bürde freudig schwingend über den kauernden Gustav entlud.

Jählings wurde der junge Gustav aus seinen quälenden Gedanken gerissen. Er raffte sich auf, wischte sich den

Schnee aus dem Nacken, band Jewgenij den Strick um die Fesseln und machte sich, seine Beute hinter sich her schleifend, auf den Weg zum Bezirkshauptort, wohin die gefangenen, erschossenen und erschlagenen Ausbrecher zwecks Bestandsaufnahme abzuliefern waren.

Der Rabe tat sich derweil am dampfenden Hirn gütlich, welches dem zerspaltenen Kopf Jewgenijs entquollen war. Jenes junge Gehirn, welches just in den letzten Tagen seines Wirkens mit der Planung des Ausbruchs eben erst sein eindrückliches Gesellenstück abgelegt hatte.

Als Gustav gegen Mittag den Dorfplatz erreichte, gewahrte er in dessen Mitte einen Berg aufgeschichteter Leichen, ein elender Haufen, in welchem es mitunter zuckte. Daneben stand eine Gruppe von stolzen und fröhlichen Mördern, welche sich in ausführlichen Schilderungen ihrer gloriosen Jagd- und Schlachtgeschichten gefielen. Über ihnen, auf einem Balkon, spielte ein Greis in der Uniform des Ersten Weltkriegs auf einer Handharmonika eine schneidige Polka. Von dieser makaberen Szenerie angewidert zog Gustav, bestrebt, die Sache nun schnell hinter sich zu bringen, Jewgenijs Leichnam zum Fuße des Leichenbergs. Von den schwadronierenden Helden kaum wahrgenommen verließ er, ohne den Strick zu lösen, die blutige Axt geschultert, die gräuliche Stätte.

Haussuchung durch die SS

Die Hetzjagd nach den entflohenen Gefangenen sollte noch ganze drei Wochen dauern und sie war letztlich äußerst erfolgreich. Am dritten Tag nach dem Ausbruch wurde der Duschlbauerhof von zwei von ihrem Auftrag sowie von sich selbst überzeugten SS-Männern kontrolliert. Während sie in Haus und Hof jeden Winkel durchsuchten, tischten Frieda und ihre Mutter in der Küche eine deftige Jause mit Speck, Wurst, Käse, Grammelschmalz und Leberkäse auf. Als der Tisch gedeckt war, rief Frieda die beiden in die Küche. Der ranghöhere der widerwillig gebetenen Gäste lehnte sich mit seinem fetten Hintern an das Küchenbüffet, sodass die dahinter liegende Türe zur Räucherkammer knarrte. Angstvoll starrte Alon auf das kleine Türchen, welches ihn von seinen Häschern trennte, und hielt den Atem an. Sogleich war die Bäuerin mit einem Stuhl zur Hand und bat den Offizier sich zu setzen. Frieda bemerkte, wie die kräftige, sonst so ruhige Hand ihrer Mutter zitterte, als sie die Gläser mit dem goldenen, süßen Most füllte. Alon saß den Rücken an die schwarze Wand gelehnt, regungslos auf seinem Strohsack. Er konnte nicht nur jedes Wort hören, das in der Küche gesprochen wurde, gar das Schmatzen und Schlürfen des Dicken, der kräftig zulangte, vernahm er deutlich und Alon atmete tief durch, als die Stimmen leiser wurden, da der kleine Suchtrupp seine Arbeit nun im Stadel fortsetzte.

Nach einer weiteren halben Stunde erfolglosen Perlustrierens zogen die Braunhemden wieder ab. Alons Versteck hatte seine Bewährungsprobe bestanden.

Nicht mehr als ein knappes Dutzend entkam letztlich den unermüdlichen Häschern. Einer von ihnen war Alon, der während eines Monats sein dunkles Refugium kaum verlassen hatte. Kraft der erlebten Entbehrungen in sechzehn

Monaten Kriegsgefangenschaft, wusste er sich dieser, von seinen Gastgebern auferlegten Vorsichtsmaßnahme zu fügen. Auch war ihm wohl bewusst, dass sich die Familie durch das Verstecken eines KZ-Häftlings selbst in große Gefahr brachte, und nichts lag ihm ferner, als mit leichtsinnigem Verhalten die Duschlbauers ihrerseits ins KZ zu bringen. Und überdies wurde ihm die Marter des Ausharrens durch tägliche Meldungen über das Vorrücken der Alliierten wesentlich erleichtert.

Nach Kriegsende, an einem frühsommerlichen Maitag, brachte der Vater Duschlbauer seinen russischen Gast zum nächsten größeren Dorf zu einer Aufnahmestelle, wo den kriegsverirrten Soldaten geholfen wurde. In aller Frühe fuhr er den Traktor vor, den er mit dem Anhänger verkoppelte, auf dass die ganze Familie mitfahren konnte. Während der kurzen Fahrt weinte Frieda große Tränen. Noch vor dem Ortseingang – der Vater hatte dies so entschieden – verabschiedete sich die Familie von Alon.

„Geh zum Marktplatz im Zentrum. Er hieß während des Krieges ‚Adolf Hitler-Platz'. Die Schilder werden demnächst ersetzt. Dort wimmelt es von Amerikanern und Russen", sagte der Vater.

Frieda umarmte Alon stumm und drückte ihm eine Ansichtskarte in die Hand, auf welche sie fein säuberlich ihre Adresse geschrieben hatte.

Alon ging den Rest seines Weges in die Freiheit zu Fuß, vorbei am Schild, welches in großen Lettern schwarz auf weiß auf den Ort „Pregarten" hinwies.

„Wahrhaftig", schoss es ihm durch den Kopf, „ich war in der Hölle und ziehe nun auf dem Weg zurück durch ihren Vorgarten."

Die Barmherzige und der Ruchlose

Drei Jahre nach Kriegsende, an einer Tanzveranstaltung der ländlichen Jugend, gefiel es dem Zufall, die barmherzige Frieda mit dem Schlächter Gustav zusammenzuführen. Frieda verliebte sich Knall auf Fall in den stämmigen Bauernsohn. Ihr Schutzwall, ein trutziges Schanzwerk aus Scham und Stolz, kraft dessen ihr junges Herz bislang vor ebensolchen Empfindungen gefeit war, barst, und Gustav verstand es, sich durch dessen Trümmer ebenso anmutig wie zielstrebig zu ihrem Herzen voranzutasten.

An freienden Burschen hatte es wahrlich nicht gemangelt. Es fand sich kaum ein Junge in Affenschlag und der umliegenden Dörfer, welcher der bildhübschen Bauerntochter mit ihrem verführerischen Körper nicht den Hof gemacht hätte. In ebensolchen Bemühungen tat sich besonders der Metzgersohn Franz hervor, der mit seiner plumpen, jedweden Feingefühls ermangelnden Buhlerei um die wohlgelittene Schöne ebenso abblitzte, wie sämtliche seiner feinsinnigeren Nebenbuhler.

Kaum eine Woche danach erfuhr Frieda durch eine Freundin, dass ihre frische und erste große Liebe während der Mühlviertler Hasenjagd einen wehrlosen russischen Soldaten erschlagen habe.

Wohlgemerkt, Gustavs Schandtat wurde im Zuge der Ermittlungen hinsichtlich der Übergriffe während der Hasenjagd, die nach dem Krieg in Gang gesetzt wurden, nicht aufgedeckt. Dies rührte daher, dass Gustav damals seine Jagdbeute im noblen Stile eines anonymen Spenders auf dem Dorfplatz deponierte, um sich alsdann unerkannt aus dem Staub zu machen.

Ohnehin hätte Gustav wohl kaum mit einer hohen Strafe rechnen müssen. Die Richter in Linz besannen sich in ähnlich gelagerten Fällen der Milde, vornehmlich wenn jugendliche Angeklagte vor den Schranken der Justiz standen. Unreife Burschen – zumal zur Tatzeit –, welche sich durch die Aufhetzung gegen die Ausbrecher, die sich damals gleich einem Flächenbrand im Mühlviertel ausbreitete, blenden ließen. Dies führte zu etlichen Freisprüchen oder zumindest zu äußerst moderaten Strafen.

Die Rehabilitierung eines der halbwüchsigen Schlächter verkoppelte dessen Pflichtverteidiger denn auch mit der Anklage gegen große Teile der Bevölkerung: „Viel stoßender als die Untat meines, von den Nazis instrumentalisierten, unreifen Mandanten, war das Wegschauen, das Ignorieren der damaligen Gräueltaten, das passive Kooperieren mit den Faschisten."

Mit jener Darlegung in seinem Plädoyer beleuchtete er akkurat das duckmäuserische Verhalten vieler Väter und Mütter während des Krieges. Es gab sehr wohl solche, die sich unbeirrt, gemäß ihren Möglichkeiten den Vorgaben und Maßregelungen der Nazis widersetzt und ihren Kindern den Zugang zu den braunen Versuchungen verwehrt hatten. Doch gab es viel zu viele, die sich feigherzig weigerten, über ihren Miststock zu schauen, um der Verbrechen ihrer braun gewandeten Söhne nicht gewahr werden zu müssen; eine Gattung, welcher sich nach dem Krieg selbstredend niemand mehr angehörig fühlte, da man sich in Geschichtsklitterung in eigener Sache übte.

Erst nach Abschluss der Prozesse erfuhr das ganze Dorf von Gustavs Totschlag während der Hasenjagd. Denn nicht eher als nach zwei Jahren eisernen Schweigens, plauderte er in einer bierseligen Runde am Stammtisch der Dorfkneipe sein unappetitliches, braunes Geheimnis aus. Am Tag darauf wusste man bereits im halben Dorf um die Begebenheit.

Es wurden jedoch zwei Darlegungen von Gustavs Bluttat herumgereicht, eine glorifizierende, den unerschrockenen Helden des Vaterlandes zeichnende, sowie eine, den wahren Umständen eher entsprechende, die einen sensiblen, eines Mordes kaum mächtigen und reumütigen Jungen beschrieb. Gustav selbst verlieh schließlich den Mutmaßungen der Dorfbevölkerung insofern Nahrung, als er sich opportunistisch, je nach Sinnesart seines Gegenübers, der einen oder anderen Version bediente.

Allein Frieda lag in ihrer innigen Hinneigung nichts ferner, als angebliche dunkle Seiten ihres Geliebten zu ergründen. Nie sprach sie ihn auf die gräuliche Geschichte im Wald an, und Gustavs ruhiges, friedfertiges Wesen, welches sie mehr und mehr schätzen lernte, schien diese Unterlassung zu rechtfertigen.

Der Tag nach der Schändung

Am folgenden Morgen ging ein heftiger Wolkenbruch über dem Land nieder. Blitze züngelten am tiefschwarzen Himmel, erhabenes Donnerrollen folgte auf dem Fuß und ließ die Häuser in Affenschlag erzittern. Draußen auf den Feldern klatschte der Regen auf die beinharte, durstige Erde, welche außerstande war, die lang ersehnte Labsal zu schlucken und ohnmächtig zulassen musste, dass sich in den Pflugfurchen längliche Pfützen bildeten.

Alwine schilderte ihrer Mutter, die das Zimmer die ganze Nacht nicht verlassen hatte, unterbrochen von heftigem Schluchzen, Bruchstücke der Vergewaltigung.

Ruhig hörte Frieda zu, brachte ihr einen Tee ans Bett und fragte sie schließlich: „Weißt du, wer es war? Hast du sein Gesicht gesehen?"

Alwine zuckte zusammen. Der nächtliche Traum schob sich verzerrend über die diffusen Erinnerungen.

Sie antwortete zögernd: „Das Gesicht habe ich nicht gesehen, groß und kräftig war er."

Dann ließ die Mutter den Hausarzt für einen Untersuch kommen. Dieser schrieb Alwine für zwei Wochen krank. Danach meldete Frieda den Vorfall der Gendarmerie.

Der Vater indessen, als er gewahrte, dass seine Frau noch immer auf Alwines Zimmer war, frühstückte mit den beiden Buben. Da Sommerferien waren und die Jungspunde nicht zur Schule mussten, entschloss er sich, mit ihnen in die Bezirkshauptstadt zur Viehschau zu fahren. Er hinterließ eine Notiz auf dem Küchentisch und entfloh der bleiernen Schwere seiner Nutzlosigkeit nach Mühlberg, woselbst es an Ablenkung nicht mangelte.

Während sich seine Söhne mit den Batzen des außergewöhnlich spendablen Papas vergnügten, taten ein paar Seidl das ihre, um den Vater in eine bierselige Laune zu versetzen. Gustav hatte sich soeben mit seinen Tischnachbarn zum Schunkeln eingehängt, als seine beiden Söhne ihn dazu drängten den „Hau den Lukas" zu schlagen. Sie hatten nämlich, nachdem sie hintereinander auf einem Pony, einer Kuh und einem Schaf geritten waren, den ganz und gar schmächtigen Hofrat Muckenhuber, den Vater ihres Nachbarsjungen Gernot aus Affenschlag, hauen gesehen. Sie rechneten freilich damit, dass ihr Vater mit seinen immensen Kräften den Metallkörper des Kraftspielgerätes um etliche Skalastriche höher zu katapultieren vermöge. Sie hießen Gernot warten, bis sie mit ihrem Vater zurückkommen würden.

Widerwillig befreite sich Gustav aus seiner Umklammerung und folgte den beiden Jungen. Während diese erwartungsfroh des großen Triumphs ihres Vaters harrten, packte jener entschlossen den schweren Holzhammer und holte mit seinen kräftigen Armen zum großen Schlag aus. Doch mitten im Schwung erfassten ihn Schwindel, der Hammer wurde zur Axt, der Schlagbock zum Kopf Jewgenijs. Das Schlaggerät entglitt Gustavs Händen und plumpste lustlos auf den Schlagbock. Der Metallkörper bewegte sich gerade mal zur zweiten von insgesamt zwölf Markierungen, neben welcher in roten Lettern „Schwächling" zu lesen war.

Gustav zog, begleitet vom hämischen Lachen des jungen Muckenhuber, mit seinen beiden blamierten Söhnen schleunigst von dannen.

Kaum hatte der Vater mit den beiden Burschen das Haus verlassen, rief Frieda den Arbeitgeber ihres Mannes an. Das versöhnliche Licht des Tages minderte ihre nächtlichen Zweifel, doch wollte sie Gewissheit und hoffte durch das Gespräch mit dem Vorgesetzten, den gegen Gustav gehegten, schrecklichen Verdacht auszuräumen.

Gustav arbeitete, da der elterliche Hof dazumal dem Erstgeborenen der drei Söhne überschrieben worden war, als Hilfsschreiner in der am Ortsrand von Affenschlag gelegenen industriellen Großschreinerei „Freudenthaler und Käferböck". Vor drei Monaten hatte er sein 20-jähriges Arbeitsjubiläum feiern dürfen.

Frieda erreichte Hellfried Käferböck im Geschäft, da dieser sich wie gewohnt an Samstagen den unerledigten Büroarbeiten widmete. Ohne nähere Erklärungen fragte Frieda: „Herr Käferböck, können Sie mir bitte sagen, bis um welche Zeit mein Mann am vergangenen Freitag gearbeitet hat?"

„Da kann ich mich ziemlich genau erinnern, Frau Schimpfhuber. Wir ließen noch die Produktion einer Serie fertig laufen, deshalb musste ihr Gatte etwa eine Viertelstunde Überzeit leisten. Es dürfte demnach etwa zwanzig nach fünf gewesen sein, als er den Betrieb verließ. Wenn Sie es genau wissen wollen, schau ich gerne auf der Stempelkarte nach. Das dauert aber einen kleinen Moment", antwortete Hellfried Käferböck, den Frieda als äußerst diskreten und sachlichen Menschen kannte.

„Ich bitte Sie darum", sagte Frieda.

„Er hat um 17 Uhr 19 ausgestempelt", meldete sich Käferböck wieder.

„Und er hat zuvor die Arbeit nie verlassen?"

„Nein, wir haben die Serienproduktion, die gut zwei Stunden dauerte, um 15 Uhr gestartet, und während jener Zeitspanne stand ihr Gatte ohne Unterlass an der Maschine."

„Haben Sie vielen Dank, Sie haben mir sehr geholfen." Erleichtert legte Frieda den Hörer auf und atmete tief durch.

Am Montag fuhr die Mutter mit Alwine nach Mühlberg zur Einvernahme bei der Gendarmerie auf den Posten der Bezirkswache. Alwine zeigte sich auffallend gefasst und schilderte dem Beamten das brutale Verbrechen in klaren Worten.

Durch diese erfreuliche Entwicklung ermuntert, forderte Frieda ihre Tochter anderntags auf, sie zu den Besorgungen im Dorf zu begleiten, und abends unternahmen sie einen ausgedehnten Spaziergang. Die Reaktionen und Bemerkungen der Dorfbewohner, die der Unglücklichen begegneten, waren mannigfaltig. Sie reichten von indignierter Abwendung über offene Worte des Mitgefühls bis hin zu gezischelten oder hinter vorgehaltenen Bauernpranken gemurmelten Beschimpfungen.

Noch in derselben Woche erhielt Frieda ein Schreiben vom Kirchenrat der Pfarre Affenschlag.

In Anbetracht der bedauernswerten Umstände, stand da, *sehen wir uns gezwungen, Ihre Tochter Alwine vom Unterricht auszuschließen. Es versteht sich von selbst, dass es für eine Klasse angehender Kommunikanten nicht zumutbar wäre, Alwine im Unterricht zu belassen. Mit vorzüglicher Hochachtung, Mag. Ottfried Gegenhuber, Präsident des Kirchenrates.*

Postwendend schrieb Frieda voller Groll ob so viel Engstirnigkeit zurück: *Eure, auf einer heuchlerischen Moral fußende Selbstherrlichkeit, eure Unfähigkeit, sich einer menschlichen Tragödie zu stellen, bewahrt wohlbehütet in eurem muffig-reaktionären Zirkel. Alwine gereicht es jedenfalls zur Gnade, wenn sie von euren verklemmten Deutungen und Erklärungsversuchen nicht noch zusätzlich behelligt wird.*

„Sie muss wohl närrisch geworden sein, die arme Seele", murmelte Ottfried Gegenhuber, als er anderntags Friedas Zeilen las, denn er konnte sich, beengt durch sein christliches Korsett, in welchem die katholischen Dogmen den eingenähten Metallstäben gleich seinen längst verödeten Geist einst arg sekkiert hatten, vieles nicht vorstellen.

Pfarrer Ferdinand Eisschiels treue Bedienstete

Hermine Pumsenberger diente mittlerweile ihre halbe Lebenszeit als treu sorgende Haushälterin dem aus Wien stammenden Pfarrer Ferdinand Eisschiel. Als junge Frau trat sie dank der Beziehungen ihres Onkels, der Vorsitzender des Kirchenrates in Kleinschweinbarth war, in den Dienst des Gottesmannes, den es als frisch geweihten Priester ins niederösterreichisch-tschechische Grenzgebiet verschlug.

Da die eine Gesichtshälfte des abgesehen davon herzeigbaren jungen Mädchens durch ein Feuermal unschön entstellt war, erachteten ihre Eltern dessen Aussichten einen Mann zu finden als äußerst gering und beschlossen auf Hermines Schicksal dahingehend einzuwirken, sie diesem beschaulichen, klerikalen Hafen anzuvertrauen. Obschon sich die 20-Jährige ihr künftiges Leben anders ausgemalt hatte, schickte sie sich in wahrer christlicher Demut in die ihr zugedachte, neue Rolle. Begünstigt durch das frohmütige wie auch rechtschaffene Wesen des jungen Priesters gingen ihr die häuslichen Pflichten leicht von der Hand und schon nach wenigen Jahren wich die anfängliche Ernüchterung über den willkürlichen Entscheid ihrer Eltern einer tiefen Erfüllung, die sie als Bedienstete dieses herzensguten Menschen fand.

Auch brachte es die Anstellung bei Eisschiel mit sich, dass sie nur noch selten jenen hartherzigen Kränkungen, die sie auf Grund der Verunstaltung ihres Gesichts bislang erdulden musste, ausgesetzt war. Nun hatte sie einen treusorgenden Mann an ihrer Seite und brauchte sich nicht mehr auf Festen und Tanzveranstaltungen zu bewegen, welche ihr zumeist mehr Ernüchterung denn Freude bereiteten. Im Laufe jener Anlässe ergab es sich allzu oft, dass Hermine, nachdem sie den jungen Burschen zunächst ihre unversehrte Gesichtshälfte zugewandt, und diese über kurz oder lang die andere, die hässliche Seite gewahrt hatten, die Röte auch in ihre unversehrte Backe stieg. Während die Unglückliche von Gewissenspein gequält die Tränen unterdrückte, wähnten sich wahrhaftig nicht wenige der freienden Jünglinge, sobald sie den hässlichen dunkelroten Fleck bemerkten, von Hermine heimtückisch hinters Licht geführt und wandten sich mit demütigenden Worten, bis hin zu schändlichen Verwünschungen, von ihr ab.

Dem jungen Pfarrer indes blieben in seinem ersten Pfarramt mitunter Anfeindungen weiter Kreise von Gemeindemitgliedern nicht erspart, ja er beschwor sie mit seiner liberalen Art geradezu herauf. So hat es ihm etwa gefallen, einen jungen Kommunikanten, welcher sich mit der christlichen Glaubenslehre schwertat, kurzerhand des Katechismusunterrichts zu entheben. Als ihn der Sohn des Dorfschullehrers mit der lapidaren Parabel konfrontierte: „Schauen Sie, Herr Pfarrer, was soll ich in einem Fischerverein, wenn ich's nicht übers Herz bringe zu angeln? Genauso bin ich wohl in der Kirche fehl am Platz, da ich es nicht über meinen Verstand bringe zu glauben", begegnete ihm der weltoffene Priester mit großer Toleranz. Er achtete die Geradlinigkeit dieses jungen, suchenden Knaben hoch, und nichts lag ihm ferner, als den Burschen zu bekehren, ihn, der sich mit Glaubensfragen wohl weit eingehender auseinandersetzte als manch einer, der wurstig und kritiklos den ganzen Prozess bis zur Firmung über sich ergehen ließ.

Nach elf glückseligen Jahren in den Diensten des Kirchensprengels Kleinschweinbarth, so empfanden dies die beiden ungeachtet gelegentlicher Unbill im Rückblick, wurde Eisschiel ins Mühlviertel nach Ottenkirchen abberufen. Der Pfarrer, wohl wissend um die starke Bande Hermines zu ihrer Familie, bat seine tüchtige Haushälterin inständig, ihm an seinem neuen Wirkungskreis weiterhin zur Seite zu stehen. Nach kurzer Bedenkzeit willigte Hermine, nicht ohne sich allmonatliche drei- bis viertägige Besuche in ihrer niederösterreichischen Heimat ausbedungen zu haben, ein.

In Ottenkirchen bezog das mittlerweile verschworene Paar ein stattliches, zweistöckiges Pfarrhaus, welches im 18. Jahrhundert erbaut und seither von der lokalen Pfarre gut in Schuss gehalten worden war. Das Gotteshaus von Ottenkirchen hingegen, ein schlichter gotischer Bau aus dem späten 13. Jahrhundert, für eine Dorfkirche reichlich groß geraten und, charakteristisch für diese Gegend, am Dorfrand gelegen, wurde in seiner langen Geschichte zweimal durch Feuersbrünste teilweise zerstört, um hernach, dem ureigenen Kunstempfinden der jeweiligen Epochen entsprechend, wiederhergestellt zu werden. So hatte die Kirche als missgestaltetes Zeugnis der architektonischen Zeitreise die Jahrhunderte überdauert und war unlängst gar durch eine neu erstellte Siedlung gleichsam näher ins Dorfzentrum gerückt.

Die ersten Monate der Einpfarrung im erzkonservativen Mühlviertler Bauerndorf gestalteten sich für den neuen Seelsorger nicht einfach. Auch hier, in der Oberösterreichischen Provinz, begegnete man ihm, dem Städter aus Wien, mit dem der Landbevölkerung eigenen Misstrauen, welches er mit seinen Predigten weltlicher Prägung zusätzlich schürte. Durch die gelegentlichen Anfeindungen, die er von seiner ersten Anstellung in Kleinschweinbarth nur zu gut kannte, ließ sich Ferdinand Eisschiel abermals nicht von seinem Weg abbringen und waltete seines Amtes in guten Treuen. Hermines selbstloses Wirken im Hintergrund bot ihm den erforderlichen Rückhalt, ähnlich dem eines Gitarristen einer Rockband, dessen bejubelte Exzesse letztlich durch den soliden Boden, welcher ihm sein bescheidener und ergebener Bassist beschert, erst ermöglicht werden.

Die Zeit brachte es mit sich, dass Eisschiels aufopfernde Fürsorge, seine einnehmende volksnahe Art, kurz, sein Wirken in der Gemeinde zunehmend geschätzt und an den jährlichen Generalversammlungen der Pfarre entsprechend gewürdigt wurde.

Zum finalen kollektiven Gesinnungswandel der Kirchgemeinde trug letztlich eine Begebenheit bei, die sich vor gut drei Jahren am Krankenbett eines dreijährigen, von Diphtherie heimgesuchten Mädchens zugetragen hatte. Die Krankheit war weit fortgeschritten, die Atemwege waren befallen, der Kreislauf drohte zu kollabieren. So wurde, als der Hausarzt nicht mehr weiter wusste, an einem dreckiggrauen Novemberabend der Pfarrer gerufen, um der todgeweihten Kleinen die Letzte Ölung zu gewähren. Eisschiel verbrachte gegen zwei Stunden am Bett des Kindes, betete mit ihm, redete ihm gut zu und bereitete es behutsam auf den Weg ins Jenseits vor. Als der Pfarrer die Kammer des Kindes verließ, meinte die Mutter ein leises Lächeln zu bemerken, welches das fahle Gesicht des kranken Kindes für einen kurzen Augenblick erhellte. Über Nacht fiel der erste Schnee und als der Morgen anbrach, erhob sich das Kind vom Bett. Das Fieber war weg, die Wangen hatten wieder an Farbe gewonnen, die Krankheit war überwunden.

In Windeseile verbreitete sich im Dorf die frohe Kunde von der unfassbaren Gesundung. Der Pfarrer wurde als Wunderheiler gepriesen, und schon tags darauf bemühte sich ein Journalist der „Mühlviertler Volksstimme" um ein Interview mit ihm. Eisschiel, der die Projektion des rein medizinisch erklärbaren Faktums in mystisch-religiöse Sphären entschieden ablehnte, dachte nicht daran, einer medialen Ausschlachtung Hand zu bieten und bat den jungen Reporter, die Sache auf sich beruhen zu lassen.

Am folgenden Tag indessen publizierte die Regionalzeitung unter dem Titel „Der Messias von Ottenkirchen" einen tranigen Artikel, der die Heil bringende Energie des Gottesmannes beschwor und von wunderlichen Konklusionen nur so strotzte. Folglich wurde der Messias wider Willen von etlichen Bittstellern aus der Umgebung bekniet, die sich der Hoffnung hingaben, dass er, kraft seiner übersinnlichen Fähigkeiten, etwa den an Schwermut leidenden Ehemann, die widerspenstige, pubertierende Tochter oder gar eine an ihrem Labmagen erkrankte Kuh errette. Eisschiel schlug jedwedes, noch so flehende Ansinnen aus und widmete sich dessen ungeachtet wie eh und je seinen täglichen Obliegenheiten in der Pfarrgemeinde.

Um der unseligen Aufruhr um seine Person nachhaltig Einhalt zu gebieten, hielt der pragmatische Priester am ersten Advent in der randvollen Kirche eine leidenschaftliche Rede, in welcher er Scharlatanerie, Götzentum und religiösen Fanatismus geißelte. Es waren Dolchstöße von der Kanzel, Dolchstöße in seit jeher durch Volksverhetzer in christlicher Mission irregeführte Gemüter. Jene unkonventionelle Predigt bescherte dem aufrechten Gottesmann denn auch umgehend einen harschen Verweis des Diözesanbischofs von Linz.

In Ottenkirchen jedoch gewann der schlichte Theologe, obschon er sich erzkonservativen christlichen Werten verwahrte, an Beliebtheit. Mochten auch längst nicht alle Angehörigen der Kirchgemeinde seine von der strengen katholischen Lehre abweichenden Ansichten verstehen oder gar teilen, so hatte er sich zumindest durch seine Geradlinigkeit im Dorf gehörigen Respekt verschafft.

Doch abermals wurde in Ottenkirchen für gehörig böses Blut gesorgt. Die Begebenheit trug sich an einem windigen Frühlingsmorgen zu. Die Gemeinde war am Grab zur Beisetzung des Unterhuber Niklaus versammelt. Hinter der ausgehobenen Gruft steckte nicht etwa ein einfaches, provisorisches Holzkreuz, sondern es thronte ebendort bereits der wuchtige granitene Grabstein. Denn Unterhuber, der Nonkonformist, dem nichts heilig war, hatte den Stein noch zu seinen Lebzeiten ausgewählt und die Innschrift einmeißeln lassen; einzig die letzten zwei Ziffern des Todesjahres hatte der Steinmetz nach dem Ableben seines Auftraggebers in den Stein zu hauen.

Pfarrer Eisschiel hatte sich, die Bibel in der Hand, hinter den Leichenstein gestellt, doch just als er zur Grabrede anheben wollte, wurde es im Halbkreis der Trauergemeinde unruhig. Es wurde getuschelt und geraunt, der Geräuschpegel stieg an und die Witwe schürzte peinlich berührt ihr seidenes Kopftuch. „Dieser gottlose Mistkerl" oder „verdammter Gotteslästerer" war aus dem Geraune auszumachen. Etliche deuteten stumm und mit eisigen Mienen auf den Grabstein. Auf diesem war Folgendes zu lesen:

„Manchmal will mein Glaube wanken …"

„Wo kein Glaube ist, ist kein Wank"

Niklaus Unterhuber-Pech
1898-1965

In den folgenden Wochen wurde lauthals gefordert, diesen Grabstein, diesen gotteslästerlichen Grabstein des Anstoßes aus dem Friedhof zu verbannen. Pfarrer Eisschiel trat vehement für dessen Verbleib an Ort und Stelle ein und setzte sich schließlich kraft seines mittlerweile erlangten Ansehens durch.

Obschon die Tage im beschaulichen oberösterreichischen Bauerndorf bedächtiger als anderswo zu verstreichen schienen – vielmehr fraß sich die Zeit betulich voran, manchmal

schien sie gar wiederzukäuen –, brach für Ferdinand Eisschiel und Hermine Pumsenberger bereits das zwölfte
Dienstjahr in der Pfarre Ottenkirchen an.

Der Meineid

Jeweils am Donnerstagmorgen von acht bis halb zehn Uhr war Beichtstunde im Ottenkircher Gotteshaus. Eisschiel missfielen diese Donnerstage, nicht der Beichten selbst wegen, sondern weil die in aller Frühe angesetzten Termine der Sündenbekenntnisse ihn als leidenschaftlichen Langschläfer jeweils allzu früh aus dem Bett nötigten. An diesem Donnerstag war zudem auf zehn Uhr eine Abdankung angesetzt, und so war er erleichtert, dass er zuvor lediglich eine einzige Beichte abnehmen musste. Dadurch blieb ihm zwischenher noch Zeit und Muße, sich auf die Grabrede und die Predigt der Abdankung vorzubereiten.

Gegen Ende des opulenten Totenmahls beim „Huberwirt", welches sich bis zur Vesperzeit hinzog, wurde der Pfarrer zu einer Letzten Ölung gerufen. Die Schwester des Ganstelbauers, welche während des Ersten Weltkrieges ihren Mann und ihren Sohn verloren hatte sowie des Bauerngutes verlustig gegangen war und fortan während eines halben Jahrhunderts auf dem Hof ihres neunzehn Jahre jüngeren Bruders gedient hatte, lag in den letzten Zügen. Diese von der unbarmherzigen Vorsehung zur Magd bestellte, streng gläubige Bäuerin hatte sich in biederer christlicher Demut in ihr Los geschickt und war im Dorf stets gut gelitten. Das in Ottenkirchen weithin empfundene Mitgefühl mit der einstigen Ganstelbäuerin wurde durch eine Geschichte, die man sich im Dorf erzählte, zusätzlich bestärkt. So wurde gemunkelt, dass sie, sooft ihr Bruder Gäste hatte, von diesem angewiesen wurde ihr Zimmer zu räumen, um im Keller auf der Apfelhurde zu nächtigen.

Eisschiel kippte den eben servierten Obstler in einem Zug, verabschiedete sich von der ausgelassenen Trauergemeinde und machte sich auf den Weg zum majestätisch, auf einer leichten Anhöhe gelegenen Ganstelhof, woselbst er vom Hausherrn am Tor erwartet und überschwänglich mit

„Hochwürden" begrüßt wurde. Das Bett der im Sterben liegenden greisen Bäuerin war von vier Generationen der wohlhabenden Familie umstellt. Als der Geistliche eintrat, begann die kleine Urenkelin fürchterlich zu schreien, die Augenlider der 90-Jährigen öffneten sich schwerfällig und sie begrüßte Eisschiel mit matter Stimme. Dieser versah sie mit den Sterbesakramenten, salbte ihr Stirn und Hände, und als das Zeremoniell beendet war, bat der Ganstelbauer den Pfarrer in die Küche, woselbst er mit einer reichhaltigen Jause, begleitet von Kirschwasser und einem schweren Burgenländer Roten, den sie in tiefen Zügen schluckten, die Dienste des Pfarrers abzugelten gedachte.

„Hochwürden, kosten Sie doch noch einen Bissen von dem geselchten Schweinespeck, der stammt von meiner einstigen Lieblingssau, der Rosel, die ich diesen Jänner schlachten musste, weil sie bösartig wurde", forderte der Ganstelbauer den Priester auf, während er die zweite Flasche Wein kredenzte.

„So sagen's mir doch nicht immerdar Hochwürden", bat Eisschiel inständig mit mittlerweile weinträger Stimme, wobei er sein Stamperl Kirschwasser erhob, „ich bin kein Kardinal, ich bin bloß euer Dorfpfarrer und mein Name ist Ferdinand."

„Und ich bin der Ludwig – zum Wohl."

Und so saßen die beiden noch für einige Gläser in annehmlicher Geselligkeit in der Küche beisammen, und es dunkelte bereits, als Ferdinand Eisschiel den Heimweg antrat. Allein seine Beine wollten sich ihm nicht mehr so recht fügen, und so kam es, dass er auf der schnurgeraden Dorfstraße etliche Haken schlug.

Hermine, die sich ob des langen Ausbleibens des Pfarrers Sorgen gemacht hatte, war denn auch erleichtert, als die Stufen der Stiege im Hausflur laut vernehmlich knarrten und empfing den sichtlich angeheiterten Gottesmann ohne auch nur einen Anflug von Tadel. Sie bettete ihn aufs Kanapee in der Stube, zog ihm behutsam die Schuhe aus, worauf Ferdinand augenblicklich in einen versonnenen, unruhigen Schlaf fiel. Frei von Groll trug die Haushälterin das Faschierte, Ferdinands Leibspeise, welche sie ihm zu seiner großen Freude jeden Donnerstag zubereitete, vom Esstisch in die Speis, begleitet von schnaubenden und grunzenden Lauten, ganz so, als trachte die bösartige Rosel in Ferdinands Magen danach, ein letztes Mal aufzubegehren. Die Pfarrdienerin wunderte sich, dass ob dieses Gerassels der prachtvolle Gotteswinkel, der die Wand über der Liege dominierte, nicht herunterfiel.

Just als Hermine sich anschickte, in der Nebenstube die Wäsche zu glätten, vernahm sie vom Kanapee her zwischen Prusten, Zischen und unverständlicher Rede zwei deutliche Aussprüche, welche sie noch bis tief in die Nacht hinein beschäftigen sollten: „Stögermaier, du musst dich der Polizei stellen", und: „das arme junge Kind."

Hermine wusste die im trunkenen Halbschlaf gesprochenen Worte augenblicklich zu deuten. Sie ließ Ferdinand, der nun laut und regelmäßig schnarchte, in der Stube zurück und ging auf ihre Kammer. In ihrem wohlvertrauten Refugium wollte sie sich die Geschichte zu diesen Fragmenten erzählen. Und wahrhaftig, sie sprach, im Zimmer auf und ab gehend: „Stögermaier hat das arme Kind meuchlings und kaltblütig genommen. Allerdings brannte danach seine Seele. Als guter Katholik konnte er nicht umhin, sich durch Ablegen der Beichte seiner Schuld zu entledigen."

Sie kehrte sich um und kniete vor den Waschtisch, auf welchem ein Altar – ein handliches Tischmodell – postiert war und illuminierte ihn durch Drücken eines phosphoreszierenden Knöpfchens. Jesus erstrahlte im Licht zweier 45-Watt Glühbirnchen im Kreise der Seinen. „Was soll ich tun?", suchte sie um Rat. „Soll ich zur Polizei? Soll ich im selben Wisch den guten Herrn Pfarrer der Verletzung des Beichtgeheimnisses bezichtigen?"

Später, im Nachthemd unter dem stramm gezogenen Barchentlaken, schmiedete sie den Plan – einen Plan, der ganz und gar ihrer schönen Wesensart entsprach. Sie entschloss sich, morgen an ihrem freien Tag gleich nach dem Frühstück nach Mühlberg bei der Gendarmerie vorzusprechen, um eine Aussage zu machen. Die Loyalität zu ihrem langjährigen Weggefährten verbat es ihr, die Quelle ihrer Informationen preiszugeben. So erwog sie eine Falschaussage, in der Gewissheit, dass der Zweck, diesen Unhold seiner gerechten Strafe zuzuführen, dieses unlautere Mittel heiligen werde. Doch was um Himmels Willen sollte sie auf dem Posten erzählen? Sie durchharrte die ganze Nacht über dieser Frage brütend, bis sie – das Licht des anbrechenden Tages maß sich bereits mit der Finsternis der Nacht – völlig erschöpft in einen flüchtigen, friedlosen Schlaf fiel.

Postenkommandant Oss

Seit nunmehr zwölf Jahren wirkte Franz-Eugen Oss als Exekutivbediensteter des Justizwachkörpers in Mühlberg, und dies seit drei Jahren als wohlbestallter Bezirksinspektor. In seinen ersten Berufsjahren wurde er auf der Hauptwache seiner Geburtsstadt Graz in widerwärtigen Karriererangeleien zerrieben. Als ihm schließlich eine Anstellung in der fernen Mühlviertler Kleinstadt angeboten wurde, nahm er, nachdem er eine Nacht eher darüber gebrütet als geschlafen hatte, geleitet vom geschärften Tastsinn eines Geschlagenen, an. Die Abschiedskarte seiner ehemaligen Kollegen schloss mit folgendem Zynismus: *Wir wünschen unserem Kameraden Franz-Eugen eine steile Karriere als Gesetzeshüter in seinem neuen ländlichen Wirkungskreis. Möge er viele Bauern der Milchpanscherei überführen.*

Allein dieses läppische Gespött konnte Franz-Eugen nichts anhaben, er freute sich auf seine neue Aufgabe, und er sollte seinen damaligen Entscheid beileibe nie bereuen. Hier im beschaulichen Mühlberg lernte er binnen weniger Monate seine künftige Frau Margot kennen, die dem gut situierten Beamten zwei kerngesunde Jungen gebar: den Franz und im Jahr darauf den Eugen. Mit dem familiären Glück ging die berufliche Erfüllung einher. Fürwahr, Ermittlungen in spektakulären Kriminalfällen waren hier nicht an der Tagesordnung, doch hatten sich seine beruflichen Ambitionen im neuen Umfeld gewandelt, und mittlerweile war er sattsam zufrieden in seinem betulichen Amte.

Einmal allerdings, im vorletzten Herbst, wurde er zu einem abseits gelegenen Hof gerufen, woselbst der Bauer leblos in der Jauchegrube schwamm. Alles deutete vorerst auf einen heimtückischen Mord hin.

Ossens kriminalistische Passion wurde jäh aus ihrem Dämmerschlaf gerissen. So verhörte er denn auch eingehend einen als Hitzkopf bekannten Großbauern, der mit dem Unglücklichen in einem hartnäckigen Streit um einen unwesentlichen Landspickel lag. Der Verdächtige war Präsident des örtlichen Fischereivereins, in welchem Oss als Materialverwalter amtete. Ihr Verhältnis war jedoch nicht unbelastet, denn vor zwei Jahren hatten sich die Mitglieder des Vereins im Verlauf der Generalversammlung in zwei feindliche Lager gespalten.

Stein des Anstoßes war eine vom verdienten Ehrenmitglied Schachtelhammer Hermann erarbeitete, ausgeklügelte Berechnungstabelle für das vereinsinterne Wettfischen, welche das Gewicht der gefangen Fische mit einem die Qualität der jeweiligen Fischart berücksichtigenden Faktor multiplizierte. So stand etwa die Forelle pro Kilo mit dem Faktor 2,4 zu Buche, gegen welchen der Karpfen mit mickrigem 1,5 das Nachsehen hatte. Diese Faktoren galten Schachtelhammer keineswegs als sakrosankt, er setzte sie lediglich als späterhin zu verhandelnde Richtwerte ein. Deren Unverbindlichkeit versäumte er fatalerweise hinlänglich darzulegen, und just entfachte sich ein erbitterter Streit insbesondere um den Faktor der Schleie, welcher mit 1,8 den einen zu hoch, den anderen wiederum zu tief angesetzt erschien. Der bedauernswerte Schachtelhammer versuchte daraufhin schlichtend einzugreifen. Allein die Wogen gingen bereits zu hoch. Während der Präsident als passionierter Schleienangler sich für einen Faktor 2,1 stark machte, bestand Oss auf 1,7. Die Debatte wurde zunehmend hektischer, die beiden Lager setzten sich demonstrativ an zwei verschiedene Tische; lediglich der seines erhofften Triumphes beraubte Schachtelhammer kauerte, beide Arme auf seinen zitternden Schenkeln aufgestützt, geknickt und den Tränen nahe auf einem Schemel in der neutralen Zone und harrte der Beschimpfungen und Kränkungen, welche nun unverhohlen von Tisch zu Tisch über seinen gebeugten Rücken schossen.

Die Zeit vermag gemeinhin Wunden zu heilen. Jene Zwistigkeit war jedoch allzu belangvoll, als dass sich die beiden einstigen Wortführer Oss und der Bockaubauer auch nur annähernd hätten versöhnen können und sich also spinnefeind blieben.

Im darauffolgenden Jahr gerieten sich der schlichte Polizist und der großspurige Bockaubauer abermals in die Haare. Es trug sich dazumal beim Absenden des Fischervereins zu. Oss war soeben zum Gewinner des vereinsinternen Wettfischens erkoren worden und fieberte also von Ungeduld überkommen dem Tag entgegen, an welchem er den Wanderpokal beim Graveur abholen und bei sich zu Hause auf die Kredenz in der Nebenstube stellen würde.

Beim Bewerb, der im Morgengrauen mit „Angeln in stehendem Gewässer" am vereinseigenen Weiher seinen Anfang genommen hatte, sich nachmittags mit „Angeln im Fließgewässer" an einer vom Verein gepachteten Partie der Feldaist, einem trägen schlammigen Flüsschen, welches sich mäandernd durch das Mühlberger Plateau windet, fortsetzte und beim Absenden im Vereinslokal seinen Abschluss fand, gab schließlich ein Aitel von gut zwei Kilo „unausgenommen" den Ausschlag für den Oss'schen Sieg; er lag damit mit einem halben Punkt denkbar knapp vor dem Präsidenten.

Als am späten Abend der zinnerne, mit Bier gefüllte Pokal die Runde machte und dem Präsidenten gereicht wurde, schlug dieser weder ab, wie es der Brauch wollte, noch nahm er einen Schluck aus der bauchigen Kanne. Stattdessen entlud sich die erlittene Schmach des ruhmsüchtigen, in seiner Fischerehre gedemütigten Vereinsobmanns: „Der Franz-Eugen hat den Aitel gschränzt, ich hab's genau gesehen."

Bei dem so genannten „Schränzen" zieht man die Angelschnur mit dem Dreiangel ruckartig quer über die im Fluss stehenden Fischschwärme, in der Hoffnung, er möge sich an einem der Fischrücken einhaken. Diese Fangmethode gilt unter Fischern fürwahr als äußerst unsportlich. So ganz regelkonform hatte Oss den kapitalen Fisch in der Tat nicht gefangen, denn die Angelschnur verfing sich am Kiemendeckel des kolossalen Fisches, dennoch konnte man den Sportfischer keineswegs des aktiven Schränzens bezichtigen; der Fang war denn eher, je nach Gesichtspunkt, ein glücklicher oder bedauernswerter Zufall.

Fatal allerdings, dass dies ausgerechnet von seinem härtesten Widersacher bemerkt und nun entsprechend als Bolzerei angeprangert wurde. Das ohnehin gerötete Gesicht des Beschuldigten verdunkelte sich urplötzlich, er erhob sich und holte vor versammelter Gesellschaft zu einem unverhofften Gegenschlag aus: „Wisst ihr übrigens, dass unser hoch verehrter Präsident die Schleien lebendigen Leibes in die Zentrifuge wirft, um ihnen den Schleim zu entziehen?"

Allein die Reaktionen der Fischerkameraden auf die Enthüllung dieser ungeheuerlichen Quälerei hielten sich in Grenzen, da tierschützerisches Gedankengut zur damaligen Zeit in jenen Kreisen noch nicht sehr geläufig war.

Was da Oss eben ausgeplaudert hatte, oblag von Rechts wegen der polizeilichen Schweigepflicht. Doch der Unmut, der ihm über die Unterstellung seines Vereinskameraden gewachsen war, ließen den Polizisten die elementarsten Grundregeln seines Berufes missachten.

Die Geschichte mit den Schleien wurde dem Gendarmen vom damaligen Knecht des Bockaubauern zugetragen. Dieser war kurz zuvor von seinem Brotherrn mit Schimpf und Schande fortgejagt worden und suchte sich hernach mit einer Anzeige bei der Polizei an seinem einstigen Vorgesetzten zu rächen.

Mit dem Anführen dieser Angelegenheit stach Oss unbewusst in eine offene Wunde seines Kontrahenten: Just vor ein paar Tagen verließ Sieglinde, die Bockaubäuerin, ihren Mann und zog zu ihrem Bruder Oswald ins Hausruckviertel.

Die schleimigen Schleien spielten dabei eine zentrale Rolle, hatten sie doch das Fass zum Überlaufen gebracht. Die junge Ehe lag freilich schon seit geraumer Zeit, belastet durch verschiedene Eskapaden des Bauern, der sich mit der Loslösung vom Junggesellendasein schwertat, im Argen. Am vergangenen Mittwochmorgen, ihr Mann war nach Steyr gefahren, woselbst er einen neuen Traktor kaufen wollte, stach der Bäuerin, als sie die frisch gewrungenen Laken aus dem Waschhaus durch den Hof trug, wieder einmal der widerliche Gestank von faulendem Fischschleim in die Nase. Fuchsteufelswild breitete die impulsive Sieglinde ein Betttuch auf dem Küchenboden aus, entnahm dem Ofen ein Stück Kohle und schrieb in großer Blockschrift: *Von nun an kannst Du Deine Scheißschleien gleich mit ins Bett nehmen. Mir reicht's!*

Danach rief sie ihren Bruder, der in Wels ein florierendes Bestattungsinstitut führte, an und bat ihn, er möge sie doch noch im Verlaufe des Nachmittags auf dem Hof abholen. Alles Weitere werde sie ihm auf der Fahrt erklären. Sodann packte sie ihre Sachen in zwei riesige Überseekoffer und schleppte sie auf den Hof.

Als Oswald um halb Vier mit seinem Leichenwagen in den Hof einbog, wurde er durch das Transparent, welches am Torbogen hing, hinlänglich über den Sachverhalt unterrichtet. Der besonnene Bestatter nahm seine aufgewühlte Schwester in die Arme, hievte die Koffer ins Auto, und erst nachdem der letzte Weiler Mühlbergs aus dem Blickfeld des Innenspiegels schied und Sieglinde den Bockauhof in leidlicher Entfernung wusste, wurde sie redselig und suchte hierdurch den angehäuften Gram scheibenweise abzutragen.

Als der Bockaubauer abends aus Steyr zurückkehrte, erschlug ihn die ebenso deutliche wie unverhohlene Mitteilung auf dem Laken. Da er die mannigfachen offenkundigen Hilfeschreie seiner Frau ehedem nicht zu deuten wusste, fand sich der Jungbauer nun verblüfft und ratlos vor deren Konsequenz.

Obschon ihr gegenseitiges, denkbar schlechtes Einvernehmen durchaus eine beträchtliche Befangenheit in sich barg, leitete Oss die Ermittlungen und Verhöre zum „Toten in der Jauchegrube" streng und sachlich. Da ihm jedoch der Bockaubauer ein durch eine hoch angebundene Mühlberger Persönlichkeit untermauertes Alibi präsentierte, sah sich Oss wohl oder übel gezwungen, die in Richtung seines Hauptverdächtigen gehenden Ermittlungen einzustellen.

Der Kriminalist war enttäuscht und erleichtert zugleich. Man kam zum Schluss, dass der Unglückliche wohl auf einem Kuhfladen ausgeglitten sei, oder dass ihn seine hinlänglich bekannte Schwermütigkeit in den Freitod getrieben habe.

Einen Monat danach, an der ordentlichen Generalversammlung des „Sportanglerbundes Mühlberg", wurde Oss, obgleich der nachtragende Präsident übelwollend dessen Wiederwahl zu hintertreiben trachtete, mit Akklamation in seinem Amt als Materialverwalter bestätigt.

Auf dem Wachtposten

Hermine stand am folgenden Morgen nach kurzem Schlaf in aller Frühe auf. Sogleich kreisten all ihre Gedanken um die falsche Zeugenaussage, welche sie sich noch zurechtlegen musste. Als grundanständige, wahrheitsliebende Person tat sie sich jedoch außerordentlich schwer, eine Lügengeschichte zu ersinnen.

Als sie Ferdinand Eisschiel, der seinen Rausch vom Vortag durch einen großen Schlaf hinreichend auskuriert hatte, das Frühstück zubereitete, beobachtete sie durchs Küchenfenster, wie sich im Hof des Nachbargrundstücks Hubert Stögermaier soeben in seinen silberfarbenen Opel Kapitän setzte. Das Heck dieser deutschen Antwort auf den „Amerikaner" war dem Pfarrhaus zugewendet. Neben dem Nummernschild dominierte ein großes G, welches ein Bild, das ein Automobil vor dem Großglockner zeigte, umschloss. Diese motorsportliche Devotionalie, in Metall zum Anschrauben oder als Selbstklebeetikette, prangte damals auf den Heckpartien jener Personenkraftfahrzeuge, welche, pilotiert von besonders verwegenen Automobilisten, die Hochalpenstraße zwischen Salzburg und Kärnten bezwungen hatten. Auf der Hutablage nickte neben einem Kissen mit gestickter Autonummer ein abgeschossener Gummidackel neckisch mit dem Kopf, als das hoch dekorierte Gefährt der gehobenen Mittelklasse, eine Staubwolke hinterlassend, auf die Dorfstraße einbog. Die Pfarrdienerin erschauderte, als sie diesen Stögermaier erstmals als den Mädchenschänder und nicht wie gewohnt, als den unauffälligen Nachbarn, den Versicherungsinspektor und Aktuar des Kirchensprengels Ottenkirchen gewahrte.

Indessen reifte in ihr die Idee der Aussage, welche sie auf dem Polizeiposten machen würde.

Nach dem Frühstück mit Ferdinand, der wohlauf mit gutem Appetit sich Schnitte um Schnitte strich, jedoch in wortkarger Nachdenklichkeit versunken nicht verhehlen konnte, dass ihn etwas bedrückte, wünschte Hermine ihm einen schönen Tag und verließ das Haus. Sie ging zum Schuppen im Hof, stieß den rot-weißen Puch MS 50, ein Geschenk ihres Brotherrn zum 20-jährigen Dienstjubiläum, an und machte sich auf den Weg nach Mühlberg.

Die Straße führte durch hügeliges Gelände, wo Felder mit hoch stehender Frucht, wild wachsende, brach gefallene Flächen, Bürstlingswiesen, die sich in stille ausgedehnte Moore verloren, und duftende Wälder voller zwitschernder, piepsender und tirilierender Vögel die sommerliche Landschaft prägten. Auf den Feldern herrschte emsiges Treiben. Bauersleute, Mägde und Knechte ernteten bereits den Sommerweizen, denn es war gutes Wetter angesagt. Die Kinder lagen unter Schatten spendenden Bäumen, die Nasen tief in ihre in saurem Most getränkten Lappen vergraben.

Hermine gab, kraft der unverbrüchlichen Gewissheit in einer guten Mission unterwegs zu sein, Vollgas und genoss den Fahrtwind, der ihr durchs Haar und unter die Röcke fuhr.

Derweil trat Franz-Eugen Oss aus seinem Wachlokal auf den Bürgersteig und gab, indem er den speckigen Gürtel seiner Uniform um ein Loch lockerte, seinem wohlbeschaffenen Leib Luft, derweil er seine von einem mächtigen kahlen Schädel überwölbte Stirn kraus zog. Eine fette Fliege landete auf dem frischen, feuchten Hundekot, welcher, kaum zwei Ellen vor Ossens Schuhspitzen, Zeugnis von der allmorgendlichen Runde des Bürgermeisters mit seinem Wolfshund ablegte. Der behäbige Verkaufsbus einer nationalen Lebensmittelkette kurvte über den Dorfplatz, wobei er Umsatz heischend hupte. In provokanter Manier machte er just vor dem Lebensmittelgeschäft halt, welches von der aus dem Südtirol stammenden Familie Sulzenbacher in dritter Generation geführt wurde. Rosa Sulzenbacher trat aus ihrem Laden und inspizierte argwöhnisch die Traube der Mühlberger Hausfrauen, welche sich augenblicklich um den verdammten Bus, der sich seit dem Frühjahr anschickte, ihr das Geschäft zu vermiesen, gebildet hatte.

Im Vergewaltigungsfall Schimpfhuber tappte der Inspektor nach wie vor im Dunkeln. Ein breit gestreuter Zeugenaufruf brachte keine brauchbaren Hinweise, und während Oss gedrückt durch die Erfolglosigkeit der bisherigen Ermittlungen in dieser Straftat seine ohnehin nur sporadisch geforderten kriminalistischen Fähigkeiten abermals in Frage stellte, durchschnitt das Mühlberger Storchenpaar mit seinen kräftigen Schwingen die frische Morgenluft. Gebannt beobachtete Franz-Eugen die schwarz-weißen Riesenvögel in ihrem Gleitflug, und just, als sie mit weit ausgebreiteten Flügeln zur Landung auf ihrem Nest über dem Hauptschiff der Kirche ansetzten, gewahrte der Polizist auf der sich am Horizont verlierenden Straße, die über Keferberg nach Ottenkirchen führte, einen kleinen, immer größer werdenden Punkt. Hermine Pumsenberger näherte sich in flotter Fahrt dem Polizeiposten.

Nach einer guten halben Stunde Fahrzeit hatte Hermine den Bezirkshauptort erreicht, wo sie den breitbeinig, in vollem Wichs vor seiner Amtsstube stehenden Bezirksinspektor nicht übersehen konnte.

„Grüß Gott. Ich möchte eine Aussage zum Fall Alwine Schimpfhuber machen", platzte Hermine heraus, während sie ihr Motorfahrrad auf dem Bürgersteig abstellte.

Oss zwang sich zu Gelassenheit und führte Hermine in sein spartanisch ausgestattetes Wachlokal, wo nebst einigen wenigen amtlichen Anschlägen des stolzen Vaters Söhne Franz und Eugen von der arg vergilbten Wand grüßten, und nahm, während er sich seine Pfeife stopfte, die Personalien des unverhofften Gastes auf.

„Kommt nun doch etwas Bewegung in die Angelegenheit?", fragte er sich in gespannter Erwartung.

Nun gab Hermine ihre ebenso einfache, wie plausible Geschichte zu Protokoll: „Am vergangenen Freitagabend, kurz nach 18 Uhr, bemerkte ich durchs Küchenfenster schauend, wie mein Nachbar Hubert Stögermaier sein Auto im Hof parkte. Als er ums Auto zum Haus ging, fiel mir auf, dass sein Anzug und seine Schuhe stark verschmutzt waren. Der Herr Stögermaier war von Kopf bis Fuß mit Erde verschmiert. Er ging in sein Haus und nach einer halben Stunde kam er wieder raus in den Hof und warf seinen verdreckten Anzug in die Mülltonne. Vorerst dachte ich mir nicht viel dabei, doch als ich vom Unglück der armen Alwine aus Affenschlag hörte, konnte ich mir allmählich einen Reim auf meine Beobachtungen machen."

Die harten Anschläge seiner klapprigen Schreibmaschine verstummten und Franz-Eugen Oss lehnte sich in den Sessel zurück und zog versonnen an seiner Pfeife. Der durch die sich aufbäumenden Rauchschwaden vollends verhüllte Bezirksinspektor sprach: „Es ist wichtig und dient der Aufklärung, dass Sie diese Aussage machten, doch wieso, um Himmels Willen, kamen Sie damit nicht früher zu mir? Die Spuren dürften nun verwischt, der Inhalt der Mülltonne längst unter einem riesigen Haufen einer Mülldeponie verborgen, wenn nicht gar schon verbrannt sein."

„Ich war mir vorerst nicht sicher, ob meine Beobachtung mit dieser schrecklichen Untat in einem Zusammenhang stehen würde; ich wollte auf keinen Fall einen Unschuldigen in diese Geschichte hineinziehen", antwortete Hermine, die auf diesen Einwand vorbereitet war.

„Deshalb brauchte ich ein paar Tage, um meiner sicher zu sein …"

„… welche dann zu einer Woche wurden", fügte der nach wie vor über das Zögern der Zeugin verstimmte Oss hinzu. Im Handumdrehen befliss sich Oss jedoch einer gemäßigteren Tonart, denn in der Tat lieferte ihm diese Frau die ersten Indizien zu diesem Fall, nachdem sich seine Ermittlungen während einer ganzen Woche keinen Schritt vorwärts bewegt hatten.

„Wie gut kennen Sie diesen Stögermaier", fragt er. „Wie würden Sie ihn beschreiben?"

„Nun, der Herr Stögermaier wohnte schon dort, als wir vor elf Jahren das Pfarrhaus in Ottenkirchen bezogen hatten. Er ist ein Junggeselle, der sein eigenes, stilles und unauffälliges Leben führt. Wenn wir uns begegnen, grüßen wir uns, doch zu einem eigentlichen Schwatz ist es während all dieser elf Jahre nie gekommen. Er ist Mitglied des Kirchenrats der Pfarre Ottenkirchen, beteiligt sich sonst nicht aktiv am Dorfgeschehen. Früher verkehrte er noch regelmäßig in unseren Gasthäusern, doch seit etwa zwei Jahren sieht man ihn abends nicht mehr im Dorf. Zum Huberwirt geht er nicht mehr, weil er sich mit dem Wirt, wegen einer Geschichte, die sich zur Faschingszeit abspielte, überworfen hatte. Er soll damals einer slowakischen Serviererin an die Brüste gegriffen haben."

„Was akkurat zum gängigen Täterprofil passen würde", schloss Oss aus dieser Episode und sog an seiner Pfeife, wobei ihm nebst dem erhofften Rauch widerwärtiger Pfeifensaft in den Mund gelangte, den er spornstreichs durchs offene Fenster ausspie.

„Ich danke Ihnen für Ihre Aussage, Frau Pumsenberger. Vorerst haben Sie uns in der Sache sehr geholfen. Sollte ich noch weitere Angaben benötigen, würde ich mir erlauben, Sie nochmals zu kontaktieren."

Während Hermine sich auf Ferdinands pastorales Präsent schwang und laut krachend davonbrauste, resümierte der Bezirksinspektor: „An der Glaubwürdigkeit dieser rechtschaffenen Pfarrhelferin ist nicht zu zweifeln." Ihre Aussage wiederum belastete diesen Stögermaier in einer Deutlichkeit, die gezieltes, unverzügliches Handeln gebot.

Zuallererst holte er auf der Gemeinde Ottenkirchen die Leumundnote des Hubert Stögermaier ein. Doch entgegen des Bezirksinspektors Erwartungen, enthielt diese lediglich einige dürftige Belanglosigkeiten, die den Verfasser zur Schlussfolgerung „nichtnachteiliger Leumund" bewogen.

Auch ein Telefongespräch mit dem Ottenkircher Bürgermeister, einem Kameraden aus dem Fischerverein, brachte nichts Zählbares ans Licht. Stögermaier schien eine graue Maus, ein unauffälliger Durchschnittsbürger zu sein, der nicht anders als die meisten seiner Mitbürger nach Feierabend in seiner Stammkneipe seine Biere zu trinken pflegte und am Sonntag mit seinem Auto durch die Gegend brauste.

Aus seiner Strafkarte vermochte lediglich ein belangloser Verkehrsunfall seinen makellosen Leumund zu trüben. Vor ein paar Jahren kollidierte er in stark angetrunkenem Zustand, keine hundert Meter von seinem Haus entfernt, mit einem Kandelaber, rammte den Gartenzaun des Ottenkircher Bürgermeisters, walzte dessen Gemüsegarten platt, bis ein Miststock seine kolossale Fahrt stoppte.

So blieb als einziger Hinweis, der dem Täterprofil eines Sexualverbrechers entsprach, die Geschichte mit der slowakischen Serviererin.

Den Gedanken einer Gegenüberstellung Alwines mit Stögermaier verwarf Oss. Einerseits wollte das Opfer das Gesicht des Täters nicht gesehen haben, andererseits würde das ohnehin geplagte Mädchen dadurch unnötiger Pein ausgesetzt.

Umgehend informierte Oss seinen Vorgesetzten, den Landesgendarmeriekommandanten Oskar Breitschuh in Linz, und ließ sich von ihm die weiteren Schritte, die ihm vorschwebten, absegnen. Breitschuh, erleichtert, dass sich in dieser verzwickten Kriminalsache endlich etwas tat, versicherte Oss bestmögliche Unterstützung und weitgehende Freiheit in seinen Handlungen.

Danach fuhr der Postenkommandant nach Hause zum Mittagessen. Seine Frau und seine beiden Söhne saßen bereits bei Tisch. Margot hatte Speckknödel gekocht – Franz-Eugens Leibgericht. Über dem Esstisch hing seit nunmehr zweier Jahre der sorgfältig präparierte Kopf eines 88er Hechtes, welchen nicht Oss, nein, seine Frau anlässlich eines freien Fischens mit Angetrauten am vereinseigenen Teich gefangen hatte. Sein größter Hecht war ein 65er, und obschon er Margot jenen Glücksfang von Herzen gegönnt hatte, fühlte er sich in seiner Fischerehre nachhaltig gekränkt und litt entsprechend unter dieser Schmach. Und mehr denn je schien es ihm, als ob ihn der ausgestopfte Kopf beim Essen von oben herab mit seinen kleinen runden Augen und dem weit offen stehenden Mund hämisch angrinste.

Nach einem kurzen Mittagsschlaf auf der Küchenliege begab sich Oss in die Versicherungsagentur, bei welcher Stögermaier arbeitete und die auf seinem Arbeitsweg gleich um die Ecke lag. Deshalb war er sich sicher, dass er diesem Stögermaier auf der Straße schon einmal begegnet sein musste. Er fragte die dralle Empfangsdame, deren rückwärtige Partie er vor ein paar Tagen sich auf dem Gehsteig nach ihr umdrehend, mit Wohlgefallen begutachtet hatte, nach der Kleidung des Herrn Stögermaier vom vergangenen Freitag. Und siehe da, die junge Frau mochte sich erinnern, dass der Herr Inspektor an jenem sonnigen Tag, irgendwie passend, wie sie meinte, ein gelbes Hemd trug, welches sich jedoch mit dem senffarbenen Sakko biss. Zusammen mit den beigen Hosen sei dies eine, gelinde gesagt, unvorteilhafte Kombination gewesen.

Nach vier Uhr fuhr der Gendarm nach Affenschlag, um zu klären, ob sich Stögermaier vor seinem Besuch beim Kirchenwirt noch umgezogen habe. Der Metzgermeister Gamsbichler saß als einziger Gast am Stammtisch und als Oss dem Wirt, der am Schanktisch lehnte, dieselbe Frage stellte wie vorhin der drallen Empfangsdame, antwortete der Fleischer anstelle Schafgartners: „Ja halt a Hosen und a Hemd."

Hierauf drehte Oss Gamsbichler ostentativ den Rücken zu und blickte dem Wirt scharf in die Augen: „Ist Ihnen in Bezug auf Ihren Gast Stögermaier an besagtem Freitag etwas aufgefallen?"

„Er war später dran als sonst, doch dies kommt öfter mal vor", teilte der Wirt, der sichtlich um korrekte Angaben bemüht war, mit.

„Demzufolge ist ‚sonst' kein fixer Wert", sinnierte Oss und wollte abschließend noch wissen, ob Stögermaier für sein späteres Erscheinen einen Grund angegeben hätte.

„Er wurde durch einen Kunden aufgehalten", ließ sich die sonore Stimme des Metzgermeisters in Ossens Rücken vernehmen. Missmutig verließ der Postenkommandant das Lokal.

Der korpulente Engel

Hubert Stögermaier drückte das Gaspedal durch, hupte und schickte sich an, den lahmen DKW, der schon seit geraumer Zeit in aufreizend gemächlicher Fahrt auf der Landstraße vor ihm her bummelte, in der nächsten Linkskurve zu schnappen. Im Scheitelpunkt der Biegung vermochte er die drohende Kollision mit einem entgegenkommenden Kleinlaster mittels wachem Reflex zu vermeiden und zog übers rechte Bankett schlingernd, wo er einen Begrenzungspfosten niedermähte, vor den Kleinwagen, dessen Fahrer zuvor in panischer Angst bremste, die Spur jedoch hielt und somit den Unfall seinerseits verhinderte. Stögermaier huldigte seit jeher der sportlichen Fahrweise und solch geglückte Manöver bescherten ihm ein unsägliches Hochgefühl.

Präzis vor einer Woche hatte Stögermaier in einem Kornfeld, unweit dieser Landstraße, die kleine Schimpfhuber vergewaltigt – diese Schreie des Mädchens, die absolute Macht über das weibliche Wesen, die flüchtige sexuelle Befriedigung, der hilflose halbnackte Körper in der feuchten Erde.

Fühlte Stögermaier etwas wie Reue oder Mitleid? Einer, der sich nicht scheute, keine zwei Stunden nach seiner abscheulichen Tat sich zum Vater des Opfers an denselben Tisch zu setzen? Nein, er nahm die Frauen schon seit langer Zeit nicht mehr als Einzelwesen wahr, er verachtete sie in ihrer Gesamtheit – diese Frauen, bei denen er stets abgeblitzt war, bei denen er nie hatte landen können, von denen er sich nicht beachtet, vielmehr schmerzlich verhöhnt sah. Und dies weiß Gott nicht seines Aussehens wegen. Von großem Wuchs hatte Hubert freilich schon als Jugendlicher den Hang zur Korpulenz, welche man jedoch durchaus in positivem Sinne als Stattlichkeit hätte durchgehen lassen können. Sein Gesicht hatte ebenmäßige, weiche Züge und sein ehemals dichtes, leicht gelocktes blondes Haar gab ihm den Anschein eines wohl genährten, kolossalen Engels. Es lag insbesondere an seiner Art, an seiner schieren Unfähigkeit eine Frau anzusprechen oder gar ein Gespräch zu führen. Nie fand er die richtigen Worte, und sobald er schmerzlich erkannte, dass seine linkischen Bemühungen um eine Unterhaltung nicht fruchteten, wurde er in seiner Ohnmacht aggressiv und offenbarte seine unterschwellige Frauenfeindlichkeit durch abgeschmackte Anspielungen oder derbe, verletzende Herabwürdigungen.

Einmal freilich, es hatte sich vor gut zwanzig Jahren zugetragen, bot sich ihm eine Gelegenheit, die ihn in seiner Buhlerei einen kleinen Schritt weiterzubringen versprach.

Er war damals Mitte zwanzig und arbeitete in seinem angestammten Beruf als Lagerist im südlichen Waldviertel. Anlässlich eines öffentlichen Gesellschaftsabends des „Kameradschaftsbundes Mugerwinkel und Umgebung" saß er mutterseelenallein am Tisch vor seinem Bier, als sich zwei junge Burschen in Begleitung zweier adretter Damen an seinen Tisch setzten, da sich im kleinen düsteren Saal des Gasthauses „Zur Waldschenke" sonst kein freier Platz mehr fand. Er sah die fröhlichen jungen Leute in lockerem Gespräch, wobei nichts darauf hindeutete, dass sie in engerer Verbindung gestanden hätten. Nach einer Weile schlugen die beiden Burschen vor, ins Nachbardorf zu fahren, da dort eine Tanzveranstaltung mit aufgehobener Sperrstunde stattfinde. Während sich die beiden jungen Männer und das ältere der beiden Mädchen von der Idee begeistert zeigten und alsbald aufbrachen, blieb die Jüngere, eine anmutige Frau von etwa zwanzig Jahren, zerknirscht zurück.

Als sie hernach das Lokal ebenfalls verlassen wollte, sagte Stögermaier: „So bleiben's doch noch auf einen Kaffee."

Zu seinem eigenen Erstaunen willigte die Angesprochene ein, und nachdem Stögermaier zwei Seidel Bier bestellt hatte, kamen sie recht gut ins Gespräch. Waltraud, so hieß sie, hatte ihren Eltern versprochen, noch vor Mitternacht zu Hause zu sein. Sie klagte über ihre Freunde, die bereits kurz nach zehn Uhr ins Nachbardorf aufgebrochen seien, sie sich demnach ausgeschlossen fühle und nun alleine dasitzen würde.

Hubert, beileibe kein Charmeur von Gottes Gnaden, verstand es, mittels einiger weniger Worte Waltraud in ihrer bitteren Enttäuschung zu trösten, und als er ihre Augen gar noch mit einem freilich etwas hölzernen Kompliment bedachte, vermochten diese wieder zu strahlen. So gelang es dem ungewandten Hubert, getragen von der Gunst der Stunde, sich mit der jungen Dame auf den folgenden Freitagabend im Gasthaus „Pachinger" zum Abendessen zu verabreden.

Der „Pachinger" lag am östlichen Dorfrand und stand als Speiselokal in einem guten Ruf. Er zählte nicht zu Huberts Stammlokalen, man kannte ihn dort nicht, doch dies war ihm für dieses Stelldichein mehr als recht.

Das stattliche Gasthaus aus dem frühen 17. Jahrhundert wurde in der zwölften Generation von ebendieser Familie Pachinger geführt, wovon ein Stammbaum zeugte, der in einem barocken Rahmen an der Wand hinter dem Stammtisch hing. Die prächtige Gaststube wurde über die Jahrhunderte etliche Male, jedoch stets sanft renoviert. Gewiss gab es da und dort für den Sachkundigen ein paar Fehlleistungen zu entdecken, gleichwohl vermochten solche Einzelheiten dem unbedarften Besucher das Gesamtbild nicht zu vergällen. Man wähnte sich in längst vergangenen Zeiten und konnte durchaus der träumerischen Vorstellung anheimfallen, dass sogleich Goethe oder Schiller in die Gaststube eintreten würde.

Dem Hallböck Ernstl, dem Gehilfen der Dorfbäckerei, der wie jeden Abend in feuchtfröhlicher Runde am Stammtisch seine Halben hinunterspülte, war solcherlei Historismus fremd. Er schätzte vielmehr das fachmännisch gezapfte Bier und die unkomplizierte Gesellschaft am Stammtisch dieses Lokals. Einzig eine feschere Serviererin als die bisweilen etwas bärbeißige, alte Pachinger wäre ihm recht gewesen.

Er hatte soeben eine Runde Bier bestellt, als die massive Eichentüre zur Gaststube aufgestoßen wurde. Es war denn auch nicht Goethe oder Schiller, sondern Stögermaier, welcher pünktlich um sieben Uhr die Gaststube betrat.

„Servus Hubert", tönte es vom Stammtisch, „was treibt dich ins ‚Pachinger'?"

Peinlich berührt drehte sich Stögermaier in die Richtung des Rufenden und gewahrte dort den Bäckereigehilfen, welchen er von seinem Stammlokal, dem Gasthof „Zur Bahn", wohl kannte, jedoch nicht eben schätzte.

„Essen geh' ich", antwortete er unwirsch, während sich hinter dem Schanktisch die Luke zur Küche auftat und den riesigen Kopf des alten Pachinger freigab, der den eben eingetretenen Gast misstrauisch musterte.

Die Wirtin erlöste den seltenen Gast, indem sie ihn in den Speisesaal führte, woselbst Hubert einen Tisch wählte, der, hinter einer mit rosaroten Lilien bemalten Scheidewand gelegen, von der Gaststube her nicht eingesehen werden konnte. Hubert löste den obersten sowie den untersten Knopf an seinem moosgrünen Janker, der ihm unangenehm an Brust und Lenden spannte. Ablegen mochte er das gute Teil jedoch keinesfalls, denn es handelte sich um das Abschlussgeschenk – wie es sein Patenonkel an Huberts achtzehntem Geburtstag pathetisch bezeichnete, bevor er sein Patenkind in die Selbstständigkeit entließ –, ein Qualitätsprodukt aus der Manufaktur „Textor und Landskron", welches er seit Jahren nicht mehr getragen und nun zur Feier des Tages freudig seinem Schrank entnommen hatte.

Mit einem unguten Gefühl machte sich Waltraud Pirkelbauer auf den Weg zum „Pachinger". Während der vergangenen Woche begann sie ihre Zusage für das Abendessen mit diesem Hubert von Tag zu Tag mehr zu bereuen. Es war ihr auch zunehmend bewusst geworden, dass sie an jenem Fest seiner Einladung nur unter dem Eindruck der besonderen Umstände zugestimmt hatte. Seiner Höflichkeit ungeachtet, schien ihr Hubert sonderbar, ja fast ein wenig unheimlich. Außerdem dünkte er sie zu alt und ohnehin gefielen ihr nur schlanke Männer. Doch da sie nun einmal zugesagt hatte, verschwendete sie keinen Gedanken daran, ihm abzusagen oder ihn gar zu versetzen. Auch hatte sie sich für diesen Abend herausgeputzt und erinnerte in ihrer weißen Bluse und dem um die Hüften eng anliegenden, marineblauen Faltenjupe an eine Internatsschülerin; sie sah schlicht hinreißend aus.

Diese Ansicht teilte wohl auch die versammelte Stammtischgemeinde des „Pachinger", denn als Waltraud eintrat, glotzten sie fünf Augenpaare lüstern an. Eilenden Fußes nahm sich Frau Pachinger der sichtlich genierten jungen Dame an, um sie an den Tisch hinter der schützenden kitschigen Trennwand zu geleiten, derweil die Stammgäste, kaum hatte Waltraud ihnen den Rücken zugekehrt, die Köpfe zusammensteckten, um das unverhoffte Erscheinen der im Dorf wohlbekannten Tochter des Tischlermeisters Pirkelbauer zu kommentieren. Einzig die glasigen Augen des Bäckereigehilfen Ernstl verfolgten die verführerische Tischlertochter, und er konnte es sich nicht versagen, ihr ein gedehntes „feeesch" in ihren grazilen Rücken zu posaunen.

Stögermaier erhob sich, begrüßte Waltraud förmlich, rückte ihr den Stuhl zurecht und setzte sich, wobei er seine rechte Hand auf den prall gefüllten Janker legte. Die von ihm angestrebte Unterhaltung kam nur mühsam in Gang, denn sie krankte an beidseitiger Gehemmtheit, was unter den gegebenen Umständen nicht erstaunte. Waltraud konnte oder wollte vielmehr nicht verbergen, dass sie ihm lediglich aus gutem Anstand zu dieser Stunde hier gegenübersaß und das Treffen nicht vorgängig abgesagt hatte. Dies spürte auch Hubert leidvoll. Sehr wohl gewahrte er den Wandel ihrer Gefühle seit jenem Abend, als er lediglich als Günstling der Umstände zum Handkuss kam.

Nachdem das Gespräch nach kurzer Zeit völlig zum Erliegen kam, griff Hubert zum Rettungsanker in Gestalt der in unanständig massivem, dunkelbraunem Leder gebundenen, mit einer Blindprägung des Familienwappens der Pachinger versehenen Speisekarte. So waren die beiden eine geraume Zeit mit der Auswahl der Speisen beschäftigt und nunmehr ihr Schweigen hinlänglich legitimiert.

Als die Wirtin an den Tisch trat, bestellte sich Waltraud ein Bratl im Pfandl mit Semmelknödeln und lauwarmem Speckkrautsalat, während Hubert sich für Blunzengröstl entschied.

Diese Wahl weckte in Waltraud höchst unangenehme Erinnerungen, denn als Kind wurde sie Jahr für Jahr zur Herbstzeit, wenn ihr Onkel auf seinem Hof geschlachtet hatte, gezwungen, diese Ekel erregenden Blutwürste zu essen. „Eigentlich passen diese fetttriefenden Amöben zu diesem Stögermaier", schoss es ihr durch den Kopf, als dieser laut schmatzend zu essen begann.

Als sie mit dem frischen Bier anstießen, bot Hubert seiner Begleiterin das „Du" an.

„Ich bin die Waltraud", sagte sie knapp und versetzte damit Huberts Hoffnungen einen weiteren Dämpfer, denn von ihren Bekannten am Fest in der Waldschenke wurde sie traulich Traudl genannt.

So nahm der Abend seinen einförmigen Lauf. Immerhin ließ sich Waltraud noch zu einer Nachspeise überreden und bestellte sich einen „Mohr im Hemd", da sie den Süßspeisen schwerlich widerstehen konnte.

Als sie nach dem Essen gemeinsam das Lokal verließen, wurden sie von einem heftigen Platzregen überrascht. Spornstreichs bot Hubert seiner Begleiterin an, sie mit dem DKW Meisterklasse F8, einer schnittigen Cabrio-Limousine, die er sich fürs Wochenende von seinem Onkel ausgeliehen hatte, nach Hause zu fahren. Waltraud lehnte dankend ab, hatte ihr doch ihre ältere Schwester eindringlich geraten, sich unter keinen Umständen zu „diesem merkwürdigen Kerl" – dies waren exakt ihre Worte – ins Auto zu setzen.

Doch der sintflutartige Regen gab sich wirklich alle Mühe, um über den von Waltrauds Schwester in bester Absicht eingeimpften Argwohn zu obsiegen, und da sie weder eine Jacke noch einen Schirm dabei hatte für den Heimweg ans andere Ende des lang gezogenen Straßendorfes, willigte sie schließlich ein.

Die kurze Fahrt verlief wortlos. Das Haus des Tischlermeisters, welcher es dank geschäftlichem Geschick zu einem bescheidenen Wohlstand gebracht hatte, lag etwas außerhalb des Dorfes und war mit der Straße durch einen kurzen, von Schwarzerlen gesäumten Weg, welcher dem schlichten Pirkelbauer'schen Anwesen einen herrschaftlichen Anstrich verlieh, verbunden.

Hubert parkte den Wagen zwanzig Meter vor dem Erlenweg am Straßenrand. Das rechte Vorderrad kam außerhalb des abgerutschten Banketts, mitten in einer großen Pfütze, zum Stehen. Es war totenstill und stockdunkel. Lediglich das Scheinwerferlicht des Autos fraß sich durch die nasse Finsternis. Der harte Regen trommelte unerbittlich auf das stramm gespannte Segeltuch des Faltschiebedachs der Cabrio-Limousine. Hubert schaltete das Licht aus.

Als sich Waltraud ihm zuwandte, um ihm zum Abschied pflichtschuldig die Hand zu reichen, wurde sie von Stögermaier derb am Handgelenk gepackt. Vollauf gelähmt sah sie seinen massigen, bejankertern Rumpf in Unheil verkündender Langsamkeit auf sich zukommen. Hubert zwängte seine freie Hand in den Ausschnitt ihrer Bluse und griff ihr an die Brüste. Nun löste sich Waltrauds Lethargie jählings, sie wich zurück und stieß mit dem Hinterkopf hart an die Scheibe der Beifahrertüre. Gleichwohl gelang es ihr mit der linken Hand den Öffnungshebel der Wagentüre zu ziehen, und durch den trockenen Druck, der freilich durch ein weiteres Vorrücken Huberts erzeugt wurde, sprang die Türe auf. Ihr Oberkörper sank nach hinten ins Freie. Das Fußgelenk ihres hochschnellenden rechten Beines verhakte sich mit dem rechter Hand des Lenkrads angebrachten Krückstockschalthebel und zugleich wurde ihr Kopf ruckartig hochgerissen, da sich ihre Glasperlenkette an einem der hörnernen Knöpfe von Huberts Janker verfangen hatte. Mit einem kurzen, kräftigen Ruck aus ihrem auf der Sitzkante ruhenden, gedeihlich unterbauten Becken, befreite sie ihr Fußgelenk und zog die Beine an. Das Garn ihrer Kette riss, denn es war schwächer als jenes des Jankerknopfes. Eine der entfesselten Perlen prallte hart an Huberts Schaufelzahn, während Waltraud rückwärts in die Pfütze fiel. Mit der Behändigkeit einer Bodenturnerin erhob sie sich, und ehe der, durch den Zug der Perlenkette vornüber gekippte, bäuchlings auf dem Beifahrersitz liegende Hubert sich versah, war die junge Frau zwischen den Schwarzerlen entschwunden.

„Diese verdammte Sau!", entfuhr es Hubert, während er mühselig über den Beifahrersitz aus dem Auto kroch, um auf allen Vieren die große Pfütze zu durchqueren. Mit nassen Schuhen und Jackenstößen stieg er fluchend ins Auto.

Er wendete den Wagen und fuhr Richtung Bahnhof, der, einer Eigentümlichkeit dieser Gegend entsprechend, etwas außerhalb des Dorfes lag. Stögermaier parkte den Wagen unter der alten Linde, welche an heißen Sommertagen dem Gastgarten der Wirtschaft „Zur Bahn" angenehmen Schatten spendete. Der Speisesaal lag bereits im Dunkeln, lediglich die Lampe über dem Stammtisch und die über dem Eingang angebrachte Leuchtreklame der lokalen Brauerei „Freistädter Bier" spendeten noch Licht und luden zur Einkehr ein.

„Servus Hubert", wurde er beim Eintreten in die Schänkstube abermals von dem Hallböck Ernstl begrüßt, der auf seiner allabendlichen Schänkenkehr inzwischen an seiner zweiten Destination angelangt war. „War wohl nix mit der feschen Pirkelbauer."

„Halt die Goschn", gab Stögermaier zurück und setzte sich, indem er den lästigen Ernstl keines Blickes würdigte, wohlweislich an den Nebentisch. Er bestellte sich ein Bier und einen doppelten Obstbrand. Der Wirt fühlte sich keineswegs bemüßigt, die Lampe über Huberts Tisch anzuzünden und so saß dieser still in seiner schummrigen Ecke, während sich der Hausherr am Stammtisch mit Ernstl und Kurtl, einem jungen, groß gewachsenen Zimmermann aus dem Nachbardorf, rege unterhielt. Letzterer galt seines gewinnenden Wesens wegen und seines kraft der strengen körperlichen Arbeit auf dem Bau gestählten Körpers als Frauenliebling; eine Tatsache, welche ihm erquickliche Annehmlichkeiten bot, die er weidlich auszuleben wusste.

Nachdem Hubert seinen Groll mit drei Halben, zu welchen sich je zwei Schnäpse gesellten, betäubt hatte, verließ Ernstl das Lokal, um sich vor Arbeitsbeginn noch ein gutes Stündchen hinzulegen. Nun wankte Stögermaier an den Stammtisch.

Mit schweren Lidern glotzte er den Kurtl an und brüllte: „Ein reichhaltiges Nachtessen hab' ich dieser Hur' bezahlt, aber sie hat sich nicht mal anfassen lassen, obwohl sie sich zum Nachtisch noch einen ‚Mohr im Hemd' bestellt hat."

„Nun, Hubert, wer immer diese Hur' auch sein möge", hub der schöne Kurtl an, „was stellst du dir eigentlich vor? Für ein Nachtessen darfst du ihr an die Brüste greifen und die Nachspeise berechtigt dich, ihr zwischen die Beine zu langen? Wenn du eine Kuh ausreichend fütterst, dankt sie es dir mit einem guten Milchertrag. Dein Gemüse kannst du hegen, pflegen und düngen und dir wird im Herbst eine reiche Ernte beschert sein. Eine Frau dagegen hat Gefühle, und wenn du diese nicht zu erwärmen vermagst, wenn du ihr nicht gefällst oder sie dich nicht mag, dann läuft gar nichts. Geh doch zu einer echten Hur', in Linz an der Schifflände stehen sie reihenweise, ebendort erhältst du für dein Geld einen fassbaren Gegendienst."

Stögermaier fühlte sich von diesem jungen Frauenheld verhöhnt, schlug mit der Handkante Kurtls Glas vom Tisch und verließ fluchend den Gasthof. Nachdem mehrere Versuche, seine Autotüre aufzusperren, scheiterten, torkelte er über den in völliger Dunkelheit liegenden Bahnhofplatz und schickte sich an, an das Kriegsdenkmal zu pissen, auf welchem die lokalen Gefallenen beider Weltkriege verewigt waren. Im Schein einer Kerze, die auf einem Mauerabsatz des Denkmals stand, gewahrte er auf Augenhöhe den eingemeißelten Namen „Josef Pirkelbauer", eines Onkels der Waltraud. Beim Vorhaben, den Strahl seines Urins auf die Inschrift dieses nunmehr missliebigen Geblüts hochzubringen, fiel er nach hinten, mitten auf die bescheidene, eingezäunte Grünfläche, die den Gedenkstein umschloss.

„Diese verdammte Hur'!", schrie er abschließend in die stille Nacht, bevor er auf dem regennassen Gras einschlief. In einem dreckigen Morgengrauen erwachte er in einer beklemmenden Hirnleere; zumindest hatte ihn sein aus bester

Fabrikation stammender Janker vor dem Durchdringen der Nässe bewahrt.

Jene Begebenheit prägte Huberts Frauenbild nachhaltig. Und da Stögermaier stets in ländlichen Gefilden wohnte und verkehrte, also in kleinen Welten, wo Verfehlungen lange nachhallen, sah er sich über kurz oder lang der Gunst der gesamten weiblichen Dorfbevölkerung beraubt, denn schließlich vermieden es die Frauen tunlichst, seine Wege zu kreuzen. Dies ließ in ihm einen Hass gären, der sich gegen die gesamte Weiblichkeit richtete. Dieser mutmaßliche Tatbestand einer Kollektivschuld wiederum, signalisierte seiner stumpfen Empfindung eine hinlängliche Rechtfertigung der Vergewaltigung, als stellvertretender Akt für seine sämtlichen, durch das weibliche Geschlecht erlittenen Demütigungen und Erniedrigungen.

Die Festnahme

Am späteren Nachmittag fuhr Oss in Begleitung des Gendarmeriebeamten Leonhard Affenzeller nach Ottenkirchen. Affenzeller parkte den Dienstwagen auf dem Dorfplatz, dann gingen sie zu Fuß die wenigen Meter vor die Einfahrt von Stögermaiers Haus, wo sie sich auf einer Parkbank des Verkehrs- und Verschönerungsvereins Ottenkirchen hinter einer Trauerweide, die ihnen mit ihren lustlos hängenden Zweigen gleich einer Portiere ausreichende Deckung gewährte, auf die Lauer legten.

Nach einer knappen Stunde, während derer sich die beiden Polizisten anfänglich über Fußball unterhielten, das Gespräch jedoch zum Leidwesen Affenzellers in einen Oss'schen Monolog über die Fischerei mündete, bemerkten sie den Opel Kapitän Stögermaiers, der soeben in den Hof einbog.

Unverzüglich verließen die wachsamen Späher ihr lauschiges Versteck und erreichten das parkierte Fahrzeug just, als sich die Fahrertüre öffnete und Stögermaier sich anschickte auszusteigen. Gegenüber im Pfarrhaus wurde eine Gardine um eine Kopfbreite zurückgezogen.

Oss baute sich neben dem im Auto Sitzenden auf und rezitierte feierlich die Anklage, welche er sich zuvor sorgfältig zurechtgeschmiedet hatte: „Herr Stögermaier, ich verhafte Sie vorläufig des dringenden Verdachts wegen, vor Wochenfrist Alwine Schimpfhuber aus Affenschlag vergewaltigt zu haben."

In gespannter Erwartung beobachtete Oss nun die Mimik seines Gegenparts, da er wohl wusste, dass die erste Reaktion mitunter Wesentliches über ein allfälliges Schuldbewusstsein zu offenbaren vermochte. Der Angeschuldigte indes enttäuschte den Kommissar hierin. Mit unveränderter Miene erhob er sich schwerfällig von seinem Fahrersitz und stand nun, den rechten Arm auf die Autotüre gelehnt, direkt vor dem Polizisten, den er um einen Kopf überragte. Ein kurzes Blitzen in seinen Augen verriet zumindest eine gewisse Unsicherheit.

Seine Stimme bebte leicht, als er zur Antwort anhub: „Ich habe wohl von dem Fall gehört, habe aber nichts damit zu tun."

„Diese Frage wollen wir in aller Ruhe auf dem Präsidium klären. Ich bitte Sie, uns zu begleiten", sagte Oss und bedeutete Affenzeller, indem er salopp mit den Fingern schnippte, den Dienstwagen vorzufahren.

Nun verlor Stögermaier seine bislang vorgeschützte Gelassenheit und beleidigte Oss auf unflätigste Weise.

Als der Gendarmeriebeamte den Steyr Puch 770 C hinter Stögermaiers Opel parkte, wurde der Verdächtige gar noch handgreiflich. Oss drückte ihn mit aller Kraft gegen seinen Wagen, währenddessen sein Sekundant die sich zuspitzende Lage flugs erkannte, die Beifahrertüre öffnete, mit den Handschellen versehen bäuchlings über die vordere, durchgehende Sitzbank kroch und das Eisen meuchlings um Stögermaiers linkes Handgelenk schloss. Nun packte Affenzeller, ehe sich jener versah, in die Höhe schnellend dessen rechten Arm, der sich abermals gegen seinen Vorgesetzten erhob, um ihn etwas gar unsanft auf seinen Rücken zu zerren, sodass es in dessen Schulter knackte. Stögermaier schrie laut auf, drei Gänse watschelten, gereizt durch den Aufruhr schnatternd über den Hof, doch dessen ungeachtet, brachte der Beamte sein Vorhaben zu einem gelungenen Ende, indem er auch die zweite Hand in die Schelle zwang.

Hiernach beorderten die beiden Polizisten den Gezähmten auf den Rücksitz des Polizeifahrzeugs, Affenzeller übernahm das Steuer, der Postenkommandant setzte sich neben den Verhafteten in den Fond, worauf sich die pfarrhäusliche Gardine wohlig schwankend ihrem ursprünglichen Fall hingab.

Pfarrer Eisschiel genehmigte sich ein Stamperl Kirschwasser und ließ sich in seinen Ohrenlehnsessel sinken. „Manchmal wählt der Allmächtige gewundene Pfade auf dem Weg zur Gerechtigkeit", sinnierte er gelassen, während er eine staubtrockene Schimmelpenninck, welche ihm vor Monaten nach der Besprechung der Abdankungsrede von einer trauernden Hinterlassenen aufgedrängt wurde, ihrer Bauchbinde entledigte.

Der Gendarmeriebeamte kontrollierte derweil die Situation auf dem Rücksitz mit einem kurzen Blick in den Innenspiegel und bemerkte dabei ein von einem kurzen Nicken begleitetes Augenzwinkern des Postenkommandanten, welcher hiermit Affenzellers athletische Intervention mit den Handschellen anerkennend quittierte. Im Hochgefühl des Gelobten setzte der Untergebene die Rundumkennleuchte aufs Autodach und schoss mit hoher Geschwindigkeit und Folgetonhorn auf der von Frostbeulen und Schlaglöchern durchsetzten Landstraße Richtung Mühlberg. Wohl wissend um die Unverhältnismäßigkeit dieser Maßnahme, ließ ihn der Postenkommandant gewähren, denn er gönnte dem jungen Kollegen seine rasante Triumphfahrt.

Auf dem Wachtposten schraubte Oss seinen Sessel hoch, stopfte seine Pfeife und begann unverzüglich mit der Vernehmung: „Herr Stögermaier, wo waren Sie am vergangenen Freitag zwischen fünf und sechs Uhr?"

„In Schalenstein war ich, im ‚Schwarzen Ochsen' auf ein Feierabendbier", antwortete der Angeklagte, nun wieder sichtlich gefasst.

„Wie ich in Erfahrung gebracht habe, pflegen Sie nach Arbeitsschluss nach Affenschlag zu fahren, um dort beim Kirchenwirt – ein Lokal, welches ich übrigens seiner vortrefflichen Speckknödel wegen sehr schätze – Ihre Stammtischkollegen zu treffen", bemerkte Oss, bemüht, mit dem

Einschub über den Kirchenwirt eine gewisse Vertraulichkeit herzustellen.

„Nun ja", versetzte Stögermaier mechanisch, „dort war ich dann später, doch zuvor hatte ich wie gesagt in Schalenstein mit einem Kunden eine geschäftliche Besprechung und ging danach noch in das Gasthaus, um ein oder zwei Krügerl zu trinken."

„Ein oder zwei Halbe, geht's nicht ein wenig präziser? Und außerdem interessiert mich der Name und die Adresse Ihres Kunden sowie der genaue zeitliche Ablauf."

Hubert Stögermaier zupfte nervös an seiner fleischigen, porösen Nase und gab Folgendes zu Protokoll: „Um vier Uhr hatte ich den Termin mit Wolfgang Schinagl an der Dorfstraße zwecks Anpassung seiner Hausratsversicherung. In der Regel ziehen sich solche Abklärungen in die Länge, weshalb es gegen fünf Uhr gewesen sein dürfte, als ich mich verabschiedete, um danach im ‚Schwarzen Ochsen', wie ich mich nun genau zu erinnern vermag, auf zwei Krügerl einzukehren."

„Was bei einem geübten Biertrinker etwa eine Viertelstunde in Anspruch nimmt", entgegnete Oss, „so blieb demnach genügend Zeit, um kurz nach halb sechs Uhr, zum Zeitpunkt des Deliktes, am Tatort zu sein."

Bewusst gab Oss die Tatzeit, den einzigen hinlänglich gesicherten Faktor dieses Verbrechens, um eine Viertelstunde später an; dies, um seinen Widerpart zu verunsichern oder gar zu einer unbedachten, ihn belastenden Bemerkung zu verleiten. Befriedigt über seinen kriminalistischen Winkelzug, lehnte sich Oss zurück und tat, in gespannter Erwartung der Rückwirkung, einen tiefen Zug aus seiner Pfeife. Und wahrhaftig, er wurde nicht enttäuscht.

„Ich dachte es geschah …", begann Stögermaier spürbar irritiert.

„Sie wissen sehr wohl, wann es geschah", fuhr ihm Oss etwas vorschnell über den Mund, „schließlich waren Sie der männliche Hauptdarsteller dieser Tragödie. Sie haben sich Ihr jämmerliches Alibi just auf die in den diversen Zeitungsberichten angegebene Tatzeit zurechtgelegt. Jene Tatzeit wurde im Verlauf der Ermittlungen jedoch korrigiert, nun müssen Sie sich wohl als Marge noch ein, zwei weitere Halbe hinzudichten."

„Ich verbiete mir solche Unterstellungen!", presste Stögermaier mit hochrotem Kopf hervor.

„Sie bleiben uns in Untersuchungshaft noch ein paar Tage erhalten", wurde er von Oss unterwiesen, „Sie haben das Recht zu schweigen sowie dasjenige auf einen Anwalt."

„Abführen", befahl er im Tone eines Feldherrn dem Gendarmeriebeamten, welcher soeben die Niederschrift der kurzen Vernehmung beendet hatte. Oss stellte seinen Stuhl wieder auf Normalhöhe, schnappte sich das Protokoll, prüfte es kurz und griff zum Telefon, um den Landesgendarmeriekommandanten zu unterrichten. Da ein Sonntag dazwischen lag, beantragte er entgegen der Usanz, welche eine 48-stündige Untersuchungshaft vorsah, eine solche von 72 Stunden. Diese Fristverlängerung wurde denn auch postwendend von seinem Vorgesetzten genehmigt.

Diesen ihm gewährten Aufschub nutzte Oss sorglich, um die Angaben des Angeschuldigten zu überprüfen, in der Hoffnung, dass sich dessen ohnehin konstruiert wirkendes, schwachbrüstiges Alibi vollends entkräften möge.

Am Samstagmorgen fuhr er zunächst nach Schalenstein zu Wolfgang Schinagl, dem Klienten des Versicherungsagenten, einem rüstigen, verwitweten Rentner. Dieser konnte sich noch genau an die Uhrzeit erinnern, um welche Stögermaier vor Wochenfrist sein Haus betrat.

„Er kam eine Viertelstunde zu früh, wofür er sich höflich entschuldigte. Das Gespräch über den Versicherungskram dauerte kaum eine halbe Stunde – ich hab' ja nicht

mehr viel –, danach plauderten wir noch kurz. Herr Stögermaier dürfte mein Haus etwa um halb fünf verlassen haben.
Die genaue Uhrzeit kann ich Ihnen beileibe nicht angeben,
ich hab' ja so viel Zeit, da brauch' ich nicht ständig auf die
Uhr zu schauen. Und übrigens, wenn Sie einmal einen Ver-
sicherungsfachmann benötigen, ich kann Ihnen den
Herrn …"

„Vielen Dank, Herr Schinagl, Sie haben mir mit Ihren
Angaben sehr geholfen", unterbrach Oss die müßige Empfehlung, drückte ihm eine Karte mit seiner Telefonnummer
in die Hand und verabschiedete sich.

An der Dorfstraße schräg gegenüber blitzte ihm das in der
gleißenden Morgensonne erleuchtete Wirtshausschild des
„Schwarzen Ochsen" entgegen. Die Wirtsstube bot ein
heruntergekommenes Bild, welches durch etliche unver-
brüchliche Zeugnisse einer früheren, rühmlicheren Zeit
sattsam untermauert wurde.

Oss setzte sich an den runden Tisch neben dem Büfett.
Es war dies der einzige freie Tisch. Auf jenem zu seiner
Linken war Wäsche gestapelt und auf dem dritten der drei
Tische, die sich in der großräumigen Schankstube verloren,
schnarchte ein fetter Kater.

Es dauerte eine ganze Weile, bis die Wirtin in zerschlissenen Hausschuhen um den Schanktisch schlurfte. Sie be-
stätigte mit ihrem strähnigen, graumelierten, bis auf die
Schultern fallenden Haar und ihrer nicht eben sauberen
Bluse den zuvor gewonnenen Eindruck. An ihrer Erscheinung indes vermochte Oss beim besten Willen keinerlei Re-
miniszenzen an eine glanzvollere Ära auszumachen.

„Was soll's sein?", fragte sie, ohne ihren Gast eines Blickes zu würdigen. Oss bestellte sich einen Verlängerten und
forderte die Wirtin auf, sich ebenfalls etwas zu gönnen.
Wortlos verschwand sie in der Küche und es dauerte eine
geraume Weile, bis sie mit dem Kaffee in der einen und

einem gut gefüllten Glas Schnaps in der anderen Hand zurückkehrte.

„Bitte setzen Sie sich zu mir", bat der Bezirksinspektor, indem er ihr seine Polizeimarke zeigte.

Bedächtig stellte die Wirtin den Kaffee vor Oss hin und setzte sich, das Schnapsglas mit ihrer knochigen Hand krampfhaft umklammernd, gleich einem Ertrinkenden, der sich an die rettende Stange krallt, und Oss wunderte sich, dass das Glas nicht barst.

Der Ermittler zeigte ihr ein Foto von Stögermaier und fragte sie, ob sie diesen Herrn schon einmal gesehen hätte. Die Alte kippte den Klaren in einem einzigen, gierigen Zug, derweil sich ihre verhärmten Gesichtszüge kurz und kaum wahrnehmbar erhellten, strich mit dem Daumen über ihre benetzten Schnauzhaare, fuhr mit der Zunge über den Finger und hielt sich das Bild so nahe vor die Augen, dass es schier ihre Nasenspitze streifte.

„Den hab' ich noch nie gesehen. Weshalb sollt' ich den kennen?"

Nun betraten drei Männer die Gaststube. Zielstrebig schritten sie auf den Tisch zu, an welchem die Wirtin und Oss saßen. Dabei gaben sie dem Kommissar mit ihren argwöhnischen Blicken unmissverständlich zu verstehen, dass er an ihrem Tisch säße und sie durchaus nicht gewillt seien, ihren angestammten Platz einzubüßen, um mit dem Wäsche- oder dem Katertisch vorliebzunehmen. Oss, mit den ländlichen Gepflogenheiten hinlänglich vertraut, entschied sich kleinmütig für den von dem Kater annektierten Tisch und wurde von diesem mit einem unwirschen Fauchen begrüßt. Die Wirtin begab sich hinter die Theke und machte sich am Zapfhahn zu schaffen, währenddessen sich die drei hoffärtig an ihrem Tisch niederließen.

Der Vertriebene verharrte in seinem Exil, bis sich die Bierkrüge über dem Nachbartisch klirrend trafen und also die Ordnung wieder hergestellt war. Nun trat er an ihren

Tisch, stützte seine Arme auf den vierten Stuhl und fragte fußfällig, ob er sich zu ihnen setzen dürfe. Ein Knurren und Murren signalisierte ihm, dass er eher geduldet, denn willkommen war. Nachdem sich Oss gesetzt hatte, zügelten die Einheimischen tunlichst ihre Neugier und setzten ihr Gespräch über den aktuellen Milchpreis, in welches sie sich ehe der Störung vertieft hatten fort, wobei sie sich merklich Mühe gaben, den Fremden nicht zu beachten.

Dieser wusste wohl, dass eine Runde Bier das tauglichste Mittel gegen ebensolche Blockaden war, doch nichts lag ihm ferner, als sich die Gunst dieser bärbeißigen, selbstherrlichen Trottel zu erkaufen, deren zur Schau gestellte Überlegenheit lediglich auf dem läppischen Umstand fußte, dass sie Eingeborene dieses gottverdammten Bauernkaffs waren.

Stattdessen zückte der Polizist seinen Dienstausweis und hielt ihn den ungeschlachten Kerlen der Reihe nach unter die Nase. Diese ostentative Manier kam bei dem Triumvirat nicht gut an. Sie waren sichtlich verärgert, doch konnte Oss in ihren Mienen auch eine gewisse Verunsicherung ausmachen. Als der Kommissar ihnen die Aufnahme von Stögermaier zeigte, wusste einer, dass dieser vergangene Woche hier im „Schwarzen Ochsen" war, der Zweite schien ihn noch nie gesehen zu haben, der Dritte dagegen runzelte die Stirn und dachte lange nach: „Dies ist Stögermaier, der Versicherungsagent, bei dem hab' ich vor Jahren eine Versicherung abgeschlossen."

Oss, erfreut über die unverhoffte Resonanz, wandte sich wieder an den Ersten und fragte ihn, an welchem Tag und zu welcher Uhrzeit Stögermaier in der Gaststätte gewesen sei.

„Am Freitag der vorigen Woche war das. Ich war etwa seit vier Uhr hier. Um etwa halb fünf kam der rein, setzte sich auf denselben Stuhl auf dem Sie jetzt sitzen, bestellte sich ein Bier und einen doppelten Obstler und war um dreiviertel fünf wieder draußen."

„Weshalb wissen Sie das so genau?", fragte Oss.

„Ich selbst verließ das Lokal um jene Zeit, da ich jeweils um fünf Uhr in den Stall muss. Ich sah ihn noch davonfahren."

„Mit was für einem Auto und in welche Richtung?"

„Mit einem großen Opel, Admiral oder Kapitän, in Richtung Steinkolb", gab der Bauer zur Antwort, derweil der durch diese präzisen Angaben versöhnlich gestimmte Oss einen Hundert-Schilling-Schein auf den Tisch legte, gewillt, nun doch noch eine Runde zu bezahlen.

„Dies ist Richtung Ottenkirchen", bemerkte Oss halb feststellend, halb fragend, da ihm der besagte Weiler nicht bekannt war. Hierfür erntete er von den dreien spöttisches Gelächter.

„Da haben wir es wieder, dieses hochtrabende Platzhirschgehabe", dachte der Polizist und ersetzte den auf dem Tisch liegenden Hunderter durch einen Fünfziger.

Jener, der angab Stögermaier nicht zu kennen, klärte ihn auf: „Das ist genau die entgegengesetzte Richtung, nämlich gegen Saumbach zu."

Oss bedankte sich mit ein paar dürren Worten für die Informationen, bezahlte und verließ die ungastliche Stätte. Er stieg in seinen Dienstwagen, kurbelte das Fenster runter und fuhr Richtung Saumbach. Nach wenigen Kilometern wies ihm eine von Rost zerfressene, durch Kleinkaliberkugeln arg zerbeulte Verkehrstafel, auf welcher ein Witzbold das M durchgestrichen hatte, den Weg nach Saumbach. Die Straße führte in zwei, drei Serpentinen auf den Schalensteiner Berg.

Auf der Wasserscheide hielt Oss an, stieg aus, lehnte sich an sein Auto und ließ seinen Blick über das weite Land schweifen, dessen sanft gewölbte Hügelzüge sich wie gigantische, überwachsene Bettdecken ausnahmen. Zu seiner

Linken lag der Weiler Steinkolb und südöstlich davon konnte er Ottenkirchen mit seinem hageren gotischen Kirchturm ausmachen. Dazwischen, am Feldweg von Saumbach nach Affenschlag, erspähte er gar, nebst einem kleinen Wäldchen gelegen, das Maisfeld, den Tatort.

Nun legte er in seinem Geiste, gleich einer Klarsichtfolie, den gemäß seinen neuesten Erkenntnissen hervorgehenden zeitlichen Ablauf sorgsam über das geografische Bild. Die beiden Komponenten vereinigten sich zu einem fasslichen Gefüge. „Schlechte Karten für Stögermaier", befand er, zog selbstgefällig an seiner Pfeife und blies den Rauch verächtlich Richtung Ottenkirchen.

Daraufhin fuhr er hinunter zum Ort des Verbrechens, suchte im nahen Wäldchen nach Reifenspuren und inspizierte in der Hoffnung auf einen Glücksfund abermals das Maisfeld. Doch auch hier fand er wie die beiden Male zuvor keine Zigarettenstummel, keine Schuhabdrucke – nichts, das ihn weitergebracht hätte. Ernüchtert ging er zum Auto zurück. Er hatte schon die Hand am Türgriff, da bemerkte er im Unterholz einen granitenen, von Moos überwucherten Gedenkstein, welcher anhand der eingemeißelten Inschrift „In diesem Walde ist die Mutter Gottes erschienen", von einstigem hohen Besuch zeugte.

„Und ein paar Jahre später Stögermaier", ertappte sich Oss bei einer nichtsnutzigen Vorstellung, derer er sich sogleich schämig war, denn jegliche Blasphemie war ihm zutiefst zuwider. Nicht etwa, dass er an Gott geglaubt hätte; vielmehr verbat ihm seine liberale Gesinnung, die sein Denken und Tun prägte, solcherlei Schmähungen.

Aufgewachsen in einem religiös-konservativen Umfeld in Edelschrott, einem kleinen Bauernkaff westlich von Graz, hatte er sich schon in frühester Jugend nicht für die Religionslehre zu erwärmen vermocht. Allein das wohl prägende Erlebnis trug sich bereits an seiner dritten Weihnachtsfeier zu, als Franz-Eugen dem wächsernen Jesuskind des familieneigenen Krippenspiels den Kopf abgebissen und diesen sodann verschluckt hatte. Der Vater packte den kleinen Jungen mit seinen großen Händen an den Fußgelenken und ließ Franz-Eugen häuptlings über dem Stubenboden hängen. Die Mutter hieb derweil dem zappelnden Jungen gröblich auf den Rücken, um den Jesuskopf aus dem Schlund ihres Sohnes zu klopfen. Doch das Corpus Delicti steckte bereits zu tief in des Knaben Speiseröhre, als dass die Schläge, die in ihrer übertriebenen Heftigkeit eher der Züchtigung eines sündhaften Knaben gleichkamen, dieses wieder zum Vorschein hätten bringen können. Statt mit der Familie Weihnachten zu feiern, wurde der arme Junge ins Bett gesteckt und das Geschenk, ein Matador-Baukasten, bis zur nächsten Weihnachtsfeier in einem stets verschlossenen Schrank auf dem Dachboden gelagert.

In den folgenden Jahren entwickelte Franz-Eugen einen gesunden Realitätssinn, der ihm den Glauben an Gott verwehrte. Im Religionsunterricht fühlte er sich vom Pfarrer geradezu zum Narren gehalten, wenn jener von diesem Jesus erzählte, der im Handumdrehen Brote und Fische vermehrte und obendrein tolldreist über den See Genezareth spazierte. Gott und Jesus waren Figuren einer entrückten Fabelwelt, ebenso unwesentlich wie „Fix und Foxi", zu welchen er auch keinen Zugang fand.

Am Nachmittag fuhr dann Oss mit Affenzeller nach Ottenkirchen, wo die beiden in Stögermaiers Wohnung eine gründliche Hausdurchsuchung vornahmen. Diese Aktion brachte sie keinen Schritt weiter. Sie fanden keine tatrelevanten Objekte. In einem riesigen Bauernschrank, der das Schlafzimmer dominierte, hingen nebst vielen anderen, drei feinsäuberlich gebügelte, gelbe Hemden.

Danach hatte Oss einen Termin im Nachbarhaus bei Pfarrer Ferdinand Eisschiel. Dieser gab sich erstaunt, er schien von der Aussage seiner Pfarrhelferin nichts zu wissen. Da der scharfsinnige Pfarrer die Geschichte jedoch augenblicklich zu deuten vermochte, verbürgte er sich mit Nachdruck für die Ehr- und Redlichkeit Hermine Pumsenbergers. Denn es lag ihm nichts ferner, als die Glaubwürdigkeit seiner Haushälterin, die ihn offenbar durch ihre Aussage deckte, auch nur in den geringsten Zweifel zu ziehen.

Alwine verharrt auf ihrem Zimmer

Während der ersten Woche nach ihrem Unglück verließ Alwine ihre Kammer kaum. Sie hielt die Tür stets verschlossen und sperrte lediglich auf, wenn sie das behutsame Klopfen ihrer Mutter vernahm. Dreimal am Tag brachte Frieda ihrer Tochter das Essen aufs Zimmer. Nachdem diese die ersten zwei Tage jegliche Nahrung verschmäht hatte, brachte es die Mutter mit gutem Zuspruch zuwege, dass ihr Kind zögerlich zu essen begann. Bloß Fleisch mochte sie keines mehr anrühren.

Am Mittwochabend, zwei Tage nach ihrem gemeinsamen Besuch auf der Polizeiwache, kochte Frieda Alwines Leibspeise. Guten Mutes trug sie den Teller mit den warmen Marillenknödeln die Treppe hoch und klopfte an Alwines Tür. Der Schlüssel drehte sich im Schloss, Frieda trat ein und erschrak derart, dass ihr die Knödel vom Teller fielen und über die Dielen kullerten. Vor ihr stand Alwine mit kahl geschorenem Schädel. Frieda stellte den leeren Teller auf den Tisch, setzte sich auf den Stuhl und betrachtete ihre Tochter, derweil ihr erster Ausdruck des Entsetzens einem fragend-interessierten wich. Alwine setzte sich der Mutter gegenüber auf die Bettkante. Die Willkürlichkeit des Haarschnitts schien die Gefühlsbewegung, welche Alwine zu dieser Tat gedrängt hatte, widerzuspiegeln. Nebst akkurat kahlen Stellen verliehen etliche fingerlange Strähnen ihrem Aussehen etwas ziegenhaftes. Frieda beugte sich vor und umarmte ihre Tochter.

Nachdem sie eine geraume Zeit in völliger Stille verharrten, löste Frieda die Umarmung, zwang sich zu einem Lächeln und sagte: „Gut siehst du aus mit deiner neuen Frisur. Ein schönes Gesicht besteht auch ohne Haare und es scheint mir gar, dass deine Augen gewachsen sind."

Alwines Gesicht hellte sich flüchtig auf, zum ersten Mal seit ihrem Unglück. Die Mutter nahm die Marillenknödel vom Fußboden auf, blies sie kurz ab, setzte sich zu Alwine aufs Bett und sie genossen gemeinsam die Süßspeise. Zu Mutters großer Genugtuung beharrte Alwine überdies auf Nachschlag.

Am nächsten Morgen, die Sonne stand schon hoch und draußen, hinter den Fenstern, brodelte die blaue Luft, gewahrte Frieda im Gemüsegarten die abgeschnittenen schwarzen Locken, die sich in den Ranken der Stangenbohnen direkt unter Alwines Zimmer verfangen hatten. Sie nahm sie sorgsam zusammen und legte sie in eine Schuhschachtel, welche sie im Stubenbuffet versorgte.

Der große Auftritt des Franz-Eugen Oss

Als Kommissar Oss am Montagmorgen sein Büro betrat, war er noch immer beseelt von der großen überregionalen Anerkennung, welche ihm übers Wochenende zuteilwurde. War ihm doch anlässlich des jährlichen Landesgendarmeriefestes ein Referat über eine von ihm angestellte Vergleichsstudie betreffend „Pelerine und Windjacke" gewährt worden.

Mit geschwellter Brust trat er vor versammelter Polizeiprominenz – auch einige ehemalige Gefährten aus der Grazer Polizeischule, die ihm damals so missgünstig waren, saßen im Saal – ans Rednerpult und hub mit seiner sorgfältig recherchierten, von einem Anglerkameraden und Journalisten des „Mühlviertler Boten" redigierten Rede an:

„Sehr geehrter Herr Landesgendarmeriekommandant Magister Friesenecker, hochgeschätzte Vorgesetzte, liebe Kameraden. Es dürfte angebracht sein, über zwei in der Gendarmerie beliebte Uniformstücke eine vergleichende Betrachtung anzustellen, weil viele Beamte, insbesondere des Exekutivdienstes, bei der Ergänzung ihres Uniformbestandes gerade hinsichtlich der Pelerine und der Windjacke schwanken, welches von den beiden Uniformstücken sie zweckmäßigerweise anschaffen sollen. Beide Bekleidungsstücke gehören ja nicht zur ‚Muss'-Ausrüstung eines Beamten, sondern sie ‚können' – wie so manche andere Uniformsorten – angeschafft werden. Alle zwei Uniformstücke zu erwerben, erlaubt jedoch vielen von uns der Stand unseres Massakontos nicht.

Zunächst eine kleine Betrachtung über die Herkunft dieser beiden Uniformstücke:

Die Pelerine ist ein Bekleidungsstück des Südens und auch von dort importiert. In südlichen Ländern wie Italien, Spanien und Frankreich sind bekanntlich in gewissen Gegenden die Winter kurz und mitunter nicht sehr kalt. Die

Menschen bedürfen in der kälteren Jahreszeit dort also nur einer Art Umhang. Durch diesen Sachverhalt entstand die Pelerine, die früher von der Zivilbevölkerung auch als ‚Wettermantel' getragen wurde. Bekanntlich ist sie im Zivilbereich völlig verschwunden – vielleicht wird sie wieder einmal modern. Vor dem Ersten Weltkrieg war die Pelerine ein Kleidungsstück, dessen Tragen den Offizieren und den Berufsunteroffizieren außer Dienst gestattet war. Nach dem Krieg wurde sie dann in der Gendarmerie eingeführt und gewann rasch an Beliebtheit.

Die Windjacke hingegen hat eine viel kürzere Geschichte und entstand eigentlich erst nach dem Ersten Weltkrieg. Sie wurde damals mit Vorliebe von den paramilitärischen Organisationen getragen und geriet dadurch bei der Zivilbevölkerung in einen gewissen Verruf.

Für den insbesondere Exekutivdienst versehenden Beamten können wir folgende Überlegungen anstellen, die dazu führen sollen, ihm die Entscheidung, welches der beiden Kleidungsstücke er sich anschaffen soll, zu erleichtern. Dazu ist es notwendig, eine Art Gegenüberstellung der Vor- und Nachteile der beiden Kleidungsstücke bei den verschiedenen Dienstleistungen zu machen:

Die Windjacke ist ein Bekleidungsstück, welches man eigentlich das ganze Jahr über tragen kann. Im Winter eignet sie sich zum Skilaufen – wenn ein Anorak nicht vorhanden ist –, während sie in der übrigen Jahreszeit an kühlen Tagen stets getragen werden kann. Die Pelerine hingegen wird doch meistens nur im Sommerhalbjahr verwendet und hat eigentlich eine sehr beschränkte Tragemöglichkeit. Mit der Windjacke kann man mit dem Dienstrad oder Dienstmoped fahren sowie etwa Verkehrsregelungsdienst versehen, wogegen in allen diesen Fällen die Pelerine nur hinderlich ist. Letztere im Verkehrsdienst und bei der Verkehrskontrolle zu tragen, ist gottlob untersagt. Dies deshalb, weil sie unbotmäßig um den Körper flattert, sich

Windstöße in ihr verfangen und deren Träger dadurch Gefahr läuft, von vorbeifahrenden Fahrzeugen erfasst und mitgerissen zu werden. Die Pelerine hindert die Freiheit der Arme, was zum Teil auch schon manchem Gendarmen, insbesondere im Zusammenstoß mit Gewalttätern sowie bei Eskorten zum Verhängnis wurde. Sie ist lästig beim Steigen an steilen Hängen oder über Stiegen, insbesondere wenn sie zu lang ist, was leider oft zutrifft. Der für sie vorgeschriebene Bodenabstand von 35 Zentimetern wird häufig sträflich missachtet. Eine zu lange Pelerine gibt auch optisch ein hässliches Bild. Für Gewehrbewaffnung ist die Pelerine gänzlich ungeeignet, was man von der Windjacke nicht sagen kann. Schließlich kann die Windjacke gegebenenfalls, wenn alle beteiligten Beamten damit versehen sind, auch in geschlossener Formation verwendet werden, was bei Pelerinenadjustierung ausgeschlossen erscheint.

Wenn man alle diese Nach- und Vorteile der einzelnen Bekleidungsstücke gegeneinander abwägt, kommt man unweigerlich zum Schluss, dass die Windjacke für den Außendienst vorzuziehen ist.

Ich möchte dabei ausdrücklich betonen, dass ich persönlich die Pelerine sehr gerne trage und keinesfalls als ein Gegner dieses sonst recht kleidsamen Uniformstückes erscheinen möchte. In meiner Freizeit beim Angeln, vornehmlich bei der nicht allzu bewegungsintensiven Grundfischerei an unseren vereinseigenen Teichen, hat mich die Pelerine schon an manchen regnerischen Tagen vorzüglich trocken gehalten. Nichtsdestotrotz handelt es sich hier bei dieser vergleichenden Betrachtung nicht um die persönliche Einstellung, sondern um rein zweckmäßige Erwägungen.

Schließlich soll auch nicht übersehen werden, dass die Tragdauer für die Pelerine fünf Jahre, diejenige für die Windjacke jedoch nur drei Jahre beträgt. Auch der Kostenstandpunkt, der allerdings keine große Differenz aufweist, mag hie und da in die Waagschale fallen. Ist doch die Windjacke um fast 60 Schilling billiger. Außerdem ist die Pelerine – genau betrachtet – ein überholtes Kleidungsstück und, wie zu ersehen, durch die Gegebenheit unserer modernen motorisierten Zeit stark überholt. Eine völlige Abschaffung der Pelerine dürfte zwar nicht im Sinne der meisten Gendarmeriebeamten liegen und ist auch gar nicht geplant, aber sie wird allmählich von selbst mehr oder weniger aussterben. An ihre Stelle wird eben dann die Windjacke treten, deren Vielseitigkeit unbestritten ist. Der Gendarm würde ohne Weiteres mit Tuchmantel, Gummimantel und Windjacke sein Auslangen finden (von Spezialkleidung natürlich abgesehen). Bei Kälte trägt er den Mantel, bei Regen den Gummimantel und bei kühler Witterung im Sommerhalbjahr oder nur leichtem Regen die Windjacke.

Wenn diese Erwägungen manchem Gendarmeriebeamten seine Entscheidung, was er sich anschaffen soll, erleichtern können, haben sie ihren Zweck erfüllt. Ich danke Ihnen für Ihre geschätzte Aufmerksamkeit".

Die Rede dieses vergleichsweise niedrig stehenden Polizeibeamten wurde mit einem, nach Maßgabe der eher spröden Gepflogenheiten eines solchen Behördenanlasses, außergewöhnlich kräftigen Applaus gewürdigt. Beim anschließenden Bankett wurde Ossens Vortrag sowohl vom Mühlviertler Landesgendarmeriekommandanten als auch von Landeshauptmannstellvertreter Erich Mittmannsgruber, an deren Tisch er zu seiner großen Ehre gebeten wurde, hoch gelobt. Oss sog die schmeichelnden Worte gleich einer sich am Nektar labenden Biene ein, dankte seinen Vorgesetzten demütig und gab seinem stattlichen Leib Luft, indem er sich tief in den Stuhl lehnte, welcher den immensen Pressdruck mit vernehmlichem Knarren quittierte.

In eben jenem lustvollen Moment fühlten sich drei seiner ehemaligen, vom Genuss des Burgenländer Blauburgunders sichtlich angeheiterte Grazer Polizeischulkameraden bemüßigt, den Oss'schen Tisch zu umstellen, um eine ebenso platte wie deplazierte Schmähung wider den gefeierten Referenten zu deponieren: „Franz-Eugen", sprach deren Wortführer, während seine zwei Spießgesellen in Erwartung des Kommenden schon einmal ein saudummes Lächeln aufsetzten, „wir sind hoch erstaunt ob deinem Vortrag. Du scheinst in der betulichen oberösterreichischen Provinz offensichtlich zum Geistesarbeiter gereift zu sein."

Die böse funkelnden Augen des Magisters wussten freilich eine allenfalls aufkommende Misshelligkeit energisch zu unterbinden, sodass sich die drei Spötter betreten an ihren Tisch verdrückten.

Allein Franz-Eugen Oss ließ sich durch dieses im Keim erstickte Intermezzo seine glückselige Stimmung nicht vergällen. Vielmehr vermochte er, als kurz darauf die Gendarmerieblaskapelle zu einer schnittigen tschechischen Polka anhub, deren Gesangspart Patrouillenleiter Venclic , ein gebürtiger Böhme, übernahm und dieser mit brüchiger Falsettstimme den Refrain

„Ma schlarana padla nasalek
g'dii sermou, dans is wau
bär geï ros ruch nasta blochalek
gdomiel ruze gänsebrà.

Schipschess polni gäri womjeschli
riggle wottnem woteschli
ah schlampagna perni xorochna
schah gnei nervi ruschowà"

anstimmte, nicht mehr an sich halten. Er griff sich kurzerhand die Bedienung, und eh diese sich versah, drehte sie sich mit dem geschmeidigen, seiner Körperfülle hohnsprechenden Polizisten auf der Tanzfläche flott im Kreise.

Der Ruf des Kuckucks

Im Schwelgen in den Erinnerungen an die erhabenen Momente jenes Abends wurde Franz-Eugen Oss durch das Klingeln des Telefons unvermittelt in die Realität zurückgeholt.

„Schinagl am Apparat. Herr Kommissär, mir ist noch was in den Sinn gekommen, was für Sie von Interesse sein dürfte."

„Na, dann schießen Sie mal los", schlug Oss vor und tauschte die Pfeife, welche er eben zu stopfen gedachte, mit dem Kugelschreiber.

„Als nämlich der Herr Stögermaier an besagtem Freitagnachmittag sich von mir verabschiedete, erschrak er sich ob des Kuckucks, welcher just in jenem Moment aus dem Uhrkasten schnellte, als er durch den Flur zur Türe ging. Die Uhr ist nämlich ein Geschenk meiner Schwester Irmgard, die zu ihrer diamantenen Hochzeit mit ihrem Mann, also meinem Schwager, in den Schwarzwald …"

„Und wie viel Mal schrie der Kuckuck?", brach Oss dessen Ausschweifungen ungehalten ab.

„Einmal nur, es war der Halbstundenschlag, doch präzis ins Ohr des Versicherungsinspektors. Demzufolge verließ er meine Wohnung um halb fünf Uhr."

„Wenn Sie ihm danach nicht noch die Schwarzwaldreise Ihrer Schwester des Langen und des Breiten geschildert haben …"

„Ich muss doch sehr bitten, Herr Kommissär. Da ist man mit präzisen Angaben behilflich und wird zum Dank verhöhnt."

Ehe sich Oss entschuldigen und bedanken konnte, war die Leitung durch ein barsches Knacken unterbrochen.

Nun bestellte Oss Stögermaier ein weiteres Mal zum Verhör, denn die Zeit drängte. Am Nachmittag war der Termin mit dem Haftrichter anberaumt und falls er bis dahin kein zwingendes Verdachtsmoment liefern konnte, drohte die Entlassung Stögermaiers aus der Untersuchungshaft.

Als dieser vom Gendarmeriebeamten Affenzeller zu Oss geführt wurde, machte er einen missmutigen Eindruck. Der Kommissar konfrontierte ihn umgehend mit den zeitlichen Angaben der verschiedenen Zeugen und rechnete ihm anhand der lokalen Straßenkarte vor, dass es ihm, Stögermaier, sehr wohl möglich gewesen wäre, zur Tatzeit am Tatort gewesen zu sein.

„Ach denken Sie doch, was Sie wollen, Sie schmalspuriger Sherlock Holmes. Ich war's nicht."

Damit traf er Ossens Nerv: „Zu Ihrer bewussten Falschaussage über die Dauer Ihres Aufenthaltes im ‚Schwarzen Ochsen' kommt nun auch noch Beamtenbeleidigung hinzu. Es ist Ihnen wohl klar, dass sich dies für Sie kaum vorteilhaft auswirken wird."

Nun wähnte sich der Ermittler wieder im Oberwasser. „Es ist wie beim Angeln", sinnierte er, „Stögermaier ist der bullige Karpfen mit dem Haken im Maul, und ich als Fischer muss darauf bedacht sein, die Angelschnur stets gespannt zu halten. Ich habe den Fisch an der Angel, doch noch längst nicht gefangen."

Die Haftprüfung

Der auf 15 Uhr anberaumte Haftprüfungstermin wurde von Friedrich Himmelbauer, einem erfahrenen Staatsanwalt, geleitet, der dank seiner Gradlinigkeit in einem ausgezeichneten Rufe stand. An der Seite von Stögermaier nahm ein Rechtsanwalt Platz, welcher ihm durch seinen Arbeitgeber, der Versicherung, vermittelt wurde und der ihn am Samstagabend bereits in der Zelle aufgesucht hatte. Er hieß Hans Gstöttner und war ein junger, in den frühen Jahren seiner Karriere stehender Anwalt.

Gleichwohl hatte Gstöttner bereits vor zwei Jahren seinen ersten großen Auftritt, als er in einem landesweit und vornehmlich in der Boulevardpresse breitgeschlagenen Prozess den „Singenden Masseur von Kärnten" vertreten hatte. Sein Mandant, ein blauäugiger Schönling, der sich in jungen Jahren mit mäßigem Erfolg als Schlagersänger versucht hatte, verband fortan seine Passion schlankweg mit seinem erlernten Beruf als Heilbademeister und gab, währenddessen er ätherische Öle in Rücken, Po und Beine seiner ihn vergötternden, fast ausschließlich weiblichen Kundschaft knetete, nicht minder ölige deutsche Schlager zum Besten. Da es Manfred Kulowitz, so hieß er, freilich nicht immer gelang, seine streichenden Finger im Zaum zu halten und diese sich folglich in solche, für die klassische Massage nicht relevante Zonen verirrten, hatte ihn eine seiner Klientinnen wegen sexueller Handlungen vor Gericht gezogen. Der junge Anwalt des Singenden Masseurs erzielte bei jenem Prozess einen Achtungserfolg, indem er der klagenden Dame mit hanebüchenen Theorien die Billigung der Übergriffe unterstellte. Wie auch immer, das Gericht folgte des Verteidigers Betrachtungsweise weitgehend, und der blauäugige Masseur kam mit einem weiteren blauen Auge beziehungsweise einer bedingten Gefängnisstrafe und lebenslangem Berufsverbot davon.

Hans Gstöttner hatte schön geschnittene, tiefbraune Augen und eine feine, kurze Nase. Die untere Gesichtshälfte hingegen, so schien es, war nicht mit ebendieser Sorgfalt gestaltet. Unterhalb der Nase signalisierte ein dünnes, schnurgerade gezogenes Schnäuzchen gewissermaßen die Demarkationslinie. Der übergroße, schiefe Mund war von blutroten, schlabberigen Lippen umsäumt, die der junge Jurist in regelmäßigen Abständen mit einem edlen, mit rotem Garn bestickten weißen Taschentuch, auf welches seine in Schwabacher Fraktur gehaltenen Initialen „H G" gestickt waren, von austretendem Speichel befreite. Jener widerlichen Partie schloss sich ein erheblich fliehendes, von einem gepflegten Spitzbart bewachsenes Kinn an. Dieser einwärts gegen den Hals drängende, wohl als Kaschierung seiner Missbildung gedachte Kinnbewuchs, der, sooft er seinen zumeist gesenkten Kopf drehte, seinen Kehlkopf zu kitzeln schien, unterstrich vielmehr die besagte anatomische Eigenart. Auch vermochte das dünne Bärtchen die Eiterpustel nicht zu verbergen, die an seinem Hals schwärte.

„Früher hätte man ein solches Gesicht in einer Schaubude am Jahrmarkt feilgeboten", schoss es Oss durch den Kopf, doch auf der Stelle entschlug er sich dieses unfeinen Gedankens.

Nachdem sich Oss – der doch eher dürftigen Beweislage ungeachtet – geschickt für eine Verlängerung der Untersuchungshaft stark machte, verpufften jegliche kärglichen Versuche des jungen Juristen, fassbare, entlastende Momente für seinen Mandanten vorzubringen. Gstöttners Bemühen wurde zudem durch den bockigen Stögermaier torpediert, der sich während der Verhandlung mürrisch und verschlossen zeigte.

Staatsanwalt Friedrich Himmelbauer indes blieb dies nicht verborgen. Er erkannte wohl das Dilemma des jungen, unsicher wirkenden Rechtsanwaltes, der es nicht vermochte, seines beruflichen Gebotes gehorchend, die unterschwelligen Zweifel an der Unschuld seines Mandanten zu überspielen.

Nach kurzer Abwägung beantragte der Anklagevertreter infolge dringenden Verdachts Haftverlängerung und Überführung nach Linz; ein Beschluss, den er mit mutmaßlicher Verdunkelungs- und Fluchtgefahr hinreichend untermauerte.

Neues Ungemach bricht über Alwine herein

In den folgenden Wochen ließ Alwine behutsame Fortschritte erkennen. Allmählich gesellte sie sich zu den Mahlzeiten wieder zu der Familie an den Küchentisch. Auch begleitete sie ihre Mutter nach und nach bei ihren täglichen Einkäufen. Eines Morgens im Frühherbst in der Bäckerei wurde ihr übel, sie stürzte ins Freie und übergab sich auf dem Bürgersteig. Alwine war schwanger.

Die argwöhnische Bäckersfrau, der eines früheren Unterleibleidens wegen keine Mutterschaft vergönnt war, spähte durch die Auslage und vermochte sich augenblicklich einen Reim aus dem Vorkommnis zu machen. Allein die schnellfertige hämische Andeutung blieb ihr, als sie Frieda der Tochter nacheilen sah, auf ihrer schändlichen Zunge kleben.

Das neuerliche Unheil, welches über das lediglich rudimentär aufgeklärte Mädchen hereinbrach, diese gnadenlose Folge der Vergewaltigung, versetzte es abermals in eine tiefe Depression.

Am selben Tage betrat die einfältige Ernestine Stumbauer die Fleischhauerei von Franz Gamsbichler durch die Hintertür. Der Metzger beäugte sie zwischen zwei an Fleischhaken hängenden Rindern hindurch argwöhnisch.

„Herr Gamsbichler, ich möchte Sie etwas fragen. Sie sind doch Geschworener am Gericht."

Gamsbichler drückte die beiden Rinder zur Seite und stand nun mit seiner blutverschmierten Plastikschürze zwischen den baumelnden Kadavern direkt vor seiner unverhofften Besucherin.

„Es geht um den Vergewaltigungsfall Schimpfhuber. Ich war mit meiner Tochter Isolde an besagtem Tag auf unserem Feld, unweit des Tatortes, bei der Ernte. Als es vom Kirchturm fünf Uhr schlug, schickte ich Isolde nach Hause. Gestern hatte mir die Kleine eine Beobachtung geschildert, die sie damals auf dem Nachhauseweg gemacht hatte. Beim kleinen Wäldchen – dort wo der Gedenkstein der Mutter Gottes steht – bemerkte sie ein großes silbergraues geparktes Fahrzeug. Die Automarke konnte sie mir nicht benennen, doch fiel ihr an dessen Heck ein großes G auf, welches einen Schneeberg umrahmte. Und auf der Hutablage bemerkte sie einen dieser kleinen Gummihunde, die beim Fahren so lustig mit dem Kopf nicken. Nun sagen Sie mir, Herr Gamsbichler, soll ich diese Beobachtung auf dem Polizeiposten melden?"

Der Fleischhauer, der das Auto seines Stammtischkollegen wohl kannte, kniff seine Schweinsaugen zusammen.

„Frau Stumbauer", sagte er, „es ist klug von Ihnen, dass Sie mit dieser Frage an mich gelangt sind, denn ich kenne den Stand der Dinge bestens. Der Kommissar hat gute Arbeit geleistet und die Ermittlungen sind so gut wie abgeschlossen. Diese, Ihre Aussage, täte nichts zur Sache, sie würde vielmehr Verwirrung stiften. Deshalb rate ich Ihnen, im Sinne einer möglichst effizienten Aufklärung, von einer Aussage abzusehen."

„Wenn Sie meinen, Herr Gamsbichler."

Der Fleischer drehte sich kurz zur Schlachtbank und drückte der verdutzten Ernestine zwei in Papier eingeschlagene Schweinsrippenstücke in die Hände.

„Ein kleines Geschenk des Hauses. Kurz heiß anbraten und danach noch etwa fünf Minuten."

Am folgenden Abend vernahm Frieda, als sie in ihrer ehelichen Kammer, in welcher ihr Mann bereits schlief, das Licht löschen wollte, einen kurzen, schauerlichen Schrei. Sogleich eilte sie aus dem Zimmer und sah geradewegs durch den Gang hinter der geöffneten Badezimmertür einen Arm aus der Badewanne hängen. Sie stürzte durch den

Flur, kniete neben die Wanne und fand ihre Tochter mit durchschnittener Pulsader. Das blutige Messer lag auf ihrem Schoß. Sofort drückte sie ihren Daumen auf die stark blutende Wunde und hieß ihren Mann, der mittlerweile schlaftrunken in der Diele stand, schleunigst den Doktor Schmalzer zu rufen. Der Arzt wohnte in einem schlichten Haus auf dem angrenzenden Grundstück, in dessen Erdgeschoss sich seine Praxis befand.

Albert Schmalzer hatte sich soeben seiner Briefmarkensammlung gewidmet, namentlich den Alben seiner „Belgier". Diese waren sein großer Stolz, doch nahezu komplett, ermangelten sie insbesondere eines äußerst raren und entsprechend gesuchten Fehldrucks einer 1-Franc-Marke, auf welcher König Baudouins linkes Ohr fehlte. Just an diesem Morgen hatte ihm der Postbote einen makellos frankierten Brief aus Belgien gebracht, einen Brief seines langjährigen Philatelistenkollegen Houben aus Turnhout, den er von der Geschäftspost absonderte, um ihn am Feierabend, der Erhabenheit des Augenblicks entsprechend, begleitet von ein, zwei Gläschen Wein und einer feinen Zigarre, zu öffnen. Seine Hoffnung war – sie gründete auf einem Versprechen Houbens – berechtigt, die Hoffnung, dass die Post seines flämischen Freundes, nebst einigen wenigen, ihm noch fehlenden „Belgiern", den lang ersehnten Schatz, das philatelistische Kleinod mit dem einohrigen Monarchen, in sich bergen würde.

So begab er sich nach dem Abendbrot erwartungsvoll in sein Philateliezimmer. Er war spät dran, da er kurz nach sechs Uhr noch zu einem Notfall ins Nachbardorf gerufen worden war, der ihn unsäglich lange versäumt hatte. Die beiden Steckalben seiner "Belgier" lagen, ihrer Komplettierung harrend, auf dem Tisch. Die "Großglockner" glimmte im Aschenbecher, von dem fachgerecht dekantierten Burgenländer war bereits ein Glas getrunken. Der wohlig-marternden Vorlust war nun Genüge getan. Der Mediziner summte beschwingt, seine Hand griff gierig nach dem Brieföffner und just als er sich lustvoll anschickte, den Brief zu erbrechen, klingelte es an der Tür. Schmalzer öffnete die Haustüre und im fahlen Licht, welches die dürftige Straßenbeleuchtung hergab, erkannte er seinen Nachbarn Gustav Schimpfhuber.

„Meine Tochter hat sich etwas angetan", schrie dieser völlig aufgeregt.

Im Handumdrehen war der Feierabendphilatelist wieder ganz Mediziner.

„Was hat sie sich angetan, verdammt noch mal? Sagen Sie mir, was?!", schrie Schmalzer, während er seinen Arztköfferchen ergriff.

„Die Adern hat sie sich aufgeschnitten", erwiderte Alwines Vater.

Der Mediziner stieß ihn beiseite und rannte zum Nachbarhaus, wo die beiden durch den Tumult aus dem Schlaf gerissenen Jungen in Tränen aufgelöst auf der Treppe saßen.

„Kommen Sie hoch ins Badezimmer, bitte schnell", hörte er die Stimme der Nachbarin rufen. Schmalzer zwängte sich zwischen den beiden schluchzenden Jungen hindurch, welche vom hinterher stürmenden Vater mit tüchtigen Watschen bedacht und schnurstracks auf ihr Zimmer befördert wurden.

Der Arzt band Alwines Arm ab und schrieb der Mutter die Telefonnummer des Bezirksspitals auf einen Fetzen Papier. Dann wurde Alwine mit dem Krankenwagen in das Spital nach Mühlberg gefahren, woselbst die Ärzte der Unglücklichen aufopfernd und mit außerordentlichem medizinischen Geschick den Fortlauf ihres unliebsamen Lebens aufnötigten.

Die Kunde von Alwines Selbsttötungsversuch verbreitete sich der Geschwätzigkeit der Gemahlin des Mediziners wegen in Windeseile im Dorf, und also wurde das unschuldige Kind von der durch ihren abgöttischen, katholischen Glauben des Mitgefühls unfähigen, hartherzigen Dorfbevölkerung zwiefach geächtet. Diese solchermaßen vernagelten Köpfe weideten sich an Alwines neuerlichen „Sünde" und man wiegelte sich durch jegliche noch so schmähende Anspielung – als unmissverständlicher Ausdruck der eigenen Rechtschaffenheit, die der servilen Gottgefälligkeit geschuldet ist – gegenseitig auf.

Als Alwine aus dem Spital nach Hause zurückkehrte, riet ihr die Mutter, sie bei ihren täglichen Besorgungen nicht mehr zu begleiten, um sie vor den erbarmungslosen Anfeindungen zu bewahren, die in jedem Laden, hinter jeder Ecke lauerten.

Der Prozess

Früh musste Hermine an jenem Morgen im November aufstehen. Um zehn Uhr war der Gerichtstermin in Sachen Stögermaier vor dem Landesgericht in Linz anberaumt. Noch im Nachthemd kniete sie in ihrer Kammer vor den Altar hin und bat den Allmächtigen, er möge ihr für ihre schwierige Aussage Kraft geben. Danach kleidete sie sich an, ging in die Küche, um dem Pfarrer das Frühstück zuzubereiten. Hermine selbst mochte nichts essen, die Anspannung hatte ihr den Appetit geraubt. Sie verabschiedete sich von Eisschiel. Dieser wünschte seiner Wirtschafterin Standhaftigkeit in der Gewissheit, dass sie mit ihrem Meineid einerseits ihn aus dem Schussfeld zu nehmen, gleichzeitig aber den Vergewaltiger seiner gerechten Strafe zuzuführen gedachte.

Hermine fuhr mit ihrem Moped zur Bahnstation der Summerauerbahn und setzte sich in die Schalterhalle, in welcher der Mief von kaltem Zigarettenrauch dominierte. Der unterbeschäftigte Bahnhofsvorstand versuchte die Wartende wiederholt in ein Gespräch über das seit geraumer Zeit vorherrschende garstige Wetter zu verstricken; allein Hermines Gedanken waren allzu sehr von der bevorstehenden Gerichtsverhandlung eingenommen, als dass sie sich auf ein Wettergeplauder eingelassen hätte. Während der einstündigen Fahrt in der tschechischen Zugskomposition der Linie Budweis-Linz repetierte sie wohl ein Dutzend Mal stumm ihre Aussage.

Gut in der Zeit erklomm sie die drei Stufen der Steintreppe aus Mauthauser Granit, die zum Hauptportal des monumentalen Bauwerks der Staatsanwaltschaft Linz führten. Hermine wurde in ein Wartezimmer gebeten, an dessen Türe ein Gerichtsdiener die schriftliche Kontrolle über die

Ein- und Austretenden führte. Im Gerichtssaal nebenan wurde derweil die Verhandlung pünktlich eröffnet.

Die Kronzeugin der Anklage hatte bis zu ihrem Auftritt ausreichend Zeit und Muße, sich ihre Aussage abermals zurechtzulegen. Allein die lange Zeit des Wartens bekam ihr nicht gut, denn sie wurde zusehends wankelmütiger und traute sich je länger desto weniger zu, den Meineid vor Gericht überzeugend vortragen zu können. In ihrer Gewissensqual umklammerte sie das hölzerne Kreuz, welches sie um den Hals trug und rief aufs Neue ihren Gott und Beschützer an, auf dass er ihr Beistand leisten möge. Aber würde der Allmächtige Beistand leisten für ihre Lüge, Beistand für ihre Sünde?

Dem Gerichtsdiener, einem alten Hasen, blieb die Drangsal des Fräulein Pumsenberger nicht verborgen. Er sandte ihr von seinem Posten an der Tür gelegentlich ein seine streng geregelten Befugnisse gewiss überschreitendes, zumindest kurz gehaltenes Lächeln zu. Diese Aufmunterungsversuche indes trugen lediglich dazu bei, Hermines Skrupel zu steigern, da sie sich durch die unverhoffte Vertraulichkeit des Gerichtsdieners in ihrer Bedrängnis durchschaut sah.

Indessen war die Verhandlung im Gerichtssaal schon in regem Gange. Der Staatsanwalt und der Verteidiger hatten sich bereits bei einigen Wortgefechten regelrecht ineinander verbissen, wobei der Richter energisch eingreifend, den zumeist etwas gar ungestümen jungen Rechtsanwalt, welcher freilich weit entschlossener als dazumal während des Haftprüfungstermins auftrat, zur Räson bringen musste.

Augenblicklich wurde der Ermittler Oss vom kampfeslustigen Juristen mit Häme bedacht: „Nichts, nicht einmal eine Zigarettenkippe?", fragte der Verteidiger in einem Tonfall und einer Lautstärke, welche dem Richter sichtlich zu missfallen schienen, ein Missfallen, welches er dem

Heißsporn denn auch mit anschaulicher Gestik bekundete – er senkte seine vorgestreckten Arme pathetisch von Kopf- auf Brusthöhe und ließ sie sanft nachwippen.

„Es hatte in der Nacht nach der Tat dermaßen stark geregnet, dass alle möglichen Spuren ohnehin verwischt worden wären. Überdies ist der Angeklagte Nichtraucher."

„So, da haben wir's. Nachdem Ihnen eine Woche nach der Tat ein Verdächtiger auf dem Silbertablett geliefert wurde, kam es Ihnen zupass, Ihre bis anhin unzulänglichen und höchst dürftigen Ermittlungen lediglich und gezielt auf diesen wie Phoenix aus der Asche auferstandenen Verdächtigen zu richten. Mein Mandant ist Nichtraucher, demzufolge spielen Zigarettenstummel keine Rolle. Angenommen, Sie hätten am Tatort eine mit Sperma verschmierte Unterhose gesichert, Sie hätten diese wohl, falls die Größe nicht zu Ihrem erklärten Kronfavoriten gepasst hätte, weggeschmissen. Ich muss schon sagen, saubere Ermittlungen."

„Wenn wir doch weder eine Zigarettenkippe noch sonst tatrelevante Spuren gefunden haben ...", entgegnete der Polizist kleinlaut und griff sich, als würde er sich dadurch Hilfe versprechen, an die winzige Stecknadel des „Sportanglerbundes Mühlberg", die an seinem Revers steckte.

„Dies mag wohl sein", fuhr ihm Gstöttner ins Wort, „der Rückschluss jedoch, Stögermaier sei ohnehin Nichtraucher, lässt tief blicken. In Ihrer Verblendung konzentrierten Sie all' Ihre Ermittlungen doch nur noch auf diesen unbescholtenen Mann zu meiner Rechten."

Nach jener Runde, in welcher die Verteidigung die Punkte wohl auf sich vereinigte, eröffnete sich Oss die Gelegenheit nachzuziehen, denn es trat mit Wolfgang Schinagl einer seiner wenigen Trümpfe in den Zeugenstand. Dessen glaubhafte Aussage sowie die genauen Angaben aus der Dorfschenke untermauerten Ossens minuziöse Ermittlungen hinsichtlich der zeitlichen Abläufe, auf Grund welcher der Polizist Stögermaier der absichtlichen Falschaussage bezichtigte.

Diese Beschuldigung wiederum schien den Angeklagten aus seiner bislang zur Schau getragenen, provokant anmutenden Lethargie zu wecken. Gänzlich unaufgeregt bemerkte er halblaut in seiner schnoddrigen Art dazu: „Was beweist das schon; ob ich nun nach dem Besuch bei meinem Klienten ein oder zwei Biere getrunken habe, als Täter kommen Hunderte anderer Männer in Frage."

Nun aber unterbrach der Richter, erteilte Stögermaier für seine Zwischenbemerkung einen Verweis und bat Oss, seine Erläuterungen fortzusetzen. Mit dieser Störung zog sich der Angeklagte freilich den Unmut des Richters zu. Den Geschworenen jedoch schien es, als hätte Stögermaier just das Eis der vollkommenen Gefühlskälte durchbrochen. Sie erkannten, dass dieser Mann, wenn auch in schwerfälliger Wortwahl, etwas zu seiner Verteidigung zu sagen hatte. Er ließ sich zumindest eine kurze Gefühlswallung anmerken, die einen Funken Menschlichkeit erahnen ließ.

Nach einer geschlagenen Stunde unerträglichen Wartens wurde Hermine von einem jungen Amtsboten in den Gerichtssaal gebeten. Der alte Gerichtsdiener drückte Hermine unter der Tür zum Gang kurz die Hand. Danach führte sie der Amtsbote an der Wache vorbei durch den Mittelgang des bis auf den letzten Platz gefüllten Saals in den Zeugenstand. Hermine vermeinte ein Raunen im Publikum zu vernehmen. Auf dem niederen Korpus des Zeugenstands gewahrte Hermine ein auf ein bordeauxrotes, wohl drapiertes, seidenes Tuch gebettetes, ehernes, von zwei lohenden weißen Kerzen flankiertes Kruzifix. Durch dieses schlichte Arrangement von Devotionalien in wohlvertraute Gefilde entrückt, glitt sie behutsam in den bereitstehenden Stuhl.

Nach der Aufnahme der Personalien erhob die Zeugin die drei ersten Finger ihrer rechten Hand, während ihre Linke das eiserne Kreuz umklammerte und sprach die Eidesformel: „Ich schwöre bei Gott dem Allmächtigen und Allwissenden einen reinen Eid, dass ich über alles, worüber ich vor dem Gerichte befragt werde, die reine und volle Wahrheit und nichts als die Wahrheit aussagen werde; so wahr mir Gott helfe."

Hermine war durch das erlebte christliche Zeremoniell gleichermaßen beeindruckt wie irritiert.

Der Staatsanwalt bat sie nun um ihre Aussage: „Fräulein Pumsenberger, bitte erzählen Sie uns in chronologischer Folge, was Sie an jenem Freitagabend, dem 28. Juli dieses Jahres, beobachtet haben."

Hermines Wahrnehmungen begannen sich zu verwischen. Sie wähnte sich inmitten einer geistlichen Zeremonie. Die Geschworenen zu ihrer Rechten stellten die Jünger Jesu dar, der Angeklagte und sein Verteidiger linkerhand einen armen Sünder mit seinem Spießgesellen, der unscheinbare Staatsanwalt bedeutete Jesus, und der hoheitsvoll auf seiner Empore thronende, von einem kolossalen Gotteswinkel gekrönte, mit einem Hammer gewappnete Richter, ward zur Achtung gebietenden Gottheit.

Durch die in geschraubtem Amtsdeutsch formulierte, in einem dem Notstand Hermines spottenden Tonfall vorgetragene Frage: „Fräulein Pumsenberger, wurden Sie meines Ansuchens verständlich?", vermochte der Staatsanwalt Hermine, die für einige selige Momente ihren christlichen Fantastereien erlegen war, nicht vollends ins nüchterne, juristisch geprägte Diesseits zurückzuholen. Auch versagte ihr der mehrfach angerufene Gott in jenem gewichtigen Moment die Unterstützung. „Gott wo bist du, wenn ich dich brauche? Vermagst du das massive Gemäuer dieses Gerichts nicht zu durchdringen?"

Die Kronzeugin der Anklage wiederholte ihre Aussage, die sie bereits auf Oss' Wachzimmer zu Protokoll gegeben hatte, nunmehr in wahrnehmbarer Verkrampfung, keineswegs überzeugend. Ihre Stimme, die ihr mitunter zu versagen drohte, bebte, und die unversehrte Wange stand punkto Röte derer mit dem Feuermal in nichts nach.

Die Wiederholung ihrer Falschaussage, das Untermauern der Lüge, womit konnte sie diese Sünde vor Gott rechtfertigen?

Allein ihre Unsicherheit war augenfällig. So zögerte Stögermaiers Verteidiger denn auch nicht, auf die angeschlagene Zeugin einzudreschen: „Es mutet doch höchst seltsam an, dass Fräulein Pumsenberger eine ganze Woche verstreichen ließ, ehe sie sich zu einer Zeugenaussage entschließen konnte. Folglich erstaunt es umso mehr, dass sie nach ihrem anfänglichen Zaudern meinen Mandanten mit einer scheinbar präzisen Aussage belastet. Eine Woche bietet ausreichend Zeit, um sich eine derartige Lügengeschichte auszudenken. Fräulein Pumsenberger", wandte er sich an die Zeugin, „sind Sie sich bewusst, welche Strafen auf Falschaussage stehen?"

„Herr Verteidiger", unterbrach ihn der Richter, „es steht Ihnen nicht zu, der Zeugin mit allfälligen Strafen zu drohen. Fräulein Pumsenberger wurde eingangs über die Konsequenzen eines allfälligen Meineids unterrichtet. Ich bitte Sie, die Vernehmung fortan korrekt zu führen."

Hans Gstöttner tupfte sich mit seinem Taschentuch die Unterlippe ab und fuhr fort: „Außerdem ist die Sicht vom Küchenfenster des Pfarrhauses auf die Mülltonne im Hof meines Mandanten durch einen Haselstrauch, welcher zur angeblichen Zeit in vollem Laub stand, stark eingeschränkt. Es ist daher kaum vorstellbar, dass die Zeugin auf zwanzig Meter Distanz durch das dichte Laub feststellen konnte, was genau Herr Stögermaier in die Mülltonne stopfte."

„Einspruch", rief der Staatsanwalt dazwischen. „Der Angeklagte ging mit den Kleidern über den Hof. Zwischen der Kellertüre und der Mülltonne ist die Sicht nicht verdeckt, also konnte die Zeugin sehr wohl erkennen was der Angeklagte über den Hof trug. Zudem steht die Mülltonne nicht immer hinter dem Haselstrauch. Dies ist durch verschiedene Abdrücke im Boden belegt."

„Allein der Umstand, dass die Staatsanwaltschaft diese Recherchen angestellt hat, zeigt doch deutlich, dass auch von ihrer Seite erhebliche Zweifel an der Glaubwürdigkeit der Zeugin bestehen", stichelte Gstöttner.

„Herr Verteidiger, ich bitte Sie. Unterstehen Sie sich, auf der Basis einer gründlichen und sachgerechten kriminalistischen Arbeit verfängliche Behauptungen zu konstruieren."

So nahm die Gerichtsverhandlung ihren Lauf. Die Beweislage war zu dürr und die unsicher wirkende Zeugin der Anklage offenbarte sich gar als Krux, sodass es Staatsanwalt Himmelbauer bei aller rechtschaffenen Bemühung nicht gelang, den Angeklagten festzunageln. Seinem Widerpart Gstöttner hingegen gelang es wiederholt durch sarkastische Anspielungen die Argumentationen Himmelbauers zu verhöhnen und damit der Geschworenen Zweifel an Stögermaiers Schuld zu schüren.

Das Urteil

Als sich die Geschworenen nach gut zweistündiger Gerichtsverhandlung zur Beratung zurückzogen, rechnete so mancher im Publikum mit einem Freispruch.

Die acht Geschworenen setzten sich aus fünf Männern und drei Frauen zusammen. Ursprünglich wären die Geschlechter zu gleichen Teilen vertreten gewesen, doch meldete sich zwei Tage vor dem Gerichtstermin eine der weiblichen Repräsentantinnen als unpässlich ab, und so kam als erster Ersatz ein weiterer Mann zum Zuge. Dieser Mann war fatalerweise der Fleischhauer Franz Gamsbichler aus Affenschlag, Stammtischkumpane Stögermaiers beim Kirchenwirt. Niemand stellte ihm die Frage nach einer gewissen Befangenheit; auch er selbst verlor darüber keinen Gedanken. Gamsbichler machte sich denn auch mit Vehemenz für die Unschuld Stögermaiers stark. Dies gebot ihm allein schon seine hochgehaltene Männersolidarität.

Die Geschworenen kehrten in den Gerichtssaal zurück und erklärten den Angeklagten mit fünf zu drei Stimmen für unschuldig. Lediglich die drei Frauen im Bunde hatten ihn für schuldig befunden; denn kraft ihrer weiblichen Intuition erschien ihnen die Schilderung der vollends verunsicherten Zeugin der Anklage ebenso glaubwürdig, wie sie die Einschüchterungsattacken des widerwärtigen Verteidigers für die Verwirrung der guten Pfarrdienerin verantwortlich machten.

Über den Umweg ihres Irrens fanden sie zur Wahrheit. Am Urteil indes vermochte dies nichts zu ändern.

So kam es, dass Hubert Stögermaier das Gericht als freier Mann verließ.

Alwines Entschluss

Am nächsten Morgen, als Alwine sich in der Küche einen Tee kochte, sprang ihr die Schlagzeile der aktuellen Ausgabe des „Mühlviertler-Boten", welche ihr Vater unbesonnen auf dem Küchentisch liegengelassen hatte, in die Augen: *Freispruch im Vergewaltigungsfall Schimpfhuber.* Den Artikel mochte sie nicht lesen. Allein schon die Vorstellung, dass ihr dieser mutmaßliche Unhold schon morgen auf der Straße begegnen könnte, versetzte sie in Panik.

Als ihre Mutter mit den Einkäufen aus dem Dorf zurückkam, machte ihr Alwine unter Tränen klar: „Ich will weg von hier. Möglichst weit weg von Affenschlag; nach Amerika. Dort kennt mich niemand und niemand weiß um meine Geschichte."

Als die Mutter einwendete, dass sie in ihrem Zustand gar nicht daran denken dürfe, antwortete Alwine: „Entweder ich fahre weg oder ich bringe mich um. Solange dieser Unhold sich in Österreich frei bewegt, fühle ich mich weder sicher noch wohl in diesem Land."

Noch am selben Abend besprach sich Frieda mit ihrem Mann. Die Mutter hütete sich wohlweislich, die Drohung ihrer Tochter zu verharmlosen und war geneigt, deren Drängen zu entsprechen, obschon sie sich hierdurch ihrer mütterlichen Fürsorge entzogen sähe. Das Vorgefallene sowie das Angedrohte schienen ihr keine andere Wahl zu lassen.

Gustav schlug vor, Alwine für eine unbestimmte Zeit zu ihrem Taufpaten zu bringen, welcher in einer weit entfernten Ecke Österreichs, in Kärnten, lebte.

„Dem Jakob vertrau' ich mein Kind nie und nimmer an", entgegnete Frieda. „Du weißt nur zu gut, dass er nach dem Tod von seiner Rosa dem Alkohol verfallen ist und seither einsam und verwahrlost in seinem schäbigen Häuschen außerhalb von Eberstein lebt. Kannst du dich noch erinnern, wie er an der goldenen Hochzeit von Johannes und Gerburg schon vor dem Nachtisch sturzbetrunken war? Ich kann mir schlicht nicht vorstellen, dass dein Bruder für unsere Tochter sorgen möchte, geschweige denn könnte."

Die übrigen Verwandten kamen nicht in Frage, denn sie wohnten allesamt in Affenschlag oder in den umliegenden Dörfern.

„Erinnerst du dich noch an Alon Brunstein, den russischen Kriegsgefangenen, den meine Eltern während der letzten Kriegswochen in unserem Hof versteckten? Er lebt schon seit gut zwanzig Jahren in Zürich in der Schweiz, ist verheiratet und hat dort eine gute Stellung an der Universität. Mutter pflegt mit ihm noch immer einen regen Briefkontakt. Seine Ehe scheint glücklich zu sein, das Paar bewohnt eine noble Villa am Zürichersee, nur Kinder – ich weiß nicht woran es liegt – haben sie keine. Ich hätte ein gutes Gefühl, Alwine – sei es auch nur für ein paar Monate, bis sich ihr schlimmes Trauma gelegt hat – in ihre Obhut zu geben."

„Und das Kind kommt dann in der Schweiz zur Welt?", wandte Gustav ein.

„Falls du eine bessere Lösung parat hast, bitte; ich bin offen dafür. Doch die Zeit drängt. Ein Selbsttötungsversuch reicht. Wir müssen Alwine einen Ausweg aus ihrer schwierigen Situation bieten, sonst bringt sich das arme Kind um."

Am folgenden Morgen ließ sich Frieda mit dem Anschluss der Brunsteins in der Schweiz verbinden. Alon war nicht zu Hause und so schilderte Frieda seiner Frau Judith die wesentlichen Punkte von Alwines trauriger Geschichte und erläuterte hernach ihren Plan. Judith zeigte sich von Friedas Ansuchen weder begeistert noch mochte sie sich dem offenkundigen Hilferuf grundsätzlich verschließen. Sie gab sich vorsichtig bedeckt, versprach aber, bei der nächsten Gelegenheit mit ihrem Mann darüber zu reden.

Enttäuscht legte Frieda den Hörer in die Gabel. Die knapp gehaltenen Worte Judiths hinterließen sie im Zwiespalt. Hatte sie sich von dem Gespräch zu viel versprochen? Durfte sie erwarten, dass die durch dieses Ansuchen überrumpelte Frau in spontane Begeisterungsstürme ausbrechen würde? Schließlich handelte es sich hierbei keineswegs um eine kleine, harmlose Gefälligkeit – vielmehr um die Übernahme einer verantwortungsvollen Aufgabe, um ein Vorhaben, dessen Scheitern eher vorgezeichnet erschien als das Gelingen und dies womöglich mit gravierenden Konsequenzen. Gleichwohl ein bisschen mehr Einfühlung hätte Frieda sich erhofft.

Den ganzen Tag über quälten Frieda die mannigfaltigsten Deutungen des unbefriedigenden Gesprächs mit Judith. Die einen ließen sie in Mutlosigkeit versinken, andere wiederum – es waren Mutmaßungen über Alons Ehrsamkeit – verhalfen ihr, wie sich herausstellen sollte, zu berechtigter Hoffnung. Denn es war tatsächlich nicht Judith, sondern ihr Mann, welcher gewissermaßen in der Schuld ihrer Familie stand.

Diesem beklemmenden Hin und Her bereitete am späteren Abend der Anruf von Alon ein Ende.

„Liebe Frieda", begann er, „deine Mutter hat mir in ihrem letzten Brief vom Unglück deiner Tochter berichtet. Du weißt, ich werde euch niemals vergessen, dass ihr euch damals in große Gefahr begeben habt, um mir das Leben zu retten. Wie du an jenem kalten Januarmorgen zum Hühnerstall gingst, um die Eier einzusammeln, um danach deinen Eltern meine Notlage zu schildern, die unendlichen Tage und Nächte in der Geborgenheit eurer Räucherkammer – nie werde ich aufhören euch dankbar zu sein. Ich habe mich eingehend mit Judith besprochen. Wir würden alles tun, um Alwine zu helfen und dem armen Kind wieder eine Lebensperspektive zu geben. Wir sind bereit, deine Tochter bei uns aufzunehmen, solange es die Situation erfordert. Ich werde, wenn es dir recht ist, die nötigen Vorkehrungen bereits morgen in die Wege leiten. Wie du ja weißt, habe ich mich in Zürich gut etabliert und dank meinen vortrefflichen Beziehungen zu Politikern und Amtspersonen wird es mir möglich sein, die amtlichen Hürden glatt und unbürokratisch zu meistern. Wenn alles erwartungsgemäß rund läuft, kannst du Alwine schon am kommenden Wochenende auf die Reise schicken. Ich werde dich über den Stand der Dinge informieren."

Erleichtert ging Frieda auf Alwines Zimmer und fragte ihre Tochter nochmals, ob sie einen Wegzug noch immer für den einzigen Ausweg halte. Alwine nickte wortlos.

„Ich habe es mir lange und gründlich überlegt", erklärte die Mutter. „Kannst du dich an Alon Brunstein erinnern? Er war zu Ostern vor zwei Jahren bei Oma auf Besuch."

„Ja, das ist doch der Jude, den Oma damals versteckt hatte. Er hat uns damals die Schachtel mit den Farbstiften und die gustiösen Schokoladen aus der Schweiz mitgebracht."

„Nun ja, die Brunsteins wohnen in Zürich in einem großen Haus mit Garten direkt am Zürichersee. Sie würden sich freuen, dich aufzunehmen. Vater und ich sind überzeugt, dass sie gut für dich schauen werden. Du wirst dich bei ihnen bestimmt wohlfühlen und wenn du dich wieder aufgefangen hast, kommst du wieder zurück zu uns."

„Nie werde ich zurückkehren, nie. Ach Mutter", schluchzte Alwine und presste ihr tränennasses Gesicht an Friedas Brust.

Am nächsten Morgen fuhr Frieda nach Mühlberg, um für ihre Tochter einen Reisepass zu beantragen.

„Das Dokument ist in zehn Tagen abholbereit", beschied ihr der dienstfertige Zivilstandsbeamte. So mussten sie Alwines Abreise, ungeachtet des Fortgangs in Zürich, um eine Woche verschieben.

Am Freitag berichtete Alon, er hätte sämtliche bürokratischen Weichen gestellt, nun stünde der Einreise Alwines nichts mehr im Wege. Sie einigten sich auf den Samstag in acht Tagen. Judith werde Alwine am Zürcher Hauptbahnhof abholen, da er während jener Tage an einem Kongress in Berlin sei.

Alwine wurde in den zwölf Tagen der Vorbereitung und des Wartens auf ihre Abreise von verschiedensten Empfindungen heimgesucht. Einerseits plagte sie der Schmerz über die bevorstehende Trennung von ihrer Familie und dem bislang so geliebten und vertrauten Umfeld. Auf der anderen Seite vermochte der exotische Reiz der Fremde zu locken, das neue Leben in der Schweiz, wo sie dann wohl auch ihr Kind gebären würde. Doch ein Gedanke stand beharrlich über jeglichen Sinneseindrücken: „Ich muss hier weg, ich habe keine Wahl, hier kann ich nicht bleiben."

Stögermaier wird in die Steiermark versetzt

Stögermaiers Vorgesetzter in der Versicherung hatte den Fall seines Agenten mit Aufmerksamkeit verfolgt. Auch war er an dem Prozess als Zuhörer zugegen. Nach dem Freispruch lag es an ihm zu entscheiden, ob er einen seiner langjährigsten und erfolgreichsten Vertreter weiter beschäftigen wolle oder nicht. Auf der einen Seite stand gewiss der Freispruch, andererseits sagte ihm sein Gefühl, dass Stögermaier mit dem Mädchen in dem Kornfeld wohl „was" hatte. Doch Vergewaltigung stand für ihn außer Frage, denn da er die Frauen nur allzu gut zu kennen glaubte, war er zum Schluss gekommen, dass das kleine Luder seinen Agenten verführt haben musste, oder zumindest mit aufreizender Kleidung geradezu zum Akt animiert hatte. Deshalb beschloss er, seinem unglücklichen Untergebenen nicht zu kündigen, sich jedoch bei der Direktion dafür stark zu machen, den Gebrandmarkten von der Sektion Oberösterreich abzuziehen, um ihm in einer anderen Landesgegend ein neues Sprungbrett anzubieten. So kam es ihm zupass, dass in Eisenerz ein altgedienter Agent binnen eines halben Jahres sich erlauben durfte in Rente zu gehen. In der Steiermark sollte Stögermaier, unbehelligt von der Geschichte, in welche er unglücklicherweise hineingeraten war, eine neue Chance erhalten. Auch war er sich sicher, dass ihm Stögermaier für diese, wohlerwogen erfolgte Versetzung ewig dankbar sein und dies der Firma mit aufopferndem Arbeitseinsatz honorieren würde.

Abschied in Salzburg

Zähe Nebelschwaden ruhten gleichmütig in den Mulden des kupierten Landstrichs, und es schien Alwine, als sie im geräumigen Fonds des Borgward P100 von Hellfried Käferböck aus dem beschlagenen Fenster lugte, als wäre das gesamte Umland mit weißem Schlick ausgegossen.

Käferböck, der Vorgesetzte von Alwines Vater, hatte sich gutherzig anerboten, an jenem Samstag dessen Tochter zum Hauptbahnhof nach Salzburg zu chauffieren. Gustav Schimpfhuber saß auf dem Beifahrersitz, während seine Frau auf dem Rücksitz mit schweißnasser Hand die weiche Hand ihrer schwangeren Tochter umklammerte. Die beiden Knaben hatten sie zu Hause gelassen. Käferböck steuerte seinen Wagen mit großem Geschick bald durch nebelverhangene Täler, bald über Anhöhen, die von einem frühen, einen prachtvollen Altweibersommertag ankündigenden Morgenlicht sanft gestreift wurden. Derzeit führte sie die Fahrt durch ein enges Tal, in welchem Franz-Eugen Oss keine zehn Schritte von der Straße entfernt, jedoch von dichtem Bodennebel umhüllt, an der Uferböschung der Feldaist, des vereinseigenen Pachtgewässers, stand und fischte.

Soeben schickte er sich an, einen quirligen Mistwurm auf den Angelhaken aufzuziehen, als dieser beim Einstich – als wollte er sich für die ihm zugefügte Qual rächen – seinen übel riechenden Körpersaft präzis unter die Nase in die borstigen Haare des Oberlippenbarts seines Peinigers spritzte.

Eine knappe halbe Stunde vor Abfahrt des Zuges parkte Käferböck den Wagen auf dem Bahnhofplatz von Salzburg. Der Chauffeur blieb im Auto zurück, darauf bedacht, die Familie beim Abschied unter keinen Umständen zu stören.

Vater, Mutter und Tochter begaben sich, um die Einfahrt des Zuges ja nicht zu verpassen, unverzüglich auf den Bahnsteig. Die letzten gemeinsamen Minuten ließen sie beinahe wortlos verstreichen. Frieda hielt ihre Tochter eng umschlungen, den kahlen Kopf ihrem Busen anvertrauend.

Gustav, der etwas abseits stand, sagte nichts, weil er nichts zu sagen wusste und starrte mit trübem Blick an den beiden vorbei ins östliche Bahnhofsviertel, in welchem rege gebaut wurde. Die Ablenkung tat Not, denn einmal mehr stieg ihm das gallige Gefühl seiner Entbehrlichkeit hoch. Doch der Zufall hatte ein Einsehen und bedachte ihn reichlich:

Sein Blick fiel auf eine triste, fensterlose Hauswand, auf welcher in der Größe eines Fußballtores eine Werbung aufgepinselt war. Sie zeigte einen blond gelockten Säugling, der aus einem Kinderwagen lächelte, die Hand keck zum Gruß erhoben. Darunter stand in fetter Fraktur:

Alfred Großwindhager
Kinderwagenerzeuger

Soeben schickte sich die Abbruchglocke mit kräftigem Schwung an, die Mauer einzureißen. Die Hausmauer barst, und nach einer weiteren Attacke, präzis auf des Kindes Lockenkopf, fiel sie gänzlich, unanständig still in sich zusammen. Mit dem Aufsteigen der gewaltigen Staubwolke überkam Gustav die Erinnerung gleich einem bösen Schwall.

Die Geschichte trug sich vor fünfzehn Jahren zu. Anlässlich des zwanzigjährigen Geschäftsjubiläums der Firma Freudenthaler und Käferböck wurde die gesamte Belegschaft auf ein Wochenende nach Salzburg eingeladen. Geplant war der Besuch einer Theatervorstellung am Samstagabend mit anschließender Übernachtung in einem funkelnagelneuen 4-Sterne-Hotel, für dessen Holzausstattung die

Schreinerei Freudenthaler und Käferböck der Hauptliefe-rant war. Die Abschlussrechnung indes war nach einem ge-strichenen Jahr und der zweiten, mit Ausrufezeichen verse-henen Mahnung noch nicht beglichen.

Selbstredend hatte Freudenthaler nie die Absicht, die künftige Hotelrechnung zu bezahlen. Er betrachtete dies als Gegengeschäft, als eleganten Dreh, zumindest einen Teil des ihm zustehenden Geldes einzutreiben. Als dann aber Elfriede, die Sekretärin und einzige weibliche Ange-stellte der Firma, einer Blasenentzündung wegen zwei Tage zuvor absagen musste, änderte Wolfgang Freudenthaler kurzerhand das Programm. Er tauschte, und dies zur Freude sämtlicher Teilnehmer, die Theaterkarten in Tribü-nenplätze des Salzburger Fußballstadions um. Die Partie al-lerdings an jenem grauen Novemberabend, ein lustloses Ballgeschiebe zwischen Austria Salzburg und Rapid Wien, welches folgerecht in ein dürftiges 0:0 mündete, grenzte an eine Zumutung.

Nach dem Nachtessen schickte Freudenthaler die zwei Lehrlinge ins Hotel zurück und der Rest des Trupps zog noch durch eine Handvoll schummriger Bars im Bahnhofs-quartier. Gegen Mitternacht gingen sie allesamt ins nahe ge-legene Hotel zurück. Hellfried Käferböck, der sein Zimmer mit Gustav teilte, nahm diesen auf dem Rückweg zum Ho-tel zur Seite und flüsterte ihm zu: „Wenn alle schön brav im Bett liegen, gehen wir zwei nochmals auf die Piste."

Gustav mochte eigentlich nicht mehr, doch noch weni-ger mochte er sich erkühnen, ein solch vertrauliches, ihm schmeichelndes Angebot seines Vorgesetzten auszuschla-gen.

So gingen sie lediglich kurz auf das Zimmer, machten sich frisch und nach einer Viertelstunde drückten sie die Klinke jener Bar, in welcher zuvor Ingrid, eine vollbusige Vorarlbergerin, den stämmigen Hilfsschreiner Gustav an-gemacht hatte.

Die beiden Ortsunkundigen hatten das Etablissement ohne Mühe wiedergefunden, da ihnen schon nach dem ersten Besuch beim Verlassen des Hauses eine Werbung eines Kinderwagenherstellers aufgefallen war, die an der Westseite des markanten Hauses prangte. Käferböck, ein schmächtiger Kobold mittleren Alters, machte seinem Gehilfen vorgängig klar, dass er, Käferböck, sich nun der Ingrid annehmen werde, ohnedies hätte es für ihn, Gustav, ja noch mehr als genug Weiber im Lokal.

Ingrid strahlte, als sie Gustav unverhofft zurückkehren sah, und setzte sich sogleich auf den freien Barhocker neben ihn. Käferböck orderte bei der Barfrau eine Flasche Champagner mit zwei Gläsern und erklomm den Barhocker zu Ingrids anderer Seite. Der Schaumwein wurde entkorkt und mit dem Anstoßen ward die Hierarchie im Sinne des Patrons hergestellt. Ingrid war professionell genug, um sich blitzartig mit der neuen Situation anzufreunden. Sie legte ihre Hand auf Hellfried Käferböcks spindeldürren Schenkel und schaute ihm mit einem betörenden Blick tief in die Augen. Als dieser seine Hand unter ihre Bluse schob, nahm sie diese und führte den kleinen Hellfried – sie überragte ihn um einen halben Kopf – zu einem Séparée im hinteren Teil der Bar. Es sprach für Käferböck, dass er sich in jenem lusttrunkenen Moment seines Kumpanen besann, welcher allein und ohne Getränk an der Bar saß. Er schaute sich, bevor er mit Ingrid in die Satinhöhle eintauchte, kurz nach Gustav um und rief ihm zu: „Vergnüge dich, geht alles auf Kosten der Firma." Diese ferneren Kosten wurden alsdann durch eine weitere Flasche Champagner sowie die Dienste einer zierlichen Wienerin verursacht.

Die beiden Männer sprachen hinterher nie über den besagten Abend in jener Bar. Nicht am nächsten Morgen und auch nicht die weiteren fünfzehn Jahre danach. Die Männersolidarität spielte, wie sie so zu spielen pflegt, bar jeglicher vorheriger Absprache.

Der einfahrende Zug holte Alwines Vater wieder in die Gegenwart zurück. Er fühlte sich eher erleichtert denn bedrückt, da das Kind, welches Ursache der Verfemung seiner Familie war, das Land nun verließ. Die Mutter zog Alwine unter Tränen eine wollene, selbst gestrickte, schlichte Wollmütze über ihren kahl geschorenen Schädel. Hierdurch fanden auf Alwines ebenmäßigem Gesicht jene sanften Linien zurück, die so auffallend an die Landschaft ihrer Herkunft gemahnten.

2. TEIL

Köbi Tschopp

Der frische Abendwind fuhr kraftvoll durch den tiefbraunen Winterpelz des Eichhörnchens, welches sich anschickte, die Passstraße zu überqueren, um in seiner Vorratskammer, dem Wurzelwerk der alten Bergföhre ennet der Straße, sein gesammeltes Futter zu verstauen.

Derweil trieb Großrat Burtel Caduff seine neuste Errungenschaft, einen Ford Mustang V8, der, wie dessen Besitzer bei jeder sich bietenden Gelegenheit wichtigtuerisch betonte, auf 100 Kilometer gut und gerne 20 Liter Super saufe, die Serpentinen des Passes hoch. An der nachmittäglichen Sitzung der Legislative in der Kantonshauptstadt hatte er sich durch ein geharnischtes Referat hervorgetan, mit welchem er begonnen hatte, einen Angriff der Ratslinken auf die Freiheit der Schweizerbürger zu bodigen. Er verachtete diese Sozialisten, die immerfort an den Grundfesten der Eidgenossenschaft zu rütteln trachteten und sich seit geraumer Zeit gar – welch unsägliche Zwängerei – die Einführung des Frauenstimmrechtes auf die Parteifahne schrieben.

Diesen politischen Triumph gedachte er mit seiner aus Norddeutschland stammenden Gemahlin Elke im „Ibex Inn", dem dekadentesten Gourmet-Tempel des Hochtals, wo sie wohnten, gebührend zu zelebrieren. Da er jedoch seine Elke nur zu gut kannte war ihm wohl bewusst, dass er gut daran tun würde, ihr sein Vorhaben rechtzeitig mitzuteilen. Denn es gefiel ihr jeweils, für ihre Abendtoilette gut und gerne ein bis zwei Stunden aufzuwenden.

Mit übersetzter Geschwindigkeit raste er durch das lichtlose, in jenem späten Herbstmonat nahezu ausgestorbene, letzte Dorf vor der Passhöhe. Beim Dorfausgang drückte er im Hochgefühl des erfolggekrönten Tages das

Gaspedal durch. Die Gummiwalze des linken Vorderrades zerquetschte das Eichhörnchen, welches just in diesem Moment über die Straße flitzte.

Aus dem „Hotel Bellevue", einem heruntergekommenen, seit geraumer Zeit leer stehenden Objekt – von den Einheimischen despektierlich Defizitbunker genannt –, brach ein fahles Licht durch die abendliche Dämmerung. „Hier kann ich telefonieren", frohlockte der Großrat. Er bremste brüsk und steuerte seinen Wagen direkt vor das herrschaftliche Eingangsportal.

Hinter staubblinden Fenstern in der Rezeption des ehemaligen „Grand-Hotel", woselbst der muffige Geruch des Nichtgebrauchs gar den gemeinhin erhabenen Duft des Arventäfers niedergeworfen hatte, saß, über ein Schriftstück gebeugt, Köbi Tschopp. Abermals ein negativer Entscheid der Gemeinde, seine Umbaupläne betreffend. Tschopp, anfangs Zwanzig, wurde das Hotel von seinem Onkel zu seiner Volljährigkeit übermacht. Köbi war des Onkels Lieblingsneffe, was wohl, jedoch nicht ausschließlich, daher rührte, dass er als einziger der jungen Tschopp'schen Generation – gemäß der Familientradition – seine berufliche Laufbahn im Gastgewerbe anstrebte. Zur Zeit der Schenkung war der Hotelbetrieb freilich schon drei Jahre stillgelegt.

Voller Elan schickte sich der junge Tschopp hernach an, das Hotel zu sanieren. Doch die veranschlagten Kosten waren enorm, die Banken zierten sich im Gewähren von Hypotheken, und die Gemeindebehörden ihrerseits versperrten ihm den Weg mit gewaltigen bürokratischen Granitblöcken. Des Onkels Geschenk erwies sich mehr und mehr als Kuckucksei. Dessen waren sich der Schenker sowie dessen Bruder, Köbis Vater, wohl bewusst, doch die beiden waren übereingekommen, dem jungen, angehenden Gastronomen diese Herausforderung gleichsam als Lebensschulung aufzubürden. So hüteten sie sich denn auch, Köbi beratend zur Seite zu stehen, und stellten sämtliche relevanten Entscheide seinem Belieben anheim. Schließlich resignierte der bedauernswerte Köbi ob all der Widrigkeiten und versuchte das Objekt zu veräußern. Seine Hoffnungen freilich – im vergangenen Jahr stand er mit einer dubiosen holländischen Investorengruppe kurz vor dem Abschluss – zerschlugen sich allesamt. Köbi jedoch erwies sich als Kämpfer und unternahm abermals einen Anlauf, das Hotel zu renovieren. Er fühlte sich, aller Unbill zum Trotz, seinem Onkel verpflichtet und war aufs Neue redlich bemüht, dem still vor sich her schimmelnden, baufälligen Nobelhaus einen zweiten Frühling einzuhauchen.

Die beiden beschlagenen Gastro-Hasen observierten Köbis hehre Bestrebungen mit wonniger Akribie und ergötzten sich ob seiner unermüdlichen Hingabe. Schließlich konnten sie nicht umhin, ihrem jungen Probanden das ureigene Tschopp'sche Stehvermögen zu attestieren.

Caduff brachte sein Gefährt zum Stillstand; den Motor ließ er freilich in unverschämt hohem Standgas weiterlaufen. Eilenden Schrittes ging er zum Hotelportal, an welchem ein verwittertes Schild mit der Aufschrift *Heute geschlossen* baumelte. Dynamisch drückte Caduff die Klinke der massiven Eichentüre. Die Pforte widersetzte sich dem Druck; sie war verschlossen. Caduff verspürte einen stechenden Schmerz im Handgelenk. Missmutig klopfte er mit seiner unversehrten Hand wuchtig an die ins Holzwerk eingelassene Glasscheibe, inmitten welcher in fetter Fraktur die Initialen Köbis Großonkels „JT", dem Erbauer des Hotels, eingeritzt waren. Das Glas barst und zerschnitt Caduffs Hand an Fingern und an dem Ballen.

Tschopp fuhr zusammen, schoss aus seinem Bürostuhl hoch, durchmaß das Entrée eilenden Fußes und gewahrte im spärlichen Licht lediglich die blutende Caduff'sche

Faust, umrahmt von den Zacken des zersprungenen Glases.

„Machen Sie auf, verdammt noch mal", wurde er aus der Dunkelheit angeherrscht.

„Was wollen Sie hier, verdammt noch mal?", fragte Köbi die blutende Faust, deren Redeweise keck adaptierend; allein seine bebende Stimme zeugte von seiner außerordentlichen Bangigkeit.

Nun schob sich der Arm weiter durch die Öffnung, während sich die Finger der bluttriefenden Hand gespenstisch langsam streckten, als wollten sie seiner habhaft werden. Von Panik ergriffen legte Köbi den Schalter um, welcher eine metallene Jalousie betätigte, die man nach der Schließung des Hotels zum Schutz gegen Diebe und Vandalen an der Außenseite der Eingangspforte montiert hatte. Der aus voller Brust schreiende und fluchende Caduff nahm das Quietschen des sich senkenden Rollladens nicht wahr, sodass die Jalousie unversehens auf seinen Kopf prallte. Er sackte, seinen Arm zurückziehend, zusammen, wodurch ihm ein bruchfester Zacken der zerborstenen Glasscheibe den Unterarm in seiner gesamten Länge aufritzte. Burtel Caduffs grauenerregender Schrei wurde zwischen den nahen Felswänden hin und her gereicht, und mehrfacher Widerhall schallte lautstark durch die abendliche Stille.

Mit weichen Knien ging Köbi zum nahen Fenster und spähte durch die Vorhänge auf den Vorplatz. Als sich seine Augen an die Dunkelheit gewöhnt hatten, sah er eben noch die massige Figur des Großrates zum Auto taumeln. Kurz darauf heulte der Motor auf und der Spuk fand ein Ende.

In der Zwischenzeit hatte es heftig zu schneien begonnen. Caduffs Schädel brummte vom dumpfen Aufprall des Rollladens, seine rechte Hand schmerzte und das Blut, das aus seinem linken Arm troff, tränkte den edlen weißen Fellbezug des Fahrersitzes seines Autos. Aufgrund seiner verschiedenen Blessuren wurde ihm die Fahrt zur Qual und es gelang ihm nur mit erheblicher Mühe, den nun schneebedeckten Pass zu überqueren. Auf der südlichen Seite des Bergsattels schneite es noch dichter und Caduff konnte kaum zehn Meter weit sehen. Den misslichen Straßenverhältnissen ungeachtet, schaltete er einen Gang höher.

Eine Equipe vom Straßendienst kämpfte sich derweil in Zweierformation von der Südseite die Passstraße hoch, um die Fahrbahn von den Neuschneemassen zu befreien. Die Ketten der beiden „Land Rover" griffen gut im frischen Schnee und die schweren, vorgespannten Pflüge stießen die weißen Massen von der Straße, um sie an deren Rand zu stattlichen Maden aufzutürmen. In der zweiten Rechtskurve nach der Passhöhe geriet Caduffs Wagen ins Schleudern und prallte auf der Gegenfahrbahn frontal auf die Schaufel des ersten Schneepfluges. Durch den heftigen Aufprall knallte Caduff mit der Stirn gegen die Frontscheibe, das Lenkrad drückte sich wuchtig in seine Brust und brach ihm zwei Rippen.

Werkführer Ignaz Sgier stieg aus seinem Fahrzeug und sah im grellen Scheinwerferkegel das linke Vorderrad des eingedrückten Ford Mustang, welches sich über dem Abgrund zu seiner Rechten drehte. Der Rest des Autos lag im Dunkeln. Sgier knipste seine Taschenlampe an und zündete durch das Fenster der Beifahrertüre ins Innere des Wagens. Der Fahrer lag bewusstlos – wie es ihm schien – über dem Lenkrad. Doch just in diesem Augenblick stieß sich der Verunfallte mit den Armen am Armaturenbrett auf den Sitz zurück und schickte sich an auszusteigen. Geistesgegenwärtig öffnete der Werkführer die Beifahrertüre, konnte eben noch Caduffs gestauchtes Handgelenk ergreifen und bewahrte dadurch den Großrat vor dem sicheren Sturz in den Abgrund. Dieser stieß einen fürchterlichen Schrei aus und wandte sich fluchend Sgier zu. Aus der Platzwunde an des Verunfallten Stirn quollen etliche Blutbächlein. Im Schein seiner Stablampe gewahrte Sgier eine freskenhafte Fratze, die nichts mehr gemein hatte mit dem ihm wohlbekannten Bild des siegesgewiss lächelnden Großratskandidaten, welches im vergangenen Frühling auf Wahlplakaten von jedem zweiten Gaden gegrüßt hatte.

Das kleine, viel zu nahe an der feisten Nase gelegene schwarze Augenpaar funkelte bedrohlich, als würde es darauf brennen, aus dem Schatten des wuchtigen Gesichtserkers herauszutreten, während der Politiker den Straßenmeister anbrüllte: „Was fällt Ihnen ein! Wissen Sie eigentlich …"

„Steigen Sie nicht aus, Herr Großrat, Ihr Auto steht direkt über dem Abgrund", fiel ihm Sgier, der nun den Politiker erkannt hatte, bestimmt, jedoch mit seinem ihm eigenen Gleichmut ins Wort. Er trug dem zweiten Schneepflug-Fahrer, der sich nun ebenfalls dem Unfallauto näherte auf, per Funk einen Arzt und die Polizei herbeizurufen. Dann ging er zu seinem Wagen, kam mit einer Autoapotheke zurück und verband die verschiedenen Wunden des nun in gänzlicher Lethargie hinter dem Steuer sitzenden Verunfallten: zuerst die offene, noch immer stark blutende Wunde am Kopf, danach den tiefen Schnitt, der sich von der Hand über den gesamten Unterarm hinzog, wo das Blut sonderbarerweise schon geronnen war.

Während dieses Samariterdienstes erinnerte sich Sgier an eine Begebenheit im Frühjahr, als er auf Geheiß des Gemeinderates ein an unrechtmäßiger Stelle aufgeklebtes Wahlplakat des Kandidaten Caduff hatte entfernen müssen. Er hatte das Plakat von den Ecken her abgerissen, doch in der Mitte wollte es sich nicht lösen lassen, und, da Sgier den Untergrund keinesfalls beschädigen wollte, schloss er seinen Auftrag halb verrichteter Dinge ab. Der widerspenstig klebende Rest des Plakates zeigte nichts mehr als die fleischige, poröse Nase und den dichten, auf mittlere Länge gestutzten Schnauz von Caduff, der schlankweg als Schuhbürste durchgegangen wäre. Die Leute im Dorf amüsierten sich königlich ob dieses, aufs Wesentliche reduzierten Konterfeis und der politische Gegner bediente sich dieser signifikanten Fragmente spornstreichs zwecks Verhöhnung des ihnen verhassten Konkurrenten. Bereits am folgenden Tag wurde in einer Blitzaktion ein gutes Tausend A4-Plakätchen im Querformat gedruckt, auf welchen unter der fleischigen Nase und dem Schnauz ohne müßige Namensnennung zu lesen war: *Ich stecke meine Nase in jeden Filz.*

Diese Verhöhnung des Großratskandidaten warf beträchtliche Wellen und wurde in den rätischen Postillen äußerst kontrovers kommentiert. Sie schaffte es gar ins Sendegefäß „Il Balcun tort", der damals noch jungfräulichen „Televisiun Rumantscha", deren Moderatorin Luisa Famos die Meldung sachlich, jedoch die flagrante Ironie der Geschichte nicht gänzlich zurückhaltend, übermittelte. Landauf, landab rief das Thema anerkannte sowie selbsternannte Politexperten auf den Plan, die nun munter mutmaßten, ob sich diese Aktion negativ auf Caduffs Wahlresultat oder, aus Sicht der Aktivisten, sich eben gerade kontraproduktiv auswirken würde.

Allein der bislang in politischem Belang völlig unbedarfte Gemeindearbeiter Sgier war mit nicht wenig Stolz erfüllt ob des Aufruhrs, welchen er ungewollt durch seinen unvollendeten Auftrag angetreten hatte. Sgier war der festen Überzeugung, dass er von keinem Geringeren als dem Allmächtigen mit einer aktiven und womöglich entscheidenden Rolle im Wahlkampf bedacht wurde. Er begann sich demzufolge für die Wahlen zu interessieren und informierte sich bei seinen Kollegen über den Kandidaten Caduff, welchem er unfreiwillig zu immenser, wenn auch zweifelhafter Popularität verholfen hatte. Diese waren sich in ihrem Urteil über „Kamuff", wie sie Caduff nannten, großmehrheitlich einig und erklärten, Sgier hätte mit seiner Aktion schon den Richtigen getroffen. So ergab es sich, dass Ignaz Sgier im Alter von 56 Jahren mit geschwellter Brust das erste Mal wählen ging.

Als dann am Sonntag der Gemeindeammann, welcher seines Amtes waltend den korrekten Ablauf der Wahl mit Argusaugen inspizierte, diesen Novizen der direkten Demokratie gewahrte, wie er mit dem Wahlcouvert in der Hand die Treppen zum Gemeindehaus erklomm, rief er ihm erstaunt entgegen: „Was du, Ignaz?" Da er als Bündner gezwungen war, für sein hohes, offenes A den Mund weit aufzureißen, fiel ihm schon beim ersten Wort sein Rössli Stumpen präzis in den Urnenschlitz. Kurzerhand schickte er den jungen Notariatsangestellten, der ihm assistierte, mit einigen wirren Anweisungen ins Archiv, um den Schlüssel zur Urne zu holen. Der beflissene Bürolist verschwand augenblicklich im Untergeschoss des Gemeindehauses.

Derweil kam der Gemeindepräsident mit seiner Gemahlin im Schlepptau auf die Urne zugeschritten. Und obschon er bei seiner Stimmabgabe von niemandem fotografiert oder gar gefilmt wurde, schickte er sich gönnerhaft nach allen Seiten lächelnd an, seinen patriotischen Akt, als hätte der seinige mehr Gewicht als alle übrigen, zu vollziehen. Allein als er sein Wahlcouvert in die Fuge steckte, kitzelte ihn der beißende Rauch von versengtem Papier, vor welchem der Wohlgeruch des Gemeindeammann'schen Stumpens kläglich kapitulierte, in der Nase. Sein aufgesetztes Plastiklächeln verblasste augenblicklich, und der Gemeindeammann gehorchte der Not und beichtete seinem Vorgesetzten sein Missgeschick.

Nun kam auch schon der Notariatsangestellte die Kellertreppe herauf geflogen. In der einen Hand hielt er den Urnenschlüssel, in der anderen ein Spritzkännchen. Er öffnete die Urne, aus deren Schlitz es mittlerweile rauchte wie aus einem Schlot. Unverzüglich goss er Wasser über den versengten Inhalt. Etwa zwei Dutzend Wahlzettel fanden sich auf dem Boden der Urne. Die Hälfte davon hatte unter dem Schwelbrand bereits derart gelitten, dass die Namen der gewählten Kandidaten nicht mehr lesbar waren. So ordnete der Gemeinderat in vierzehn Tagen eine Nachwahl an. Da Burtel Caduff und sein Gegenspieler im Rest des Kantons fast exakt dieselbe Stimmenzahl erreichten, avancierte der zweite Wahlgang der kleinen Kommune des Hochtals zum Zünglein an der Waage.

Obgleich Ignaz Sgier ein zweites Mal völlig arglos ins Wahlgeschehen eingegriffen hatte, blieb ihm der finale Triumph, welcher seinen spektakulären Aktionen wider Willen nachträglich eine gewisse Legitimation verliehen hätte, verwehrt. Burtel Caduff wurde letztlich – mit dem Zufallsmehr einer Handvoll Stimmen – vom Souverän für seine zweite Amtszeit bestätigt.

Nach einer guten halben Stunde traf die Polizei gefolgt vom Arzt an der Unfallstelle ein. Während die Polizisten mit der Abklärung des Unfallhergangs begannen, lobte der Arzt die medizinische Erstversorgung durch Sgier und bat Caduff in sein Auto.

Trotz der Schwächung durch seinen immensen Blutverlust bäumte sich der Haudegen Caduff nochmals auf und rief in die finstere Nacht: „Diese verdammten Trottel vom Straßendienst haben mir den Weg abgeschnitten."

Die beiden Schneepflug-Fahrer ließen sich weder durch die Verunglimpfung noch durch die unrechtmäßige Anschuldigung provozieren, denn die Sachlage war aufgrund der Position der am Unfall beteiligten Autos klar.

„Giachem, nimm deinem Patienten bitte noch eine Blutprobe", bat der eine Polizist den Mediziner, welcher den widerspenstigen Caduff ohne übermäßige Schonung in seinen Wagen schubste. Das Auto des Arztes entschwand in die Nacht und während Sgier sich mit dem frischem Schnee das großrätliche Blut von den Händen wusch, murmelte er mit leiser Genugtuung: „Ich hatte diesem elenden Wichtsack meine Stimme nicht gegeben."

Köbis Onkel und Vater ergötzten sich köstlich ob der Begebenheit, zumal sie weder den Politiker noch den Menschen Caduff leiden mochten. Sie stellten Köbi nicht nur einen befreundeten Staranwalt zur Seite, als dieser von Großrat Caduff wegen vorsätzlicher Körperverletzung und unterlassener Hilfestellung vor Gericht gezogen wurde, vielmehr reichten sie ihrerseits Klage wegen Hausfriedensbruchs und Sachbeschädigung ein. Der Richter vom kantonalen Tribunal hielt dem unterschwelligen Druck stand, welcher Rechtssprüchen über öffentlich bekannte Personen oftmals Pate steht und urteilte denn auch akkurat im Sinne der drei Tschopps. Schließlich ließ das Bundesgericht in Lausanne, an welches Caduff seine Klage weiterzog, den Großrat abermals abblitzen.

Die Erfolge vor den Gerichten bewahrten den jungen Tschopp freilich nicht vor künftigen Erschwernissen bezüglich seiner Umbauprojekte. Vielmehr war der junge Hotelier hinfort der Willkür des Großrats Caduff ausgeliefert, welcher kraft seiner weitreichenden Beziehungen dafür sorgte, dass dessen Gesuche verschleppt und wenn überhaupt, dann abschlägig beantwortet wurden. Jedenfalls hatte Köbi Tschopp mit dieser entzückenden Geschichte – wie sie seine beiden Altvordern bezeichneten – seine Feuertaufe mit Bravour bestanden und wurde vom Projekt abgezogen.

Im weiteren Verlauf der bewussten Angelegenheit wurde das Grundstück zum Missfallen Köbis für ein Butterbrot ausgerechnet jener niederländischen Investorengruppe veräußert, mit welcher der junge Tschopp vor zwei

Jahren noch erfolglos um einen angemessenen Preis ge-
feilscht hatte. Der Verkaufserlös floss auf Köbis Konto.
Das altehrwürdige Grand-Hotel wurde schließlich abgerissen. Es musste einem Projekt mit billigen Bungalows weichen. Die Holländer mussten jedoch noch während der
Bauphase den Konkurs anmelden, und so blieb dem Dorf
letztlich nichts mehr als eine Handvoll hässlicher Baurui-
nen.

Das Hotel in den Blütejahren

Das 1913 erbaute Hotel „Bellevue" erlebte seine Hochblüte in den Zwischenkriegsjahren. Während Europa sich mühsam von den Wirren und Wunden des Ersten Weltkrieges zu erholten suchte und gleichwohl den nächsten vorbereitete, tanzten, sangen und lachten vom Schicksal begünstigte Engländer, Deutsche, Italiener und Franzosen im „Bellevue" inmitten der hehren Welt der Schweizer Berge. Das seit jeher gemästete Bewusstsein, ein und demselben erhabenen gesellschaftlichen Stand anzugehören, diente als schützender Mantel, welcher politische Wortgefechte, die der gekünstelten Eintracht hätten abträglich sein können, gar nicht erst aufkommen ließen. Man gab sich in staatspolitischen Fragen vornehm zurückhaltend und suhlte sich im Kreise von Wesensgleichen, unter Kriegstreibern und potentiellen Günstlingen des schwelenden Konfliktes. Der gewiefte Hotelier Tschopp seinerseits trug der politisch heiklen Durchmischung seiner Gäste sehr wohl Rechnung. Er hielt mit seiner Meinung tunlichst hinter dem Berg, und selbst wenn er seinen Schutzwall in überschaubarem Kreise um ein Jota umging, so war auch dies lediglich seinem unternehmerischen Opportunismus geschuldet.

Eine Anekdote aus jener Epoche – das Lieblingshistörchen des Großonkels Jacques – hat die Zeit überdauert; sie übertrug sich von Generation zu Generation.

Eines Abends im Februar des Jahres 1936 tafelte die illustre Schar internationaler Gäste des „Bellevue" im prunkvollen Speisesaal. Just nach der Hauptspeise wurde sie aus dem nahen Davos von der Meldung der Ermordung des Landesgruppenleiters der NSDAP, Wilhelm Gustloff, überrascht. Friedhelm Köpke zu Düte, Obersturmbannführer der Waffen-SS, und seine Gemahlin Frauke teilten sich mit dem französischen Ehepaar Duc Charles und Duchesse

Murielle de Murville, mit welchem sie sich während der ersten Woche ihres Aufenthalts angefreundet hatten, einen Vierertisch im Erker des prunkvollen Saals.

Die Nachricht aus dem Landwassertal entlockte der blutjungen Madame de Murville, Tochter des Seidenindustriellen Ariel Glickstein aus Lyon, spontan ein trockenes „Bravo".

Köpke hingegen hatte nach der Kunde vom Attentat die Dessertkarte auf den Schoß fallen lassen, um fortan mit versteinerter Miene am Tisch zu verharren. Offenkundig war soeben eine deutsche Führungskraft in der angeblich so sicheren, neutralen Schweiz umgebracht worden. Der Geknickte wurde schließlich durch die indezente Bemerkung seiner Tischnachbarin aus seiner trübseligen Lethargie wachgerufen. Er erhob sich in sichtlicher Erregung und kommentierte, dem Erkertisch den Rücken zukehrend, vor der versammelten Gesellschaft das Attentat von Davos aus seiner, wie er betonte, nationalsozialistischen Sicht und mutmaßte gar über dessen Konsequenzen. Sein Monokel, welches durch ein dünnes Kettchen, an dessen Ende ein Knopf angebracht, der seinerseits in ein Knopfloch des Revers seines Anzugs eingeknöpft war, blitzte mitunter im Lichte des Kronleuchters, als sei es dazu bestimmt, seines Trägers Worte optisch zu untermalen. An den Schläfen des Obersturmbannführers traten pochende Adern hervor, und nunmehr redete sich Köpke dermaßen in Rage, dass der Herr des Hauses, Jacques Tschopp, einschritt, um dem Treiben seines sich immer wilder gebärdenden Gastes höflich, aber bestimmt Einhalt zu gebieten.

Der Tschopp'schen Besänftigungsversuche ungeachtet, wandte sich der Deutsche mit kriegerischem Blick wieder seinen Tischgenossen zu, stützte sich um Luft ringend mit den Handflächen direkt vor Madame de Murvilles Gedeck und beugte sich über den Tisch. Seine aufgedunsene, hochrote Visage war nun so dicht vor dem faszinierenden, ausgeprägt jüdischen Gesicht mit den schön geschnittenen, moosgrünen Augen seiner Gegenspielerin, dass diese in eine Wolke seines übel riechenden Atems gehüllt wurde. Des deutschen Offiziers Augen funkelten Furcht erregend und seine Gesichtsmuskeln spannten sich energisch, während er etwas über Staatsbeleidigung und Satisfaktion stammelte.

Madame de Murville saß derweil ungerührt am Tisch; lediglich zum Einatmen wendete sie jeweils kurz den Kopf zur Seite.

Als Köpkes Wortschwall schließlich ein Ende fand, entkrampften sich seine Gesichtszüge. Dies hatte zur Folge, dass die Spannkraft des Augenlidmuskels um sein Monokel nachließ. Das Einglas fiel in den Ausschnitt des freimütig dekolletierten Abendkleides der Duchesse und verfing sich dort zwischen ihren Brüsten. Als Köpke keine Handbreit über ihrem Dekolleté nach dem Kettchen griff, um sein Monokel dem Gewahrsam von Madams Busen zu entziehen, wich diese zurück und schlug ihm gleichzeitig mit der Handkante ins Gesicht. Köpke tat einen Schritt zurück; dadurch löste sich der Knopf aus dem Revers. Hierauf erhob sich die Duchesse und durchquerte hoch erhobenen Hauptes, mit dem in ihrem Busen bewahrten, ungebetenen gläsernen Souvenir und munter pendelndem Monokelkettchen den Speisesaal, um auf ihr Zimmer zu gelangen.

Die Gesellschaft im Saal zeigte sich ob dem Eklat im Erker konsterniert, man senkte indigniert den Blick oder man kommentierte den peinlichen Vorfall mit gedämpfter Stimme.

Schließlich fühlte sich ein kleiner, schnauzbärtiger Südtiroler vom Nachbartisch bemüßigt, Duchesse de Murvilles verbalen Ausrutscher zu rechtfertigen, und hob zu einer pathetischen Verteidigungsrede an. Allein dessen ungeschickte Wortwahl war nicht dazu angetan, die Wogen zu glätten, vielmehr verlor sich nun die von der bourgeoisen Gesellschaft stets hochgehaltene distinguierte Zurückhaltung mit einem Schlag und wich tumultartigen Szenen.

Ein hünenhafter, korpulenter Bayer, in seiner Heimat als der „Weißwurst-König" von Schwabing bekannt, packte den gescheiterten Vermittler aus Bozen am Kragen, hielt ihn hoch, appellierte an dessen Deutschstämmigkeit und gab ihm zu verstehen, dass er ihn erst dann dem Griff seiner mächtigen Pranken entlasse, wenn er sich bei Obersturmbannführer Köpke gebührend entschuldigt hätte.

Der Obersturmbannführer seinerseits stand mit schmerzender Nase in einer Art Achtungsstellung aufgerichtet an seinem Tisch im Erker, während de Murville, ein Mann von Takt, geknickt auf seinem Stuhl saß. Von den Geschehnissen vollends paralysiert, ließ er, anstatt seiner Frau ins Zimmer zu folgen, des Sturmbannführers neuerlichen Schwall von Schimpftiraden über sich ergehen.

Nun wandte sich Köpke abermals mit einer Rede, die in überschwängliche nationalsozialistische Propaganda gipfelte, an die versammelten Hotelgäste. Zum Abschluss salutierte er mit dem Hitlergruß, hängte sich seine stramme Frauke ein, durchmaß den Raum im Stechschritt und ging ab.

Köbis Lehrjahre

Nachdem Köbi seine Mission „Grand Hotel" beendet hatte, wurde er von seinem Vater in die Hotelfachschule nach Luzern beordert. Nach Abschluss der Schule sollte er sich in diversen angesehenen europäischen Hotels, deren Pforten sich dem Filius dank der weit reichenden Beziehungen des Vaters und des Onkels bereitwillig öffneten, ein solides praktisches Rüstzeug in sämtlichen Bereichen des Hotelfachs erwerben. Nach Lyon etwa, wo sich Köbi im „Hôtel Lion d'Or" ein gutes Semester als Rezeptionist übte, verschlug es ihn dank der nach wie vor intakten Beziehungen seines Onkels zur Familie de Murville. Köbi, dessen Sinn mittlerweile eher nach einem künstlerischen Beruf stand, wurde von seinem Vater mit dem nötigen Druck zur Fortsetzung der Hotelierlaufbahn verknurrt.

Nichtsdestotrotz pflegte der angehende Gastronom wider Willen das Trompetenspiel und schloss sich während seiner Lyoner Zeit einer Jazzcombo an, die in wechselnden Formationen in kleinen Clubs der Großstadt auftrat.

Die jüngste Tochter der Familie de Murville, eine Linguistik-Studentin, die mit ihren Kommilitonen regelmäßig die Clubs der Lyoner Szene durchstreifte, sah den begabten Musiker zufällig im „Satchmo's", einem dreckigen Kellerlokal in der Banlieue spielen.

Justine hatte Jacques, wie er in Lyon genannt wurde, anlässlich eines Diners, welches ihre Eltern kurz nach Ankunft zu Ehren des Sohnes ihres Schweizer Freundes gegeben hatten, flüchtig kennen gelernt. Bereits während jenes Abends konnte sich Jacques ihrer Schönheit nicht entziehen.

Nun fuhr jedoch die blutvolle Französin vollends auf den charismatischen Trompeter ab. Sie wand sich, direkt vor der mittels Paletten notdürftig errichteten Bühne, in einem leidenschaftlichen, fordernden Tanz. Die Art Jazz, die damals gespielt wurde, ließ den jeweiligen Solisten jegliche Freiheiten. Jacques wusste diese weidlich auszunutzen, indem er der anmutigen jungen Duchesse, die durch ihre laszive Gebärdung seine musikalische Schöpferkraft mit überreicher Nahrung bedachte, die schrägen Töne um die Ohren blies. Er umgarnte sie mit seiner Trompete, wobei seine Blicke stetig zwischen ihren hechtgrauen Augen und dem wippenden Busen pendelten. Es war einer jener Momente der Verschmelzung, die, wenn auch nicht zwangsläufig, doch mitunter der Choreografie gehorchend, in einer gemeinsamen Liebesnacht zu gipfeln verlangen.

Im „Hôtel Lion d'Or", in welchem Jacques, seiner Stellung als Rezeptionist entsprechend, im Angestelltentrakt ein Einzelzimmer bewohnte, wurde sodann besagter Choreografie bis zum Morgengrauen erschöpfend gehuldigt.

Justine war die erste große Liebe von Jacques, oder zumindest das, was sich der in Liebesverbindungen unbedarfte jugendliche Mann darunter vorstellte. Doch sie endete nach ein paar wenigen Monaten inniger Hingabe abrupt und schmerzhaft, da der junge, angehende Hotelier von seinem Vater nach Maßgabe seiner für den Sohn gestalteten Karriereplanung für eine Sommersaison nach Kitzbühel beordert wurde, um dort die letzte Etappe seiner praktischen Ausbildung zu durchlaufen.

Die Zeit im österreichischen Nobelkurort war geprägt vom Schmerz über die Trennung von Justine, von der Sehnsucht Jakobs nach Jacques. Eines Morgens, kurz vor Beginn der Wintersaison, seine Mission in den Tiroler Alpen hätte lediglich noch drei Wochen gedauert, erstand Köbi am Bahnhof von Kitzbühel eine Fahrkarte nach Lyon. Zu tief hatte sich die Sehnsucht nach Justine in seine Seele gefressen. Unter Hintanstellung seiner Verpflichtung verließ er seine Stellung über Nacht und ohne Rücksicht auf künftige Konsequenzen.

Zugfahrt nach Zürich

Drei Stunden waren bereits vergangen, seit Alwines Abschied in Linz. Sie saß alleine im Sechserabteil am Fenster. Ab und zu schluchzte sie oder starrte mit leerem Blick auf die vorüberziehenden Talschaften mit den Laubbäumen in farbenprächtigem Herbstkleid. Dahinter erhoben sich bedrohliche Berge, an deren Felsen sich soweit das Auge reichte, trutzige Föhren und Fichten in spärlichem Erdreich zu behaupten wussten. Ein kleiner Junge im benachbarten Abteil kroch beim Anblick dieser steinernen Giganten angstvoll unter die Sitzbank.

„Wörgl, Hauptbahnhof", verkündete der Schaffner. Die Türe des Abteils ging auf und ein hoch aufgeschossener junger Mann setzte sich, nachdem er die Platznummer geprüft hatte, Alwine gegenüber auf den Fensterplatz.

„Mein Name ist Köbi", stellte sich der Hochgewachsene vor und reichte ihr, als der Zug ächzend eine Weiche passierte, mit einem gewinnenden Lächeln die Hand zum Gruß.

Alwine erschrak ob dieser vertraulichen Geste und antwortete, indem ihre Hände gefaltet auf ihrem Schoß verharrten: „Alwine Schimpfhuber."

Sein Lächeln wurde breiter, und Gott sei's getrommelt und gepfiffen, dass Alwine den Grund seiner Heiterkeit nicht erahnte. Vielmehr verweißte sie, ob dieses Köbi der Vor- oder Familienname des Mannes sei, den sie auf Mitte Zwanzig schätzte.

„Wo geht's denn hin?", wollte Köbi wissen.

„Nach Zürich", war ihre knappe Antwort.

„Ein lohnendes Reiseziel. Meine Heimatstadt. Bis nach Zürich werden wir gemeinsam reisen, dort werde ich umsteigen, um den Zug nach Lyon zu nehmen."

Nun hub er angeregt zu einem Monolog an und schilderte Alwine seine durchaus interessante Lebensgeschichte bis hin zu seinem Entschluss, die Anstellung in Kitzbühel zu schmeißen, um nun zu seiner Geliebten nach Lyon zu fahren. Hernach geriet er ins Schwärmen von seinem Zürich, insbesondere der vielen guten Kneipen sowie der aufkeimenden Studentenbewegung wegen, welche das Stadtbild zu Gunsten der Jugend nachhaltig verändern werde. Alwine lauschte den Erzählungen und Ausführungen des eloquenten Zürchers interessiert. Überdies war ihr die Rolle der Zuhörerin mehr als recht, denn hierdurch wurde sie nicht dazu gedrängt, von sich zu erzählen.

Köbis Redeschwall zog sich bis nach Feldkirch hin, doch alsdann schien er endlich zu versiegen, und sie saßen sich für einige Minuten in absoluter Ruhe gegenüber.

Ausgerechnet als ein unsäglich dickes Paar, mit zwei ebensolchen Kindern, zugestiegen war und sich auf die Sitze neben ihnen quetschte, sagte Köbi: „Nun habe ich ausschließlich von mir erzählt. Was ist der Grund deiner Reise? Ferien? Oder gehst du Freunde in Zürich besuchen?", und drückte sich erwartungsfroh tief in das weiche, durchgesessene Sitzpolster.

Wohl wissend, dass sie dem jungen Schweizer nun ihrerseits einige Angaben über sich und ihr Leben schuldete, mochte Alwine, namentlich der zugestiegenen Familie wegen – denn bereits hatte die Frau ihren Bauch in Augenschein genommen und die hierdurch erlangte Gewissheit durch ein kurzes, unwirsches Hochziehen ihrer buschigen Augenbrauen quittiert – nichts von ihrer Geschichte, von der Tragik, die ihrer Reise zugrunde lag, erzählen.

So antwortete sie lapidar: „Ich besuche meinen Onkel in Zürich", und schaute dabei ostentativ aus dem Fenster, wo es nichts zu sehen gab, es sei denn den reglosen Nebel, der über den Weiten des Rheintals lag.

Köbi begriff und entnahm seiner Reisetasche ein Taschenbuch mit dem Titel „Jugend ohne Gott".

Der Schaffner öffnete die Türe des Abteils einen Spalt und verkündete knapp: „Buchs, Schweizer Zoll."

Kurz darauf erreichte der Zug den Grenzbahnhof, ein Schweizer Zollbeamter betrat den Wagen und öffnete die Türen der Abteile, um die Pass- und Warenkontrolle durchzuführen. Alwine hielt ihren jungfräulichen Reisepass mit feuchten Händen umklammert, krampfhaft bemüht, ihre große Nervosität zu verbergen.

Auf dem Bahnsteig herrschte reges Treiben. Ein Dienstmann mit übergroßer Schirmmütze, gefolgt von einer gestresst wirkenden, aristokratischen Dame, auf deren Kopf leicht schräg ein geschmackloser, mit drei knallroten Plastikkirschen verzierter Hut saß, lotste einen mit Reisegepäck voll beladenen Kofferkuli Richtung Erstklassabteil. Über ihren Köpfen verwies ein rundes, eisernes Metallschild mit weißen Lettern auf blauem Grund auf die baldige Abfahrtszeit des Zuges. Dahinter war die Bahnhofsuhr mit ihrem riesigen Zifferblatt zu sehen. Deren auffälligster Zeiger war der rote Sekundenzeiger mit rundem Kopf, der sich nach der vollendeten Umrundung auf dem Höchststand eine kurze Pause gönnte, nach welcher der Minutenzeiger, nicht ohne apart nachzufedern, just auf die Abfahrtszeit sprang.

In diesem Moment öffnete sich die schlecht gehende Schiebetür ihres Abteils hüftbreit und ein bestandener Zöllner, der wohl schon während des letzten Krieges an der Grenze gestanden hatte, streckte ihnen sein gutmütiges Bernhardinergesicht entgegen.

Draußen auf dem Bahnsteig schickte sich der mit einer grünweißen Kelle bewaffnete Stationsvorstand bereits an, den Zug abzufertigen.

Mit einem kurzen Blick auf den dem frühen Stadium der Schwangerschaft zum Trotz untrüglich gewölbten Bauch des feingliedrigen Mädchens fragte der Zöllner: „Was gibt's denn, ein Junge oder ein Mädchen?"

Und als er sich umwandte, um den Zug schleunigst zu verlassen, rief ihm Köbi mundfertig nach: „Beides, wir erwarten Zwillinge."

Ernüchterung in Lyon

Zerknirscht bemerkte Köbi, dass die saloppe Entgegnung auf die Frage des Zöllners seine junge Reisegefährtin in arge Verlegenheit gebracht hatte. Deshalb schien es ihm angezeigt, sich während der Weiterfahrt nach Zürich auf einige knappe geografische Hinweise zu beschränken. Bei der Einfahrt des Zuges in den Zürcher Hauptbahnhof trug er Alwines Gepäck bis zur Wagentüre, bevor sie sich mit ein paar wenigen Worten verabschiedeten.

Nach ein paar weiteren Stunden Fahrt erreichte Köbi, von der langen Reise erschöpft, die Gare Genève-Cornavin.
Eben hatten die französischen Zollbeamten, nachdem sie ihre Obliegenheiten mit der ihnen auferlegten Sorgfalt verrichtet hatten, das Abteil verlassen, als sich die Tür abermals öffnete und ein älterer, hünenhafter Herr in einem jagdgrünen Lodenmantel das Abteil betrat. Mit einer seiner imposanten Gestalt hohnsprechenden Hektik zwängte er seinen kolossalen Koffer ins Gepäcknetz. Sodann löste er die konvexen Knebelknöpfe seines Mantels umständlich aus ihren, mittels widerspenstiger Schlaufen gefertigten Verankerungen – einem Gezwirn halb Schnur halb Strang. Nun hängte er seinen gewalkten Umhang an den Haken, und als er sich umdrehte, streifte sein Blick kurz die deutschsprachige Zeitung, die auf dem Sitz neben Köbi lag.
Kaum hatte er sich grußlos Köbi gegenüber auf den Fensterplatz gesetzt, hob die Lokomotive zur Fahrt nach Lyon an. Umständlich klaubte der neue Reisegefährte – das Rucken des Zuges tat das Seine dazu – aus der Brusttasche seines Mantels ein vortrefflich gearbeitetes Lederetui, welchem er eine wuchtige, mit türkisfarbenen Intarsien verbrämte Meerschaumpfeife sowie einen wildledernen Tabaksbeutel entnahm. Er streckte seine langen Beine und streifte hierdurch mit seiner Wade diejenige Köbis, welcher,

sich der postulierten Hierarchie beugend, augenblicklich das Gewicht auf seine linke Gesäßbacke verlagerte und nun gedrängt, schräg auf seinem Sitz saß. Der Hüne indes schickte sich an, seine Pfeife mit werkgerechten Handgriffen zu stopfen. Seine zuvor drastisch angespannten Gesichtszüge lockerten sich hierbei merklich, und alsbald war das verschlissene Abteil der „Société Nationale des chemins de fer" in dichte Tabakschwaden gehüllt.

Köbi lehnte sich mit dem Rücken zum Fenster und streckte seine Beine auf dem Nebensitz aus. Er genoss den Wohlgeruch des Pfeifenrauchs – mehr noch –, er begann in Erinnerungen zu schwelgen, denn dieser himmlische Duft, der von „Tee-Tabak" oder „Amsterdamer" herrühren musste und so herrlich nach Karamell duftete, dieser himmlische Duft war gleichsam ein unverbrüchliches Fragment seiner frühesten Kindheitserinnerungen – ist doch mitunter die Merkfähigkeit für Gerüche ausgeprägter, als jene für Gesichter oder Worte. „Tee-Tabak" war die Marke, mit welcher sein Großvater zeitlebens seine Pfeife gestopft hatte, und der junge Köbi war dermaßen in dessen Duft vernarrt gewesen, dass er, wo auch immer er ihm in die Nase stieg, in den Duftwolken wildfremder „Tee-Tabak" rauchender Männer nachgerade lustwandelte.

Köbi verbrachte als Kind unzählige Wochenenden bei seinen Großeltern im Toggenburg. Die Eltern seiner Mutter waren ebenso tüchtige wie genügsame Leute. Sie bewirtschafteten ein kleines, unwirtliches, hoch über der Talsohle, an schroffen Hängen gelegenes Bauerngut. Köbi wurde jeweils auf dem Bauernhof deponiert, sooft im Hotel der Eltern eines jener Bankette anstand, an welchen sowohl der Patron als auch seine Gemahlin sich dazu gedrängt sahen, Präsenz zu markieren. Obschon der Großvater seit jeher ein Sonderling war, der sich mit zunehmendem Alter auf stets gewundenere geistige Pfade begab – Köbis Mutter vertrat gar mit Nachdruck die Ansicht, man täte gut daran ihn zu versorgen –, stand vornehmlich der Vater vehement dafür, den Köbeli in die Obhut des wunderlichen Alten zu geben. Denn er war von der festen Überzeugung geleitet, dass der Umgang mit diesem „exquisiten Menschen" – wie er den Großvater bezeichnete – seinem Filius zu einer mustergültigen Lebensschulung gereichen würde.

Allein Köbi genoss jegliche seiner Aufenthalte im Toggenburg. Er war hingerissen vom exotischen Liebreiz jener ländlichen Umgebung, mit den sonnengegerbten Häusern, deren Schauseiten sich mit unzähligen kleinen, blumenverhangenen Fenstersimsen darboten. Auch fand der kleine Junge Gefallen an der sonderbaren, hellen Mundart seiner Großeltern und der Bauernbuben im Hochtal. Diesen Dialekt verstand der sprachbegabte, musikalische Knabe schnell nachzuahmen um sich, zurück im Kreise seiner Schulkameraden am Zürichsee, damit schönzutun. Wohltuend war fernerhin die Fürsorglichkeit seiner herzensguten Großmutter, welche die Hingabe aufbrachte, welche seine Eltern ihm zu zollen nicht im Stande waren. Doch insbesondere war der grüne Köbi fasziniert von der unterhaltsamen Verschrobenheit seines Großvaters, dessen Horizont weit über die Churfirsten hinausreichte und der ihm des Abends auf der Bettkante sitzend vor dem Einschlafen wunderliche Geschichten erzählte, welche seinem ebenso unergründlichen wie schöpferischen Hirn entsprangen.

„Ta-dam, Ta-dam, Ta-dam", das monotone Lamentieren des Eisenbahnwagens über die in unzureichender Maßhaltigkeit zusammengefügten Schienenstöße sowie der betörende Duft des Pfeifenrauchs versetzten Köbi augenblicklich in jenen fruchtbaren Zustand, der sich gemeinhin zwischen Schlummer und Schlaf einzustellen pflegt. Erinnerungen aus früher Kindheit, in respektvoller Präzision erzählt, wurden zusehends von nebulösen Traumgespinsten umwoben:

Die Türe zu Köbis kalter Kammer im Toggenburger Heimet öffnete sich knarrend und im Türspalt zeigte sich das braungebrannte, furchige Gesicht seines Großvaters. Der Alte zog seinen Schwanenhals ein, denn, allzu hoch gewachsen für seine Zeit, war er nicht für jene niedrigen Räume geschaffen und setzte sich mit seinem gutmütigen Lächeln zu Köbi auf die Bettstatt. Der Alte nahm zwei, drei tiefe Züge aus seiner geschwungenen Pfeife mit dem kleinen Metalldeckel. Sogleich wurde die kalte Luft von herrlichem Karamellodeur geschwängert und es legte sich eine behagliche Wärme in die Kammer. Der Großvater spie kurz in den Nachttopf oder zumindest in die Richtung, wo er den Nachttopf vermutete, und begann zu erzählen: „Auf der staubtrockenen Straße am Khyber-Pass in den Bergen von Afghanistan begegneten sich ein persischer Fisch und ein indisches Schwein.

Das Schwein, in dessen Rücken ein Messer bis zum Haft stak, fragte den Fisch: ‚Wohin des Weges, du kleiner Wicht?'

‚Ich bin aus Persien geflohen und möchte nach Kalkutta', antwortete der Fisch, dessen prächtige Färbung von einer dicken Schicht Straßenstaub, der wie eine üppige Panade an seiner schleimigen Haut klebte, bedeckt war. Er schien froh zu sein, in dieser gottverlassenen, tierlosen Gegend mit jemandem sprechen zu können und verdrängte deshalb den Ärger über die despektierliche Anrede.

‚Ich lag bereits auf des Schahs Teller, zu dessen Leibspeisen ich und meine Artgenossen fatalerweise zählen. Der Herrscher liebt es, unsereins roh zu verspeisen. Ich hatte jedoch das Glück, dass ich zuvor in der Küche dem Schlag des Kochs mit dem hölzernen Schlägel halbwegs auszuweichen vermochte, sodass mich das Mordinstrument, anstatt mir das Genick zu brechen, lediglich an meinen Kiemendeckeln gestreift hatte. Ich fiel bloß in eine kurze Ohnmacht. Indes ich allmählich wieder zu mir kam, legte mich der Koch auf einen großen, ovalen Teller, den er anschließend mit allerlei Grünzeug drapierte. Alsbald legte sich ein Daumen über den Tellerrand und ich wurde serviert. Als hierauf Reza Pahlavi eine silberne Sauciere zur Hand nahm und mich mit einer Ekel erregenden Vinaigrette übergoss, wurde ich schmerzlich daran erinnert, dass ich tatsächlich noch lebte. Just als der Schah sich anschickte, mich mit seinem Messer zu filetieren, war ich wieder uneingeschränkt Herr meiner Sinne, hüpfte längs über den Tisch und gönnte mir eine kurze Rast in Farah Dibas Salatteller. Das Fenster hinter der Kaiserin stand weit geöffnet, und ich setzte mit meinem muskulösen Schwanz zu einem gewaltigen Sprung an. Im Flug streiften meine gestellten Stachelflossen die zarte, gepuderte Wange der Farah Diba und hinterließen drei leichte Kratzer auf ihrem hübschen Gesicht. Ich landete im kaiserlichen Park, direkt neben der großen Teichanlage. Ich sprang die paar Meter zum Wasser und erholte mich im Teich vom Schock und den Strapazen. Zur Stärkung verschlang ich die sieben wohl gemästeten Schleierschwanz-Goldfische, welche der Präsident der Vereinigten Staaten Amerikas unlängst anlässlich seines Staatsbesuches als symbolisches Präsent mitgebracht hatte. Die hässlichen, jedoch durchaus wohlschmeckenden Karpfen waren dazu verdammt gewesen, Pate für die sieben Kampfjets zu stehen, welche Dwight David Eisenhower vor Jahresfrist an den Iran geliefert hatte.‘“

In regelmäßigen Intervallen stopfte der Großvater sein Rauchgerät mit dem schwärzlichen kleinen Finger seiner linken Hand. Keiner seiner übrigen Finger hätte sich zu diesem Behufe als dienstbar erwiesen. Sie waren schlicht zu dick; der kleine Finger der rechten Hand fehlte.

„‚Zum Verdauen zog ich mich in eine seichte, schilfige Bucht zurück‘, fuhr der Barsch in seiner Erzählung fort. ‚Ich spähte durch die Binsen zum Speisesaal, woselbst sich der Leibarzt der versehrten Wange Farah Dibas angenommen hatte. Zu meiner Rechten auf dem Parkweg wurde der fehlbare Koch soeben von der Leibgarde abgeführt. Der arme Kerl weinte jämmerlich und flehte um Gnade.

Ich war gewarnt. Als es dämmerte und im Golestanpalast die nächtliche Ruhe einkehrte, ergriff ich die Flucht. Mit flinker Flosse übersprang ich die kleine Schleuse, die den Wasserpegel des Teiches reguliert und entschwamm, von den Wachen unbemerkt, durch den Bachlauf dem kaiserlichen Park.'"

Der Großvater legte die erloschene Pfeife auf das Nachttischchen und klaubte ein Döschen Schnupftabak aus der Brusttasche seines grob karierten Hemdes. Er klopfte zwei erbsengroße Häufchen auf seinen breiten, sehnigen Handrücken, welche er schniefend in seine Nase zog. Alsbald rannen zwei braune Bächlein aus den gewaltigen Nasenlöchern, indes ein Tropfen auf Köbis Bettdecke fiel. Der Bauer indes scherte sich nicht darum und putzte die Rinnsale auf seiner Oberlippe mittels seiner überlangen Zunge mit elegantem Schwung weg.

Nun erschien Alwine in einem schneeweißen Kleid, hoch schwanger, auf der Passstraße. Sie ging schnurstracks auf das Schwein zu, packte das Messer am Griff und zog es aus dessen Rücken. Eine mächtige Blutfontäne ergoss sich über Alwine, während das Schwein, gleich einem Gummiballon, dessen Knoten am Hals sich fauchend löst, quietschend und grunzend im Schleifenflug durch die Lüfte sauste, um schließlich, gänzlich entleert, nichts mehr als dürre Haut, mit der Eleganz eines Adlers, westwärts Richtung Persien zu segeln. Alwine, der das mit Schweineblut übergossene Kleid am ganzen Leib klebte, setzte nun das Messer auf ihren immensen Bauch, und sie hätte wohl zugestochen, wäre Köbi nicht just in jenem Moment durch einen heftigen Schmerz aus seinen wirren Träumen gerissen worden.

Der Schaffner war zur Fahrscheinkontrolle ins Abteil getreten und hatte dem schlafenden Köbi mit einem trockenen Tritt ans Schienbein bedeutet, dass er die Beine vom Sitz zu nehmen hätte.

Kaum war Köbi nach seiner Reise quer durch Europa spätabends in der Gare Lyon-Perrache angekommen, begab er sich ohne Umschweife zur Mietskaserne, in welcher sich Justine damals mit einer Studienkollegin eine kleine Wohnung geteilt hatte. Er hatte nicht weit zu gehen, denn die Genossenschaftswohnung lag nur wenige Schritte vom Bahnhof entfernt.

Die Haustüre war unverschlossen. Spornstreichs packte der von Leidenschaft ergriffene Rückkehrer seine Trompete aus und spielte im Treppenhaus das Solo, jenes, mit welchem er Justine einst betört hatte. Er blies das Instrument mit Inbrunst, wobei die Akustik im muffigen Schacht das ihre tat, sodass sich bereits nach wenigen Tönen etliche Wohnungstüren lamentierender und fluchender Hausbewohner öffneten. Köbi ließ sich durch den Aufruhr der gereizten Mieter nicht beeindrucken und setzte sein Spiel fort, bis sich endlich die eine Tür einen Spalt weit auftat, deren Öffnung er durch sein Konzertieren zur Unzeit zu erwirken gehofft hatte. Köbi ließ das Instrument auf seine Reisetasche sinken und blickte gebannt auf das Gesicht, das sich unwirsch, von zerzausten, dunkelbraunen Haaren umrankt, zwischen Tür und Zargen zeigte. Jenes Gesicht, mit den hechtgrauen Augen, welches er sich in fernen Nächten in Kitzbühel so oft in Erinnerung rief; jenes Gesicht, welches sich kraft der allzu langen, leicht gebogenen, jüdischen Nase über die Banalität erhob, lediglich schön zu wirken.

Unliebsame Überraschung und längst erkaltete Leidenschaft offenbarten sich in der gehemmten Umarmung, mit der Justine Jacques begrüßte. Sie küssten die Wangenküsse guter Kollegen – linkisch wich Justine den Lippen Jacques', welche die ihren gesucht hatten, aus. Nun erschien im Flur hinter Justine ein mit einem seidenen, bunt gescheckten Morgenrock gewandeter Hüne. Sein markantes Gesicht war von pechschwarzem Kraushaar umrankt. Er funkelte Jacques zur Begrüßung mit seinen großen, dunklen Augen böse an und trennte ihn mit einer ebenso bedächtigen wie zwingenden Handbewegung von Justine.

„Jacques, das ist Blaise", beeilte sich die sichtlich derangierte Justine aufzuklären, „wir fliegen übermorgen nach Bogotá. Blaise wird im bolivianischen Altiplano ein einjähriges Entwicklungsprojekt leiten."

Das reichte. Köbi kniete vor seine Reisetasche und quetschte die Trompete in das Gewühl seiner Kleider. Hierdurch kam eine Schachtel Mozartkugeln zum Vorschein, ein Geschenk, welches er in letzter Minute in der Trafik am Kitzbüheler Bahnhof für Justine gekauft hatte. Köbi warf den beiden die Schachtel mit dem Bildnis des Meisters der klassischen Musik vor die Füße und sagte etwas überlaut: „Hier ist noch euer Reiseproviant."

Dann zog er den Reißverschluss seiner Tasche, schwang sie über die Schulter und ging die Treppe hinunter, ohne an die beiden Verdutzten einen unnützen Blick zu verschwenden. In seinem Rücken vernahm er die Stimme Justines, welche ihm wohl noch etwas Beschwichtigendes nachrief, doch da er sich auf dem nächsten Treppenabsatz soeben an einer Meute nach wie vor heftig protestierenden Hausgenossen vorbeizwängte, vernahm er wohl den tiefen, weichen Tonfall, dem Wortlaut jedoch konnte er nicht folgen. Unten auf der Straße angelangt, ging er zurück Richtung Bahnhof.

Es hatte zu regnen begonnen. Die Glocken der Eglise Sainte Blandine schlugen zwölf Mal. Das Quartier war düster und verlassen, lediglich ein Hund, der einen greisenhaften Mann hinter sich herzog und Köbi lauthals anbellte, kreuzte seinen Weg. In unmittelbarer Nähe des großen

Bahnhofs warf eine Bar ein grelles Licht auf den nassen Gehsteig. Über dem Eingang verkündete eine zuckende Neonleuchte in giftgrüner Schreibschrift: „Moulin Vert".

Köbi trat ein. Im kleinen Lokal waren noch viele Gäste. Köbi setzte sich an ein kleines, freies Bistrotischchen und bestellte sich einen Pastis. Die Bar war – obschon ihr Name dies suggerierte – keineswegs ein Animier- oder Striplokal. Sie offenbarte sich vielmehr als eine typische kleine, schmuddelige Spelunke, wie man sie in Bahnhofsvierteln häufig antrifft. Dies kam Köbi zupass, denn in seiner derzeitigen Verfassung konnte er auf die Mühseligkeiten des Abwimmelns von Animierdamen gut verzichten.

„Wie konnte ich nur so blauäugig sein", sinnierte er, als er den zweiten Anisschnaps mit Wasser aus der schräghalsigen Ricard-Karaffe versetzte. „Auf meinen ersten Brief schrieb sie mir noch zurück, doch die folgenden blieben allesamt unbeantwortet. Und ich Trottel bildete mir ein, dass sie auf mich warten würde."

„Wir machen Schluss", unterbrach der kleine Kellner Köbis Gedanken. Dieser wollte sich noch schnell einen dritten Pastis ausbedingen.

„Einen ‚Calva' kriegst du noch, das geht schneller", beschied ihm der Kellner.

Nach einer unruhigen Nacht auf einer harten Bank in der Gare Lyon-Perrache, während welcher der verhinderte Jacques viel mehr sein Gepäck bewachte denn schlief, löste er eine Fahrkarte nach Zürich. Nun wiederum, sehnte er sich nach Köbi.

Alwines erste Stunden in Zürich

Der alt gediente Dienstmann hievte den Koffer und die Reisetasche des jungen Fräuleins, welches soeben mit dem Zug aus Innsbruck im Zürcher Hauptbahnhof angekommen war, auf seinen Schubkarren. Die noble, groß gewachsene Dame, die ihn für diese Dienstleistung angeheuert hatte – nach wie vor mit einer Fotografie in der Hand, welche die junge Frau zeigte – begrüßte die Angekommene etwas steif. Der Gepäckträger rückte sich mit gekrümmtem Daumen den Schirm seiner Dienstmütze zurecht, um sich mit zwei Fingern seiner anderen Hand am Halsansatz zu kratzen, an welchem sich just auf der Höhe des Abschlusses von dem inneren, steifledrigen Hutband eine Eiße gebildet hatte, die ihn schändlich juckte. Allzu gerne hätte er sie mit dem Fingernagel aufgeritzt oder womöglich zwischen zwei Fingerbeeren zerquetscht, doch hielt er sich rücksichtlich seines frisch gewaschenen Uniformhemdes zurück.

Mit großem Geschick lotste der Dienstmann den beladenen Schubkarren durch das Gewimmel von Beinen, welches die weitläufige Bahnhofshalle querte. Er begleitete die beiden Frauen zum Taxistandplatz vor dem Hauptportal des Bahnhofs und erhielt von der großen, schlanken Dame mit einem Fünffrankenstück das gute Trinkgeld, welches der erfahrene Berufsmann sich von einer Dame ihres Standes erhoffen durfte. Er tippte zum Dank kurz an seinen Dienstmützenschirm, wodurch der harte Hutrand marternd auf das Eitergeschwür drückte.

Das Taxi wendete auf dem Bahnhofplatz und fuhr Richtung Central. Es war ein heiterer Herbsttag und Judith ermunterte Alwine, bei dieser Gelegenheit die Schönheiten der Stadt zu betrachten. Alwine sah die Limmat mit der malerischen Schipfe am gegenüberliegenden Ufer, darüber den Lindenhof, die St. Peterskirche mit ihrem dicken Turm und dem monströsen Zifferblatt, das Fraumünster und das

Bellevue, einen Straßenbahnknotenpunkt, woselbst blau-
weiße Trams hektische Stadtmenschen ausspuckten, um
wiederum andere einzusaugen. Auf dem unteren Seebecken
zogen stattliche Kursschiffe gravitätisch ihre ausladenden
Furchen ins Wasser. Die gigantischen Barken ließen sich
von den zahlreichen flinken Segel- und Motorbooten, welche sie wie lästige Fliegen umschwärmten, auf ihren Schiff-
fahrtswegen nicht beirren.

Das Brunstein'sche Anwesen schließlich lag in Kilch-
berg, hart an der Stadtgrenze zu Zürich, in direkter Nach-
barschaft einer Bootswerft und weiterer herrschaftlicher
Villen, inmitten eines riesigen Parks von uraltem Baumbestand.

„Nun, liebe Alwine", beendigte Judith das Schweigen,
welches die Taxifahrt begleitet hatte, „hier ist dein neues
Zuhause, hier sollst du dich wohlfühlen."

Sie gingen auf das zweigeschossige Haus mit dem steilen
Giebeldach zu, welches durch Ziegel verschiedener Farben
gedeckt und von imposanten Schleppgauben prachtvoll
durchbrochen war.

„Komm Alwine, ich zeige dir dein Zimmer", sagte Judith, als sie das Haus betraten. „Du kannst dich in der Toilette gegenüber frisch machen und dich von den Strapazen
der Reise ausruhen. Wenn du magst, kommst du danach
runter in den Salon auf eine Tasse Tee. Ich habe auch einen
kleinen Zvieri – so nennt man in der Schweiz das Vesper –
vorbereitet. Danach zeige ich dir das Haus und den Garten."

Alwine ging ans Fenster, welches auf den prächtigen
Garten schaute, der leicht abfallend an das Ufer des Sees
mündete. Sie blickte dem großen Spiegel entlang, dessen
Länge sie nicht abzuschätzen vermochte. Seine dicht be-
bauten, von sanften waldigen Hügeln überwölbten Ufer
verschmolzen in einer leichten Biegung, hinter welcher sich

die Schiffe ihrer Blicke entzogen, um an ihr unergründliches Ziel zu gelangen. „Und würde sich dieser See bis ins Mühlviertel ausdehnen", spintisierte sie, „ich würde schnurstracks einen der Dampfer besteigen, um nach Hause zu gelangen." Denn bereits nach kaum einer Stunde in der Fremde wurde sie von der Angst vor dem eigenen Mut heimgesucht, welchen ihr belastetes Herz damals aufgebracht hatte, um diesen folgenreichen Entschluss zu fassen.

Über der Biegung des Sees thronte, einem Triumphbogen gleich, eine Bergkette, mit ihren in der Herbstsonne gleißenden Schneefeldern. Am Bootssteg vertäut, schlenkerten ein Ruderboot und ein Zweimaster auf den Wellen. Eine Schar flinker, silbergrauer Vögel, Vögel wie sie Alwine noch nie gesehen, zog ihre Kreise über dem Wasser.

Allein die rundum herrschende friedliche Stimmung vermochte sich ihrer nicht zu bemächtigen. Der böse Traum, der vor gut vier Monaten seinen Anfang genommen hatte, war keineswegs ausgeträumt, denn unerbittlich gedieh das Kind des Unholds in ihrem Schoße.

Alwine wechselt den Glauben

Während der ersten Monate in Zürich verließ Alwine das Anwesen der Brunsteins kaum. Ein kalter Winter kündigte sich an; die Natur war in frostiger Ruhe erstarrt. Das dämmernde Wasser in den kleinen Buchten des Sees ließ bereits zur frühen Adventszeit dünne Eisschichten zu.

Die Brunsteins kümmerten sich mit großer Hingabe um Alwine. Sie bedrängten sie in keiner Weise und gewährten ihr Zeit, sich in der neuen Umgebung zurechtzufinden.

Alon fuhr die werdende Mutter allmonatlich für einen Untersuch zu einer Gynäkologin, deren Praxis in einem wunderlichen, efeuumrankten Haus am Zürichberg lag.

Eines Abends nach dem Nachtessen, beim Kaffee im Salon, brachten die Brunsteins den Wunsch vor, Alwine möge zum jüdischen Glauben konvertieren. War Alon erst durch die Judenverfolgung während des Krieges zu seinem jüdischen Bewusstsein gelangt, entstammte Judith einer orthodoxen Familie. Judiths Vater war es denn auch, der sich für Alwines Wechsel der Konfession stark machte und sein Bestreben mit hartnäckigem Druck zur Prämisse emporhub. Alwine, die weiß Gott aus einer durch den Katholizismus wesentlich geprägten Gegend stammte, machte sich, wie auch ihre Eltern, nicht viel aus dem Glauben. Davon unbelastet hegte sie keine Bedenken und fügte sich dem Willen der Brunsteins widerstandslos. Ohnehin hätte ihre gegenwärtige Apathie es nicht erlaubt, sich gegen dieses Vorhaben aufzulehnen.

Gemäß der Zielsetzung Alons, sollte Alwine den Gijur bis zur Geburt abgeschlossen haben, damit der Junge – er rechnete fest mit einem Knaben – bereits als Jude in die Welt eintrete, um alsdann am achten Tag nach der Geburt, wie es der Talmud vorsieht, durch die Beschneidung in den Bund Gottes aufgenommen werden zu können. Da der Gijur ein längerer Prozess ist, der sich leicht über ein Jahr hinziehen kann, drängte die Zeit. Doch wieder einmal ließ Alon seine weitreichenden Beziehungen spielen und erwirkte für Alwine gleichsam einen Express-Gijur, ein beschleunigtes Verfahren, welches ihr den Übertritt binnen dreier Monate erlauben sollte.

Zur Erreichung dieses Ziels besuchte Alwine an zwei Nachmittagen pro Woche einen angejahrten Rabbiner mit weißem Haarkranz und buschigen Augenbrauen, der sie in jüdischer Glaubenslehre unterrichtete und auf die bevorstehende Konversion vorbereitete. Der liebenswerte Gelehrte, der die Stille und Beschaulichkeit eines Sundgauer Karpfenteichs ausstrahlte, nahm sich darüber hinaus mit außerordentlichem Feingefühl ihrer Nöte an, indem er Alwine mit psychologischem Geschick über das Sehnen nach ihrer Familie und der Heimat hinwegtröstete. Fernerhin suchte er der jungen Frau – allerdings mit dürftigem Erfolg – das hartnäckige Versagen jedweden Gedankens an die bevorstehende Geburt ihres Kindes aufzuweichen. Der Religionslehrer begegnete Alwine mit einer väterlichen Güte, durch welche er ihr Vertrauen im Handumdrehen gewann. Durch seine Fürsorglichkeit wurde ihr eine Unterstützung zuteil, ohne welche sie in jener schwierigen Zeit wohl an ihrem Elend zerbrochen wäre.

Diese freundschaftliche Beziehung gipfelte letztlich in Alwines ausdrücklichem Wunsch, Rabbi Samuel Guggenheim möge sie nebst Judith bei der bevorstehenden Geburt in der Zürcher Pflegerinnenschule begleiten. Der Rabbi war es denn auch, dessen kurzen, kräftigen Armen die Hebamme beim ersten Hahnenschrei des 1. April 1968 den etwas verfrüht geborenen, vierpfündigen Säugling anvertraute, worauf er ihn sogleich nach jüdischem Zeremoniell segnete.

Das Mädchen, welches sich nach kurzer Zeit im Brutkasten kräftig entwickelte, wurde am ersten Sabbatgottesdienst im Mai – die Mutter hatte sich ihrer ablehnenden

Haltung zufolge keine Gedanken zur Namensgebung gemacht – nach dem Willen von Judith und Alon auf den Namen Tikva getauft.

Dieses taube Empfinden Alwines wich nach der Geburt einer innigen Mutterliebe. Das Kind, welches Alwine, während es noch in ihrem Leib heranwuchs, als eine mit den Genen des Unholds infizierte Frucht des Bösen abgelehnt hatte, gereichte ihr nun zur kolossalen Freude. Alwine fand sich nach und nach in eine Mutterrolle voller Hingabe. Es war dies ihre glücklichste Zeit in Zürich, während derer sie zu einer gefestigten jungen Frau erblühte und die Menschen, die sie umgaben, an ihrem neu erlangten Glück freudvoll teilhaben ließ: so etwa den Rabbi Guggenheim, den sie, den Kinderwagen keuchend die steile Gasse zu seinem Haus bergan schiebend, oft besuchte, ihn in seinem Gram, dem er unlängst verfallen war, aufmunternd. Denn der gute Rabbi war an einem bösartigen Darmleiden erkrankt und mochte seines Daseins nicht mehr froh sein, da auch sein gemeinhin fest zementierter Glaube ihm hierin keine Hilfe bieten wollte. Allein die kleine Tikva vermochte den Leidenden für kurze Momente zu erheitern, und Alwine war nach jedem jener Besuche von einer großen Zufriedenheit beseelt. So ergossen sich, wenn sie nach Hause kehrend den Kinderwagen über das holprige Kopfsteinpflaster der engen Gasse hinabmanövrierte, ihrer Augen gleichermaßen dicke Tränen des Mitfühlens mit dem unheilbar Erkrankten, als auch solche der Befriedigung, die sich auf ihren vollen, mütterlichen Wangen einträchtig vereinten.

Der Besuch der Mutter

Ihren Kopf hinter einem riesigen Bastkorb, der auf ihrem ausladenden Busen Halt fand, verborgen, zwängte sich Frieda Schimpfhuber aus dem Zug, der aus Innsbruck kommend soeben mit sirrenden Bremsen den Zürcher Hauptbahnhof erreicht hatte. In ihrer linken Hand hielt sie einen kleinen, schäbigen Koffer. Ein warmer Juliregen prasselte auf die gläsernen Schrägdächer der monumentalen Gleishalle des Sackbahnhofs.

Alwine und Judith standen schon seit geraumer Zeit, die Ankommende erwartend, beim Puffer des Gleises 5. Alwine hielt die Lenkstange des „Wisa Gloria"-Sportwagens umklammert, in welchem ihr Kind, das just drei Monate alt war, in friedlichem Schlaf lag.

Den Perron unter ihren Füßen hievte Frieda den Korb von seinem behelfsmäßigen Podest. Der Bastkorb war vollgestopft mit Kleidchen für Tikva, welche sie während der vergangenen Monate gestrickt und genäht hatte.

Kaum hatte Alwine ihre Mutter im Gewühl der Ankommenden ausgemacht, überließ sie den Kinderwagen Judith und rannte der frischgebackenen Großmama entgegen, um sie zu umarmen und zu küssen.

Alwines Vater war nicht mitgereist. Er hatte es, obschon sich die Nachbarin anerboten hatte, sich während der geplanten Reise nach Zürich um die beiden Knaben zu kümmern und Gustav wiederholt zuredete mit Frieda mitzufahren, vorgezogen zu Hause zu bleiben. Die Vorstellung, seine Tochter mit dem Kind dieses Schweinehundes an ihrer Brust zu sehen, beklemmte ihn, denn er fühlte sich seines jämmerlichen Naturells gemäß unfähig, dieser Situation zu begegnen.

Die Freude Friedas über ihr erstes Enkelkind indes war ehrlich und unvoreingenommen, doch weit mehr noch freute sie sich ob Alwines offensichtlicher Gemütsruhe, die sie sich zu erhoffen nicht erkühnt hatte.

In der Villa angekommen, musste Tikva unzählige Anproben von Kleidungsstücken über sich ergehen lassen, von der Wollmütze bis zu den baumwollenen Socken, von jenen für den Winter sowie jenen für den Sommer, als auch von solchen, die dem Wiegenkind noch viel zu groß waren. Während der drei Tage des mütterlichen Besuches, der nach einem akkuraten, von den Brunsteins erstellten Plan ablief – so fuhr man etwa per Bahn auf den Üetliberg oder mit dem Schiff nach Rapperswil und speiste dort auf der Terrasse des noblen Hotels Schwanen –, genossen Mutter und Tochter ihr Zusammensein in vollkommener Einmütigkeit derart, dass sich Frieda, entgegen ihrer ursprünglichen Absicht, nicht dazu durchringen konnte, Alwine zu fragen, ob sie denn nicht wieder nach Hause zurückkehren wolle.

Forcierte Fluchten

Eines Abends, es war kurz nach Tikvas drittem Geburtstag, an welchem Alwine mit Judith und der Kleinen bei strömendem Regen den Kinderzoo in Rapperswil besucht hatten, sollte Alwine erstmals einen Abend in Zürichs Altstadt verbringen. Tikva lag mit leichtem Fieber im Bett. Judith, die sich im Laufe der vergangenen drei Jahre mehr und mehr um das Kind gekümmert hatte – zuweilen schien es Alwine gar, als möchte sie ihr das Kind in kleinen, aber steten Schritten entreißen –, hatte Judith, während sie Tikva Essigsöckchen über die kleinen Füßchen zog, vorgeschlagen, die Patientin am Abend zu hüten.

„Geh du doch mit deiner Freundin Heidi in die Stadt. Du kannst bis Mitternacht bleiben; es reicht vollkommen, wenn du das letzte Tram nimmst. Und morgen wird unser kleine Liebling gewiss wieder gesund und munter sein."

Heidi wohnte in Zürich Enge bei ihren Eltern in einer Mietskaserne aus den Zwanzigerjahren. Alwine hatte sie im vergangenen Sommer beim Schwimmen im Strandbad Mythenquai kennengelernt. Seither begleitete die junge Frau, die das Gymnasium geschmissen hatte und fortan auf der Sihlpost Briefe und Pakete sortierte, Alwine ab und zu bei ihren Spaziergängen mit dem Kinderwagen oder sie gingen zu dritt zum Baden an den See. Einen Abend in der Stadt hingegen hatte Alwine seit ihrer Ankunft in Zürich weder mit Heidi noch mit sonst jemandem verbracht. So war sie denn auch gehörig aufgeregt, als sie ihre Freundin anrief.

Der Föhn blies kräftig und warm an jenem Samstagabend, und die Berge in ihren weißen Jacken, vom Speer bis zum Bös Fulen, waren zum Greifen nah. Am Wegrand im Garten staunte Alwine ob der Farne, welchen der Frühling seine erhebende Kraft eingehaucht hatte und die sich nun frohgemut entrollten, gleich Tischbombenpfeifen.

Die beiden jungen Frauen schlenderten über die Quaibrücke, wo zu ihrer Rechten der Zürichsee – diese blaue Riesenbanane – sein Ende fand, auf der anderen Seite indes die jungfräuliche Limmat das Wasser zu seiner Reise über Aare und Rhein ins Meer in ihr gemauertes Bett aufnahm. Nur wenige Meter flussabwärts, am rechten Ufer, saßen Dutzende auffallend bunt gekleidete Jugendliche in fröhlicher Gesellschaft auf steinernen Stufen, welche bis in den Fluss hineinreichten, beisammen. Dicht am Wasser kauerte, über seine Gitarre geneigt, ein schmächtiger Bursche. Er spielte sich, hinter einem dichten Vorhang von dünnen, pechschwarzen Haaren, die ihm bis auf seine angezogenen Knie reichten, an den Saiten seines Instrumentes die Finger wund. Sein rechter Fuß, vom Flusswasser umspült, wippte im Takt. Etwas abseits bearbeitete ein schlaksiger Blondgelockter in einem Batikhemd wie ein Berserker eine kleine Handtrommel.

Heidi klärte Alwine auf: „Das ist die Riviera. Hier treffen sich die Hippies und die Freaks. Ah, dort ist Beat. Komm, wir setzen uns zu ihm."

Ehe sie sich versah, fand sich Alwine inmitten dieser sonderbaren bunten Gestalten. Die Abendsonne entsandte ihre letzten Strahlen an die Riviera. Die jungen Menschen plauderten munter in ihrem kuriosen Schweizer Dialekt, den Alwine mittlerweile leidlich zu verstehen gelernt hatte. Die Stimmung war friedlich und diese Hippies und Freaks erwiesen sich ihres bizarren Aussehens zum Trotz als äußerst zugänglich und freundlich, und nach einer kurzen Zeit der staunenden Zurückhaltung unterhielt sie sich insbesondere mit Beat ausgezeichnet. Dieser Beat wiederum wirkte in der bunten Gesellschaft wie eine Schabe inmitten eines Heeres von Schmetterlingen, denn mit seinen grauen Bundfaltenhosen und dem weißen Hemd nahm er sich eher wie ein Bankangestellter aus, der sich zur Zerstreuung nach

Feierabend noch für eine Weile unter diese schrägen Typen mischt.

Nun wurde ein Joint herumgereicht. Alwine hatte ihren Lebtag noch keine Zigarette, geschweige denn einen Joint geraucht. Doch sie erlag ob der friedvollen Stimmung dem Gruppenzwang und zog den Rauch dieses überlangen, konischen Glimmstängels zweimal, wie es ihr Heidi vorgeführt hatte, tief und von kräftigem Husten begleitet in ihre Lunge. Sie lehnte sich zurück und sogleich war es ihr, als würde sie von sämtlichen Augenpaaren der sie umgebenden Gruppe angestarrt. Das arglose Dümpeln der vertäuten Boote auf dem durch den Müßiggang im endlosen See träge gewordenen und nun der neuen Fügung harrenden, zaudernden Wasser ward zum beklemmenden Schwanken und erwuchs Alwine zur Schwindel erregenden Drangsal. Sie schloss die Augen. Das Geplauder ringsherum schwoll zu einem homogenen Ganzen an, gleich dem Murmeln eines Baches. Das tieferhabene Hornen der Schiffe, die am nahen Bürkliplatz an- und ablegten, die von den heftigen Föhnböen über den Fluss getragenen Klangfetzen des schmissigen Hudigäggerlers eines auf dem Bauschänzli aufspielenden Schwyzerörgelitrios, das Quietschen der schwerfälligen Straßenbahnen in den Ränken – ein schauerliches Wehklagen der durch das eiserne Schienenkorsett gebändigten Fliehkraft –, die harten Riffs der Gitarre, der pochende Rhythmus des Bongos, all diese Klänge vereinigten sich zu einem einzigen, ebenso wundersamen wie bombastischen Konzert. Zu guter Letzt hub das Geläut in den Türmen der umliegenden Stadtkirchen an, den sonntäglichen Kirchgang anzumahnen. Die erhabene Klangfülle der tonnenschweren Glocken gereichte zu einem furiosen Finale.

Nachdem einige weitere Joints die Runde gemacht hatten – Alwine hatte dankend abgelehnt –, ging sie mit Beat und Heidi ins Restaurant „Ring", welches unweit der Riviera in einer schmalen Gasse zwischen einer Buchhandlung und einem Blumenladen lag.

Die kleine Gaststube war mit lediglich vier Tischen, drei länglichen und einem runden, ausstaffiert. Eine Estrade, welche über sieben Tritte einer fragil wirkenden, metallenen Treppe zu erreichen war, bot zwei weiteren, kleineren Tischchen Platz. Das Lokal war gerammelt voll. Die meisten der jungen Gäste hatten zuvor an der Riviera gesessen. So etwa der Bongospieler mit dem Batikhemd, welcher, durch seine Trommelei offenbar hungrig geworden, soeben eine dicke, braune Wurst in Senf tunkte, um sie hierauf genüsslich um ihren Zipfel zu kürzen. Breit kauend winkte er den drei Eintretenden zu, welche inmitten der Gaststube standen. Heidi schaute sich nach freien Plätzen um. Wiederum schien es Alwine, als glotzten sie sämtliche Augenpaare an. Die fröhlichen Gesichter vom Ufer des Flusses verkamen zu entsetzlichen Fratzen, und das lärmende Stimmengewirr wirkte bedrohlich. Instinktiv ergriff sie Heidis Hand.

Am runden Tisch fanden sie noch Platz. Alwine war heilfroh, als sie sich endlich setzen konnte. Sie stützte die Ellenbogen auf den Tisch und verbarg ihr Gesicht in ihren Händen.

Heidi legte ihren Arm um Alwines Schultern und schickte sich an, sie zu beruhigen: „Du hast wohl etwas zu stark gezogen an dem ‚Chrugel'; dieser ‚Schwarze Afghan' war offenbar etwas heftig für eine Novizin."

Beat, der von seinen Freunden „Toblerohne" genannt wurde, bestellte zwei Bier und für Alwine einen Tee.

Allmählich fand sich Alwine wieder halbwegs zurecht. Sie nahm ihre Hände vom Gesicht und schaute, da sie niemandem in die Augen blicken mochte, flach über den runden Tisch. Brandmale von Zigaretten zierten dessen helles Blatt, und eingeritzte Initialen und Namen zeugten davon, dass es gewisse einstige Gäste dazu gedrängt hatte, sich im duldsamen Holz zu verewigen – gleich einer menschlichen Varietät des Markierens der Hunde.

Alwine nippte an ihrem heißen Tee. Nach und nach verloren die Gesichter ihre ehedem gespenstischen Züge. Alwine vermochte aus dem Stimmenbrei wieder einzelne Worte zu filtern, gar Sätze, es erschlossen sich ihr Zusammenhänge und sie begann sich wohl zu fühlen, wie zuvor an den Gestaden der Limmat. Ihre Unsicherheit, ihr lähmendes Gefühl, von jedermann beobachtet zu werden, machte behutsam jener Aufmerksamkeit Platz, mit welcher man neuen Bekanntschaften begegnet.

Diese neuerliche Wandlung blieb auch Beat nicht unbemerkt, und er nahm die hübsche Österreicherin in Beschlag, indem er ihr allerlei unterhaltende Anekdoten von sich, Zürich und dem Rest der Welt erzählte. So weihte er sie auch in die Entstehung seines Übernamens ein, welcher Alwine an eine Schokoladenmarke erinnerte. Alon hatte ihr und ihren beiden Brüdern, als er vor Jahren in Affenschlag zu Besuch war, je eine dieser leckeren, dreieckigen Schokoladen aus der Schweiz mitgebracht.

Wie Beat zu seinem Spitznamen kam

Die Geschichte hatte sich vor einem guten Jahr im Zürcher Niederdorf zugetragen. In jener Zeit kamen mehr oder mitunter weniger selbst erklärende, sinnbildliche Figuren oder Bilder für Männlein und Weiblein an den WC-Türen der Gaststätten groß in Mode. Wo früher Metall- oder Plastikschilder mit der Aufschrift „Herren" beziehungsweise „Damen" schlicht und zweckdienlich auf die gebotene Pforte verwiesen hatten, prangten nun die wunderlichsten Kreationen an den Aborttüren.

Es ergab sich, dass Beat eines Abends mit praller Blase im schummrigen Lichte des Untergeschosses einer Zürcher Bar vor zweier, mit derart missverständlichen Symbolen bestückten Türen stand. An der einen Tür paradierte ein Schottenrock, die andere war mit knallgelben Hotpants geziert. Angesichts seines immensen Urindrucks gebrach es ihm schlicht an Zeit und Muße, die zwiespältigen Symbole zu entschlüsseln. Er kniff sich in Hoden und Glied und stieß die Tür mit den kurzen Hosen auf. Vor ihm stand eine junge, attraktive Frau am Lavabo, die sich soeben eine Ration Patschuli in den freigiebigen Ausschnitt ihres T-Shirts träufelte. Beat, die eine Hand noch immer prophylaktisch an seiner Hose, entschuldigte sich mit hochrotem Kopf und wechselte schleunigst zum Schottenrock.

Zurück in der Bar, bedachte ihn die junge Schöne, die alleine an einem Tisch saß, mit einem, durch die Begegnung zuvor legitimierten, konspirativen Lächeln, durch welches sich der scheue Beat ermutigt fühlte, sich zaghaft lächelnd an ihren Tisch zu setzen. Während der womöglich etwas vorschnelle, gleichwohl äußerst aufmerksame Kellner Beats verwaisten Tomatensaft vom Nachbartisch herbeitrug, hub die junge Frau zu einer Beleuchtung der Sachlage an:

„Eigentlich bin ich nicht eben erpicht auf WC-Bekannt-schaften. Du musst wissen, drei meiner letzten fünf Lieb-haber lernte ich auf Damen-Toiletten kennen. Der erste war pervers, der zweite erwies sich als impotent und der vermeintlich letzte schoss mir am Morgen danach mit sei-nem Luftgewehr ins Bein."

Zur Illustration winkelte sie ihr linkes Bein leicht ab, zog ihren engen Mini freimütig hoch, sodass Beat, abermals er-rötend, nicht umhin konnte, die kaum erkennbare Narbe an der Innerseite ihres nackten Schenkels zu begutachten.

Von solcher Burschikosität gleichermaßen erregt wie ir-ritiert, verschanzte sich Beat in dem schützenden Schoß sei-nes Ledersessels und betrachtete ihr ebenmäßiges, bild-schönes Gesicht mit den anmutig geschwungenen Lippen. Deren tiefrote Bemalung mutete Beat dagegen als nuttige Überschwänglichkeit an. Sein aufgesetztes Lächeln ver-mochte eine gewisse Irritation nicht zu verbergen.

„Dein unbeholfenes Lächeln erinnert mich an den Ver-such, mit Hilfe eines Sprays einen schlechten Duft zu eli-minieren, welcher sich sodann mit diesem zu einem ab-scheulichen Gestank verbindet", bemerkte die Schöne.

Doch just diese unschuldsvolle Verlegenheit war es, die-ser optische Gestank, der ihre Sinne beflügelte. Und da Beat nicht den Anschein erweckte, dass er ihr vorhin sorg-sam platziertes „vermeintlich" zu deuten wusste, lud sie ihn mit einer, von einem schmachtenden Lächeln begleiteten, flüchtig hingeworfenen Handbewegung ein, sich zu ihr auf das Sofa zu setzen.

Die darauf folgende stürmische Nacht indes setzte ihn bezüglich seines neuen Status als Nummer Vier hinlänglich in Kenntnis.

Am Morgen als Beat erwachte, war der Platz im Bett neben ihm leer. War sie weg? Nach einer essentiellen Nacht voller Hingabe? Doch alsbald vernahm er Bettinas Stimme aus dem Nebenzimmer. Sie schien ein angeregtes Telefongespräch zu führen. Von der unverhofften Romanze noch völlig trunken, versuchte Beat argwöhnisch anhand der Bruchstücke, die er aufzuschnappen vermochte, herauszubekommen, ob sie sich mit einer Frau oder mit einem Mann unterhielt. Die Frage war nicht einwandfrei geklärt, als Bettina lediglich mit einem durchscheinenden Höschen bekleidet ans Bett trat. Sie umschlangen sich, sie küssten sich wild und als sie endlich wieder voneinander ließen, gestand ihr Beat, dass er von ihr geträumt habe.

„Du lagst nackt an einem Strand in der Karibik, und ich bedeckte dich von den Füßen bis zum Hals mit Lotusblüten."

Bettina, der es an Romantik vollauf gebrach, war dieser Schwulst zu viel. Sie konnte sich eines spöttischen Lächelns nicht entsagen und erwiderte: „Auch ich habe geträumt. Von einem französischen Minigolfprofi namens Jean-Luc Charpentier."

So nahm Beats Liaison mit Bettina Tobler, der Tochter eines wohlhabenden Ingenieurs aus Richterswil, ihren unguten Lauf. Der bedauernswerte Beat war, obwohl er sich diesbezüglich täglich sein Hirn zermarterte, außerstande, die Wesensart seiner Geliebten zu ergründen, weswegen seine Liebe stets von nagenden Zweifeln getrübt war.

Eines Morgens verstörte sie Beat mit der Feststellung: „Guter Beat, es stimmt mit dir. Doch wenn man nicht weiß weshalb es stimmt, stimmt etwas nicht."

Allein die Liebesbeziehung zu dieser femme fatale sollte sich als ebenso leidenschaftlich wie kurzlebig erweisen. Nach ein paar Monaten – gemäß Beat den Besten seines Lebens – flog Bettina kurzerhand nach Ibiza. Gut zwei Wochen später erhielt der untröstliche Beat einen Brief aus Spanien.

Liebster, stand darin zu lesen, *ich habe mich hier auf Ibiza un-auslöschlich in Moses verliebt. Er heißt eigentlich Henning, stammt aus Krefeld und wohnt schon seit drei Jahren hier in einer Höhle über den Klippen, direkt über dem Meer. Er hält regelmäßig spiritistische Sitzungen ab, verkauft den Touristen auf dem Markt selbstgefertigte Dreamcatcher und spielt abends Conga am Strand. Er ist ein irrer Typ. Schade, kann ich ihn dir nicht vorstellen, du würdest ihn bestimmt gut mögen. Ja, vielleicht kommst du mal auf eine Woche. Ich jedenfalls bleibe hier, was bedeutet, dass ich weder in die Schweiz noch zu dir zurückkehre. Moses ist meine Destination. Nur durch ihn kann ich mich verwirklichen.*

Liebster, kannst du noch ein paar Kleinigkeiten für mich erledigen? Bitte verkauf mein Auto und hinterlege die Nummer auf dem Straßenverkehrsamt. Den Verkaufserlös kannst du Christian, einem Freund von Moses, der in Uster wohnt, mitgeben. Er kommt uns im nächsten Monat besuchen und wird sich vorher bei dir melden.

Und ruf bitte Frau Emilie Hartmann in Zollikon an und sag ihr, dass es mir wegen anderweitiger Verpflichtung nicht mehr möglich sei, ihren verzogenen Saubengel zu hüten.

Und vergiss nicht meine Eltern zu benachrichtigen, denn sie haben ein Anrecht darauf, zu wissen, wo ich bin und wie es mir geht. Und sag bitte meinem Vater, dass ich ihm, sobald ich in Spanien ein Konto eröffnet habe, die Koordinaten bekannt geben werde.

Heiße Grüße aus Ibiza (auch von Moses)

Bettina.

Beat faltete den Brief, steckte ihn in die Gesäßtasche seiner Jeans und machte sich auf in den „Ring", wo er sich allabendlich mit seinen Freunden traf. Die Stadt drohte in der Abendschwüle zu ersticken. Ein warmer Schwall von übernutztem Frittieröl aus einer Hotelküche begleitete ihn ein gutes Stück des Weges. Beat war früh dran und in seiner Stammkneipe war noch keiner seiner Bekannten zugegen.

Am düsteren Tisch in der Ecke saßen Fratzke, Schiller und der Komparse. Von Fratzke, einem ehemaligen Seemann aus Wilhelmshaven, erzählte man sich, er hätte einst im Streit mit einem englischen Berufskollegen dessen Nasenkuppe abgebissen, gekaut und bei der herrschenden Ebbe in den Schlick des Jadebusens gespien. Diese Geschichte wurde von den Stammgästen des „Ring" unterschiedlich aufgenommen. Die einen schätzten den obskuren Norddeutschen als sonderbaren Vogel, andere hingegen fühlten sich in seiner Gegenwart unwohl, und der Wirt wurde gar schon gebeten, dem gemeingefährlichen Gast Hausverbot auszusprechen.

„Solange der seine Konsumationen bezahlt und keinen meiner Gäste anknabbert, ist er mir willkommen", war dessen opportunistische Entgegnung auf solches Ansuchen; schließlich war Fratzke einer seiner besten Gäste.

Schiller, mit bürgerlichem Namen Hans Hablützel, war einer jener vielen herkömmlichen Freaks, welche bei der Sihlpost angestellt waren und die Postwagen der Züge im Zürcher Hauptbahnhof be- und entluden. Er gab allerdings vor, nachtsüber Gedichte revolutionären Gedankenguts zu schreiben und hielt dadurch seinen Spitznamen für legitimiert. Ohnehin nannten sie ihn ausnahmslos Schiller; nicht etwa seines künstlerischen Schaffens wegen – keiner hatte je eine Zeile von ihm gelesen –, doch man war dem selbsternannten Poeten gut gesonnen, und im Grunde kannte keiner seinen wahren Namen.

Der Komparse schließlich war Komparse am Zürcher Schauspielhaus, der vergeblich von seinem beruflichen Aufstieg zum Schauspieler träumte, welcher ihm, der sich keine Texte merken konnte, selbstredend verwehrt blieb. Er war vor zwei Wochen unvermittelt wieder in Zürich aufgetaucht, nachdem man ihn dort ganze drei Jahre nicht mehr gesehen hatte. Während seiner Absenz hatte der begeisterte Hanfraucher in Holland bei einer Frau namens

Petronella van Grieken gelebt. Es waren schwierige Jahre. Vermochte die junge Liebe anfänglich noch hinreichend Kraft auszusenden, um seine Abneigung gegen jene unsäglich platte Landschaft am Aufkeimen zu hindern, so fiel der Komparse im Lauf der Zeit einer tief greifenden Schwermütigkeit anheim.

Eines frühen Morgens, der Kamin klagte heulend über die heftigen Windböen, die über das flache Land fegten und widrig an die Fensterscheiben peitschten, stand der Komparse mit Schuhen und Mantel bekleidet, einen Joint im Mundwinkel, zwischen zwei gepackten Koffern im Schlafzimmer des kleinen Holzhauses in der Peripherie von Groningen. Petronella lag noch in wohligem Schlummer unter ihrer schweren Decke. Der Hollandmüde sprach zu ihr:

„Ich verlasse dich. Nicht deinethalben, sondern dieser banalen Ungegend wegen, in welcher kein Hügelzug die Landschaft schmückt; nichts als öde Weite. Man ist hier weder vor noch hinter, geschweige denn über oder unter, man lebt inmitten dieser Nerven tötenden Ebene, die den Anschein erweckt, der Schöpfer hätte vor alters an einem seiner schwächeren Tage seine Vasallen beauftragt, sie mittels riesiger Dampfwalzen zu planieren. Eine topografische Nullnummer, in krassem Gegensatz zu dir; eine Nullnummer, die den Geist in ihren dumpfen Bann zu ziehen vermag, der folglich seinerseits mehr und mehr verflacht. Ich werde deine Kurven vermissen."

Petronellas schlaftrunkenes Gesicht verklärte sich flüchtig, indes sie sich zur Wand drehte.

Nun hatte ihn Zürich wieder, und es schien, als wäre er nie fort gewesen. Wie eh und je legte er großen Wert auf elegante Kleidung, wobei ihm seine mittlerweile leicht angegrauten Schläfen überdies eine aristokratische Ausstrahlung verliehen. Über einem weißen Hemd trug er eine nahezu kragenlose, schiefergraue Jacke. Eine leichte Trübung erfuhr die Harmonie seiner Erscheinung allerdings durch einen Schal – er behielt ihn auch in der stickigen Gaststube an –, welcher, so mutete es an, aus dem Ausschuss von Vorhängen einer SAC-Hütte gefertigt war.

Des Komparsen ausgeprägte Distinktion ließ kaum ein ohrenfälliges Lachen zu. Doch bisweilen vermochten stark anschwellende Muskelstränge, die sich den verstohlenen Lachfältchen anschließend über seine Ohren zogen, um sich im kahlen Halbrund seines Hinterkopfs zu verlieren, eine aufkommende Heiterkeit nicht zu verbergen. Im Gegensatz zu seinen Freunden trank er kein Bier, da es ihm zu gewöhnlich erschien. Er war seit jeher einem lombardischen Kräuterlikör verfallen, dem Braulio, den er in kurzen Intervallen bestellte, wobei er die Vokale des Zwielauts gesondert und aufreizend bedächtig betonte.

Der Komparse und Schiller suchten, da sie ständig pleite oder auf dem besten Weg dazu waren, die wenig erbauliche Gesellschaft von Fratzke, der stets großspurig die gesamte Zeche übernahm; denn der Deutsche hatte immer ausreichend Geld in der Tasche. Keiner wusste um die Quelle dieses Geldsegens, und man hütete sich wohlweislich danach zu fragen.

Grußlos setzte sich Beat an den langen Tisch an der Fensterfront, bestellte sich entgegen seinen Gepflogenheiten einen doppelten Whiskey und versank in Gedanken über sich und das Leben. Er litt darunter, dass er gemeinhin als nett und harmlos galt, und er machte denn auch diese verdammten Eigenschaften verantwortlich für das neuerliche Scheitern einer Beziehung.

„Ich muss frecher, bestimmter auftreten", sinnierte er, „ich muss mir ein gerüttelt Maß an Harmhaftigkeit zulegen".

Er schmunzelte kurz ob seiner Wortkreation, gestand sich aber im selben Zuge ein, dass dieses Vorhaben im

Keime ersticken würde, da es ihm schlicht an der notwendigen Schläue und Dreistigkeit gebrach.

Dann las er den Brief ein zweites, drittes und viertes Mal. Die kaltblütige Schonungslosigkeit ihrer Zeilen wie: *... du würdest ihn bestimmt gut mögen,* die in *Grüße, auch von Moses* gipfelte; die Anmaßung *vergiss nicht meine Eltern zu benachrichtigen,* schlichtweg der unverhohlene Egoismus, welcher ihrem Schreiben anhaftete, bedrückte Beat dermaßen, dass er sich für jede dieser drei hanebüchenen Passagen einen weiteren doppelten „Jack Daniels" genehmigte.

„Ich war nichts mehr als ein Partner auf Zeit in Bettinas Sexualleben, ein Bums-Saisonnier, der nach geleisteter Schuldigkeit kalten Arsches entlassen wird", gab er halblaut, den Blick auf das leere Whiskeyglas gesenkt, seine Gleichung der leidvollen Geschichte bekannt, während ihm Sabine, die junge Kellnerin, verdutzt den vierten „Jack" hinstellte.

Als sich seine Freunde nach und nach an den Tisch gesellten, war Beat schon gehörig angesoffen. Unverhofft erhob er sich und überraschte die versammelte Gesellschaft, indem er ihr den Brief mit sichtlicher und hörbarer Erregung vortrug. Die Reaktionen auf seine Lesung waren denkbar unterschiedlich.

Während sich Ursula ohne Umschweife erhob, den vom Schicksal Geschlagenen an sich drückte und ihm wohlbedachte Worte des Trostes ins Ohr hauchte, witzelte Reto:

„Diesen Henning wird sie zumindest nicht auf der Toilette aufgerissen haben, denn diese neuzeitlichen Höhlenmenschen pissen und scheißen direkt ins Meer."

Und Manuel hieb in dieselbe Kerbe: „Während wir Linken hier für die Rechte des arbeitenden Volkes kämpfen, saugen sich diese Parasiten gleich Blutegeln an den Küsten der Weltmeere fest, lassen sich ihren Müßiggang von Papas Konto honorieren und besitzen obendrein noch die Unverfrorenheit, sich als Welt verbessernde Friedensstifter zu brüsten. Und wenn diese Schmarotzer überhaupt etwas tun, dann töpfern, schnitzen oder basteln sie in der Tradition der herkömmlichen Handwerkskunst, um ihre schäbigen Plagiate, die ortsansässigen Handwerker und Händler skrupellos konkurrenzierend, an den Touristenmärkten zu verhökern. Ich jedenfalls habe weit mehr Achtung vor jedem Hausbesetzer und vor sämtlichen Bombenlegern, welche der Ungerechtigkeit des kapitalistischen Systems hier in der Schweiz entgegentreten, als vor jenen ebenso dreisten wie jämmerlichen Emigranten."

Im Grunde vertrat man in Beats Freundeskreis ohnehin die Ansicht, dass Bettina Tobler ein paar Nummern zu schräg für diesen unbedarften, heillosen Romantiker war. Gleichwohl litt Beat unter der Schmach, und nunmehr gesellte sich gar noch deren böser Schatten Häme dazu, denn irgendjemand am Tisch – keiner wusste hinterher um dessen Urheber – verpasste dem Gedrückten den Spitznamen „Toblerohne".

Fratzke, dem das Ungemach des verschmähten Beat am Nebentisch nicht entgangen war, tippte sich an seine Schiebermütze, zitierte mit einem breiten Gönnerlächeln Sabine herbei, zückte großspurig einen Fünfhunderter und beglich sämtliche Konsumationen beider Tische.

Heimkehr zu später Stunde

Die Glocken der Stadtkirchen schlugen zwölf Mal, als die Gesellschaft das Lokal verließ. Heidi verabschiedete sich von Alwine, denn sie zog mit Toblerohne, dem Bongospieler und dem Fratzke-Trio noch ein Haus weiter zu Freunden.

Der nächtliche Himmel hatte sich in der Zwischenzeit mit Wolken überzogen. Alwine setzte sich auf eine Holzbank am Bellevue und wartete auf das Tram, im Ungewissen, ob zu dieser Stunde noch eines führe. Nach einer Viertelstunde vergeblichen Ausharrens beschloss sie, sich zu Fuß auf den Weg nach Hause zu machen. Während sie die Quaibrücke überquerte, rissen hohe, stürmische Winde die Wolken entzwei, und die Sterne glitten hernieder, gleich glutvollen Kugeln aus leinenen Säcken.

Als Alwine nach ihrem nächtlichen Marsch das wuchtige Eisentor zur Villa aufstieß, bemerkte sie auf dem Kiesweg einen Lichtkegel, welcher von der Ständerlampe des Salons herrührte. „Hat Judith etwa wachend auf mich gewartet?", hielt sie sich sogleich vor.

Judith legte ihr Buch mit dem eigenartigen Titel „Ein Bauer zeugt mit einer Bäuerin einen Bauernjungen, der unbedingt Knecht werden will" auf den Salontisch und erkundigte sich, indem sie auf der Chaiselongue sitzen blieb, bei der sichtlich verdutzten, späten Heimkehrerin mit mütterlicher Neugierde nach dem Hergang ihres Ausgangs mit Heidi. Durch den vertraulichen Ton ermuntert, erzählte Alwine von der Riviera und von der nachfolgenden geselligen Runde im „Ring".

„Du hast hoffentlich kein Haschisch geraucht", fiel ihr Judith sogleich ins Wort, da sie freilich um die Horde wusste, welche Abend für Abend an der Riviera kiffte.

Alwine spürte, wie ihr die Röte ins Gesicht schoss. Allein ihr gepresstes „Nein, nein" wusste Judith sehr wohl zu deuten.

„Wie geht es Tikva?", erkundigte sich Alwine, bestrebt, das Gespräch in eine andere Richtung zu lenken. Da Judith nicht der Sinn danach stand, sich zu dieser späten Stunde über die Gefahren von Drogen auszulassen, bediente sie sich des Themenwechsels nur zu gerne und log nun ihrerseits routiniert, ohne Anflug von Röte:

„Die Temperatur ist zurückgegangen und unser Schätzchen schläft tief und fest."

Denn tatsächlich war das Fieber im Verlauf des Abends eher gestiegen und erst vor einer Viertelstunde schlief die Kleine erschöpft ein, nachdem sie zuvor in heftigem Schmerz immerfort geweint hatte. Beruhigt schickte sich Alwine an, die Treppe hochzusteigen, um sich auf ihrem Zimmer von der Genesung Tikvas zu überzeugen.

„Du kannst unbesorgt schlafen gehen", versetzte Judith trocken, „ich habe Tikva in den Stubenwagen gebettet. Sie schläft für diese Nacht in meinem Zimmer."

Jonathan Katz

Am folgenden Abend gaben die Brunsteins ein Diner. Als einziger Gast war Jonathan Katz geladen, ein Freund von Alon, orthodoxer Jude und Forscher im Bereich der Kernspaltung. Er sei ein außerordentliches Genie, das sich weltweit lediglich mit einer Handvoll Kongenialer auf dem ihm entsprechendem Niveau unterhalten könne, klärte Judith Alwine über den bevorstehenden Besuch nicht ohne Stolz auf. Alon wünsche, dass sie am Diner teilnehme und sie, Judith, werde am Nachmittag mit ihr an die Bahnhofstraße zum „Grieder" fahren, um die Tochter des Hauses mit einer entsprechenden Garderobe auszustatten.

Alwine war es in dem mausgrauen Deux-Pièces ausgesprochen unwohl zumute, als sie am Abend diesem Dr. Katz gegenübersaß. Doch so unbehaglich sie sich auch fühlte, so hinreißend wirkte sie in ihrer weißen Bluse, die moderat dekolletiert, einen kunstvoll geschliffenen Smaragd – eine Leihgabe von Judith – freigab. Fernerhin betonten die hochgesteckte Frisur und das dezent gehaltene Make-up trefflich ihre Vorzüge. Dies schien auch dem käsig-bleichen Kernforscher nicht verborgen zu bleiben, welcher sie über den Teller mit dem koscheren Zürcher Geschnetzelten hinweg mit seinen durch dicke, runde Brillengläser vergrößerten Schweinsäuglein wohlgefällig musterte und ihr mit dem Weinglas in übermäßiger Häufigkeit zuprostete, wobei seine Zapfenlöckchen munter baumelten. Weiterhin verlief das Diner in steifer Atmosphäre. Zumeist unterhielten sich die beiden Herren über wissenschaftliche Themen, währenddessen die Damen dezent schwiegen. Nach dem Essen zogen sich Katz und Alon in die Bibliothek zurück, woselbst sie ihre erhabenen Gedanken bei zwei, drei Gläsern zehnjährigen Portweins bis spät in die Nacht weitersponnen.

Am Abend des folgenden Tages, die Strahlen der untergehenden Sonne hatten sich flach über den Zürichsee gelegt, bat Judith Alwine in den Garten, um mit ihr Kaffee zu trinken.

„Liebe Alwine", begann Judith, „unser gestriger Besuch, Dr. Katz, hat sich sehr lobend über dich geäußert. Wie er meinem Mann heute Morgen offenbarte hat, hält er dich für eine hochinteressante junge Dame."

„Aber er hat doch kaum ein Wort mit mir gewechselt", entgegnete Alwine.

„Dies hat nichts zu bedeuten", hielt Judith entgegen. „Jedenfalls hat er den Wunsch geäußert, dass du ihn in der kommenden Woche an einen Empfang ins ‚Baur au Lac' begleitest. Und diese Gelegenheit, an der Seite dieses hoch gelehrten Mannes in besten Kreisen zu tafeln, darfst du dir nicht entgehen lassen."

Als Judith registrierte, dass sich Alwine nicht eben begeistert zeigte, legte sie noch ein Scheit nach:

„Es entspricht Alons ausdrücklichem Wunsch", betonte sie, um nach einer kurzen Pause, während derer sie erneut Alwines Reaktion abschätzte, eine letzte Karte zu spielen: „Ich zähle darauf, dass du dir bewusst bist, was mein Mann für dich alles getan hat."

„Dies gibt euch doch nicht das Recht, mich an diesen Dr. Katz zu verschachern", wehrte sich Alwine in einem Anflug von Dreistigkeit.

„Von Verschachern kann keine Rede sein, wir verlangen lediglich, dass du nächste Woche Dr. Katz begleitest, ohne weitere Verpflichtungen. Im Gegenzug werde ich mich dafür einsetzen, dass du an der Universitätsklinik eine Ausbildung als Krankenschwester absolvieren kannst. Danach werden dir diverse Türen zu Weiterbildungen in medizinischen Berufen offen stehen."

Das Diner im „Baur au Lac" war für Alwine eine Tortur. Obschon der Anlass rein gesellschaftlicher Art war, beherrschten wissenschaftliche Ausführungen nahezu sämtliche Gespräche. Selbst in der Runde der vornehmlich gesetzteren begleitenden Damen fühlte sich Alwine unwohl und sprach nur, wenn sie gelegentlich etwas gefragt wurde. Als Jonathan Katz seine charmante Begleitung in seiner noblen schwarzen Limousine nach Hause fuhr, beteuerte er, wie sehr er diesen Abend an ihrer Seite genossen hätte, und gab der Hoffnung Ausdruck, sie möglichst bald wiederzusehen.

In der folgenden Zeit traf sich Alwine – ihrer anfänglichen Ablehnung zum Trotz – oft mit Dr. Katz. Sie respektierte den kauzigen Wissenschafter, der, wenn auch etwas unbeholfen, sich stets galant und großherzig zeigte. Sie unternahmen gemeinsame Spaziergänge, gingen zu zweit Essen; hin und wieder musste sie ihn an eine jener steifen Gesellschaften begleiten.

Bei einer himmlischen Crème Caramel Chantilly in der „Kronenhalle", ein Sahnetüpfelchen klebte auf Katzens Nasenspitze, bot er Alwine das *Du* an. Zuvor noch, beim Anstoßen mit dem Rotwein, war er unversehens von einer Hemmung blockiert worden.

„Fräulein Schimpfhuber, nennen Sie mich bitte Jonathan", flötete er mit einem verlegenen Lächeln.

Alwine wischte ihm mit ihrer Serviette behutsam die Sahne von der Nase und nannte ihm ihren Vornamen, mit welchem Katz sie, freilich in Verbindung mit „Fräulein", schon oft angesprochen hatte.

Im Gegensatz zu den Empfängen und Kongressen, woselbst Alwine in ständig wechselnden Designerroben der angesagten Modeschöpfer lediglich des Wissenschafters Dekoration diente und die ihr stets ein Graus waren, gereichten ihr die inoffiziellen Begegnungen mit Katz zur

Freude. Ihre Gespräche beschränkten sich auf die praktischen Angelegenheiten des Lebens, denn Alwine war sich der Vermessenheit sehr wohl bewusst, sich mit diesem Genie über mehr als die Bestellung von Apérohäppchen bei einem Traiteur oder die Anstellung einer neuen Dienstmagd zu unterhalten.

Der unbeschwerte Umgang mit Dr. Katz war jedoch vor allem der Tatsache geschuldet, dass Alwine von dem onkelhaften Wissenschafter niemals auch nur durch Anflüge von Zärtlichkeit bedrängt wurde. Ein Küsschen auf die Wange en passant war das Höchste der Gefühle. Für Alwine schien es untrüglich, dass dieser Mann wohl schwul war oder sich jeglicher, noch so harmloser Geschlechtlichkeit vor der Ehe versagte.

Bei ihrer nächsten Begegnung, einer ausgedehnten Wanderung im Zürcher Weinland, offenbarte ihr Jonathan, dass er nun noch zwei Monate an der Universität Zürich arbeiten werde, um danach für mindestens ein halbes Jahr als Kopf eines wissenschaftlichen Teams ein Forschungsprojekt in den USA zu leiten. Deshalb sei es ihm ein Anliegen, sich vorgängig mit ihr zu verloben; er hätte bereits bei einem Juwelier an der Bahnhofstraße zwecks Anfertigung der Ringe sondiert.

Am selben Abend berichtete Alwine Judith von Jonathans Antrag, welcher sie gleichermaßen überrascht wie brüskiert habe.

„Ich will und darf mich nicht mehr mit ihm treffen. Der Gute gibt sich falschen Hoffnungen hin und je eher wir diese zerschlagen, desto weniger schwer wird er sich damit tun."

„Ich kann dich sehr wohl verstehen", antwortete Judith. „Falls du überhaupt bereit bist für eine Beziehung, dann gewiss nicht mit einem gut zehn Jahre älteren, weltfremden Orthodoxen. Alons Vorstellungen, als er mit jenem Nachtessen bei uns den ersten Kontakt zwischen euch herstellte, waren allzu illusorisch. Anfänglich unterstütze ich meinen Mann, da ich mich seinem Ansinnen nicht widersetzen mochte und ich darüber hinaus die Abwegigkeit nicht sehen wollte. Nun aber sind wir an einem heiklen Punkt angelangt, an welchem wir einen Weg finden müssen, um uns mit Anstand aus der leidigen Geschichte zu stehlen. Ich werde Alon nichts von unserem Gespräch erzählen. Du kennst ihn ja; er würde von seinem Vorhaben gewiss nicht ablassen."

Alwine fühlte sich erleichtert, dass Judith nicht in blindem Gehorsam sämtlichen Ideen und Anweisungen ihres Mannes folgte und sie daher in dieser verzwickten Angelegenheit eine Verbündete gefunden hatte.

Schleichende Besitznahme

Tikva hatte sich längst von ihrer Erkältung erholt. Judith sorgte sich in rührender Weise um das Kind und entband die junge Mutter zunehmend mannigfacher Obliegenheiten. Auch animierte sie Alwine geradezu auszugehen, indem sie sich stets anerbot, für Tikva zu sorgen. Mittlerweile stand – als massivhölzernes Mahnmal der angetretenen Besitzergreifung – in Judiths Schlafzimmer ein Kinderbett, welches sie sich angeschafft hatte, da Tikva dem Stubenwagen inzwischen entwachsen war. Der jungen Mutter unlängst gehegter Verdacht, dass sich Judith nach und nach ihres Kindes bemächtigen würde, trog also nicht. Dieser Umstand berührte sie unangenehm, doch einen Groll gegen Judith hegte sie deswegen nicht. Nur zu gut vermochte sie dem Verlangen dieser jungen Frau, die selbst keine Kinder bekommen konnte, nachzufühlen.

„Während Alon in der offenbaren Verpflichtung stand, sich für das gewährte Asyl bei der Familie Duschlbauer erkenntlich zu zeigen, gab wohl der damalige Embryo in meinem Bauch den Ausschlag, zu Judiths Einverständnis. Und schließlich", gab sich Alwine nun pragmatisch, „kommt mir die Fürsorge Judiths zupass, denn so bin ich freier und kann wie andere Frauen in meinem Alter öfter einen Abend mit meinen Freunden in Zürich verbringen."

Zudem hatte Judith ihr Versprechen eingelöst und Alwine durfte an der Universitätsklinik Zürich ihre Ausbildung beginnen. Nachdem sie während der vergangenen drei Jahre die Villa am See mit wenigen Ausnahmen lediglich für Spaziergänge mit Tikva verlassen hatte, war dies für sie mehr als eine willkommene Abwechslung. Die Arbeit in der Geriatrie entsprach ihrer sozialen Ader; der Umgang mit den betagten Patienten sowie deren Pflege erfüllten sie mit tiefer Befriedigung.

Alwine fühlte sich nun selbstständiger – sie bezog einen, wenn auch dürftigen Lohn –, und es bedurfte nun auch nicht mehr der Ermunterung Judiths, um sich an ihren freien Abenden mit ihren Freunden in Zürich zu treffen.

An einem jener beglückenden Abende kam es zu einem Wiedersehen, für welches gewisse Leute gerne das Schicksal, andere den Zufall und wieder andere nichts weniger denn eine Fügung Gottes verantwortlich machen würden.

Alwine saß mit Heidi und Toblerohne an der Riviera, als sie von einem kräftigen Sommerregen überrascht wurden. Ein paar Unverdrossene wähnten sich in Woodstock und skandierten lauthals „no rain, no rain", woraufhin es allerdings noch kräftiger zu schütten begann. Die drei Freunde dagegen flüchteten schleunigst ins nächste Restaurant.

Pudelnass stießen sie die massive Eichentüre des Restaurants „Kranz" auf, welches Alwine nicht unbekannt und in guter Erinnerung war. In der Gaststube indessen ging es hoch zu und her. Blanche, die rustikale welsche Serviertochter, bugsierte mitten im Lokal ein in einer Blutlache liegendes Tier mit aufgerissenem Bauch – offensichtlich ein kleiner Hund – mitsamt den herausgequollenen Gedärmen mit ihrem kleinen Lackschuh auf eine Schaufel, welche der Wirt bereithielt. Neben den beiden gebärdete sich ein blonder Geck wie ein Berserker und kläffte, indem sein Adamsapfel muntere Sprünge vollführte, stinkwütend in Richtung des am Boden knienden Gastwirtes als auch eines jungen Burschen, der sich auf seinem Stuhl sitzend vor Lachen krümmte.

Das Restaurant Kranz

Edi Lecoultre wirtete seit einem halben Jahr in der kleinen Quartierbeiz. Unter seinem Vorgänger Gottfried Benz wurden noch Schwartenmagen und Presskopf aufgetischt und für einen halben Hügelwein hatte man sechseinhalb Franken zu bezahlen. Benzens günstige Preisgestaltung war stadtbekannt. Sie war nicht zuletzt von der Geneigtheit des Eigentümers der Liegenschaft, Walter Landolt, abhängig, welcher dem jungen Benz das Lokal vor vierzig Jahren zu einem höchst anständigen Zins in Pacht gegeben hatte und jenen überdies während vier Jahrzehnten lediglich zweimal, dem Drängen seines Treuhänders nachgebend, geringfügig angehoben hatte. Auch war Landolt stets mit Rat und Tat zur Stelle gewesen, wenn sein Mieter vom Nachbarn, dem spießbürgerlichen Geschäftsführer eines alteingesessenen Zunfthauses, wegen Lärmemissionen oder weit hergeholter Lappalien belangt wurde.

Der Kreis der Jahreszeiten hatte sich, nachdem der gute alte Landolt eines Herzschlags erlegen war, noch nicht geschlossen, als dessen Söhne flugs den Pachtvertrag mit Benz aufkündeten, um ihm sogleich ein neues Angebot zu unterbreiten, freilich mit stark angehobenem Zins. Hiermit erzielten die Erben die gewünschte Wirkung, denn Benz musste kapitulieren, da er mit dem bescheidenen Ertrag seiner ehrlichen und einfachen Küche für den neuen, unverschämten Mietzins keinesfalls aufkommen konnte. Alsdann buhlte einerseits eine Pizzeriakette um die Lokalität an der vorteilhaften Lage, andererseits eine solvente Bibelgruppe, die ihre Wurzeln und den Hauptsitz in New York hatte und in der Schweiz von St. Gallen aus operierte. Doch dank eines gewieften Schachzugs des Verstorbenen, der seine Söhne wohl kannte und ebendeshalb deren Handlungsfreiheit vorsorglich durch das Vetorecht seiner verschrobenen Nichte Lucrezia Inderbitzin zu beschneiden wusste, kam weder der lukrative Mietvertrag mit den Pizzabäckern noch derjenige mit den Gottesfürchtigen zu Stande. Diese Lucrezia, eine Altledige aus der Innerschweiz, welche, sooft sie mit Frau Inderbitzin angesprochen wurde, mit ihrer sanften Stimme, jedoch nicht ohne ärgerlichen Unterton auf „Fräulein" korrigierte, trotzte allem Flehen und widerstand der in Aussicht gestellten Gewinnbeteiligung ihrer drei Vettern. Das Kalkül Landolts ward von Erfolg gekrönt; das standhafte Fräulein Inderbitzin wusste den Wandel von Großzügigkeit zu Gier zu vereiteln. Edi Lecoultre wurde neuer Wirt im Kranz; und dies wie eh und je zu fairen Konditionen.

Gottfried Benz wurde als Koch eingestellt; ebenso wurde von der bisherigen Belegschaft die gute Seele Blanche übernommen, die dem kleinen Edi, wenn er mit seinem Vater im Kranz einkehren durfte, schon so manchen Sirup serviert hatte. Allein die derben Charcuterie-Erzeugnisse von einst suchte man vergeblich auf Edis Speisekarte, doch zumindest bot Lecoultre nebst verschiedenen Spezialitäten aus dem Welschland, der Heimat seiner Großeltern, Bratwurst mit Rösti sowie Kutteln in roter Sauce an und auch günstige Mittagsmenus waren zu haben.

Eine weitere Veränderung – eine einschneidende, wie sich nachfolgend zeigen sollte – erfuhr die Wirtschaft in baulicher Art. Die Wand, welche die Gaststube vom „Säli" – einer jener ebenso zahl- wie trostlosen Quarantänen der helvetischen Gastronomie – trennte, wurde ausgebrochen. Gewaltige, übel riechende Staubwolken quollen während des Niederreißens der Mauer aus den offenen Fenstern der Gaststätte, wurden frohgemut von lauen Westwinden aufgenommen, welche sich akkurat im Sinne des dahingegangenen Walter Landolt über die Front der benachbarten Zunftstube ergossen, woselbst dieser mit Backstein und Mörtel versetzte Brodem deren nebelfeuchte Butzenscheiben gehörig verklebte.

Im Säli – jenem selbst auferlegten, muffigen Exil – hatten sich während eines halben Jahrhunderts die Schützengesellschaft, die Sängerfreunde, der Turnverein sowie der Kegelclub „Gut Holz" zu Versammlungen und froher Geselligkeit getroffen und sich mit Tschumpeli, Flaschenbier und saurem Most, Getränken, für welche sie moderat angehobene Saalpreise zu bezahlen hatten, zugeprostet. In jene – nun niedergerissene – Wand, war für jeden der Vereine ein geräumiger, abschließbarer Schaukasten eingelassen. Diese Vitrinen wurden durch Fahnen dominiert, welche mit üppigem Brokat verbrämt die entsprechenden Vereinsembleme darstellten. Eine Unmenge von zinnernen Krügen und Kelchen, deren Gravuren von den überwältigenden Erfolgen des jeweiligen Vereins eindrücklich Zeugnis ablegten, flankierten finster die farbenfrohen Banner.

Gewann die Gaststube durch den Mauerfall an Raum und Licht, so verlor der „Kranz" als einstige Trutzburg quartiereigenen Vereinslebens einen beträchtlichen Teil seiner herkömmlichen Gastung. Wutentbrannt, kräftig fluchend, der Aktuar der Sängerfreunde gar unter Tränen, räumten die Vereinsverantwortlichen in der Woche vor der geplanten Schandtat des neuen Wirtes gleichzeitig ihre Glasschränke. Und während der bärbeißige Obmann der Schützen seine mit Gold- und Silberfäden durchwirkte, mittlerweile spröde Vereinsfahne einrollte, unterrichtete er den neuen Wirt, dass sich die Präsidenten aller vier Vereine abgesprochen hätten, ihren Mitgliedern dringend zu empfehlen, nie wieder einen Fuß in den „Kranz" zu setzen. Daraufhin ging Edi – nun seinerseits schmollend – in die Küche und sorgte dafür, dass der heiße Beinschinken mit Kartoffelsalat, das Leidmahl, mit welchem er die trauernden Hinterbliebenen abgelten wollte, ebendort blieb und trieb den Zapfen des bereits entkorkten Doppelliters vom „Bessern" wieder in den Flaschenhals.

Dem Boykottaufruf des Schützenobmanns zum Trotz gelang es dem kaum 30-jährigen Wirt, einen nicht unerheblichen Part der angejahrten Presskopf/Schwartenmagen-Fraktion seines Vorgängers bei der Stange zu halten. Diese Stammgäste der früheren Benz-Ära vertrugen sich mit der neuen, jungen Klientel nach anfänglicher Skepsis erstaunlich gut. Nicht selten vermischten sich die Generationen, um bis zur Polizeistunde bei Kaffee, Wein, Bier und Schnaps einen Jass zu klopfen.

Cäsarlis bitteres Ende

Am frühen Abend, Alwine saß derweil noch mit ihren Freunden an der Riviera, wurde die Türe des Restaurants „Kranz" aufgestoßen und ein kleines, wohl reinrassiges, wild schnupperndes, putziges Hündchen stürmte mit einem hoch aufgeschossenen Arier an der Leine ins Lokal. Während der Kleine spornstreichs ans Bein des erstbesten Tisches pinkelte, gab sich der strohblonde Mittvierziger als jener Herr Hess zu erkennen, welcher gestern für heute Abend einen Tisch für zwei Personen reserviert hatte. Edi wies dem makellosen Paar den gedeckten Tisch am Fenster zu, welchen Hess gemessenen Schrittes ansteuerte. Die Leine spannte sich und das arme kleine Tier, es war noch mit seiner Verrichtung beschäftigt, wurde unsanft durch den Raum gezerrt.

Hess setzte sich und fuhr sich mit stark gespreizten Fingern und der entsprechenden Behutsamkeit durch seine lichte Föhnfrisur. Alsdann richtete er die rote Nelke, welche im Revers seines blütenweißen Vestons steckte. Sein Habitus ließ auf einen Zuhälter oder Banker in Freizeitanzug schließen. Ab und zu, in immer kürzeren Abständen, prüfte er die Zeit auf seinem fetten Rolex-Falsifikat, welches er anlässlich seines letzten Sexurlaubs auf den Philippinen einem Straßenhändler abgekauft hatte. Sein drolliges Hündchen, die Leine hatte der Blonde ans Stuhlbein geknüpft, nagte unter dem Tisch mit seiner spitzen Schnauze an den frisch gewichsten Golferschuhen seines Herrchens, derweil die Buffetangestellte mit dem Bodenlappen das Urinseelein unter dem Tisch beim Eingang und die anschließende Tropfenspur auf dem Klinker flink und diskret aufnahm.

Just in dem Moment, als der neue Gast abermals seine Uhr konsultierte, kam eine junge, zierliche Frau, deren hübsches Gesicht von einer opulenten braunen Lockenpracht allzu sehr beherrscht wurde, auf seinen Tisch zu und setzte sich zu ihm. Sie begrüßten sich kurz und steif. Der Blonde beeilte sich, zwei Cüpli zu bestellen. Eine Unterhaltung wollte nicht recht in Gang kommen. Dies rührte daher, dass die junge Frau ausschließlich damit beschäftigt war sich zu verfluchen, dieses „Blind Date" eingegangen zu sein, denn prima vista war er überhaupt nicht ihr Typ.

Auch des Kavaliers vorgängig einstudierter, flotter Monolog erstickte in seinem Ansatz, wurde er doch dauernd von seinem Hündchen gestört, welches sich mit seiner Leine an den Stuhlbeinen verheddette. Nachdem sie sich mit dem Champagner „Mike/Renate" zugeprostet hatten, lenkte die junge Frau das Gespräch auf den kleinen Hund, der sich nun an ihrer Handtasche zu schaffen machte, welche sie über die Stuhllehne gehängt hatte. Renate fand das Tier ebenso abstoßend wie sein Herrchen.

„Mein Cäsarli ist ein dreimonatiger Yorkshire Terrier-Rüde mit allerbestem Stammbaum und für seine jungen Tage schon erstaunlich manierlich. Ich habe ihn gestern bei einem renommierten Züchter im Schwarzwald erstanden und führe ihn heute zur Feier des Tages zum ersten Mal aus", erklärte der stolze Hundebesitzer.

Seiner makellosen Herkunft ungeachtet, zerbiss der Hochgelobte derweil die dünne, geflochtene Leine und stürmte quer durch das Lokal unter die Eckbank des Stammtischs. Völlig aufgebracht – an seinen Schläfen zeigten sich pochende Adern – setzte der smarte Blonde Cäsarli nach und ging vor dem runden Tisch auf die Knie, an welchem sich die Mechaniker der nahen Autoreparaturwerkstätte in ihren blauen, einteiligen Arbeitsanzügen in allabendlicher, fröhlicher Runde zum Feierabendbier gesellt hatten. Während sich der smarte Mike unter dem Tisch auf allen Vieren durch den Wald ölverschmutzter Hosenbeine zu seinem dreisten Hündchen durchkämpfte, wurde er von oben mit Hohn und Spott bedacht.

Als er dann endlich des Ausreißers habhaft wurde und mit hochrotem Kopf und Cäsarli am Wickel unter dem Tisch hervorgekrochen kam, bot er ein Bild des Jammers. Seine Föhnfrisur war platt, sein Anzug zerknittert und voller Flecken, der Knopf am Hosenbund abgerissen, sodass die Hose lediglich von einem schmalen, goldenen Gurt am Absacken gehindert wurde.

Als Renate diesen Gurt bemerkte, dachte sie: „Auch das noch!"

Der zerknitterte Mike setzte sich mit einem ebensolchen Lächeln an den Tisch, an welchem soeben die Vorspeise – sinnigerweise „Spaghetti all' arrabbiata" – aufgetischt wurde. Mike knüpfte die zerfranste Leine zusammen und hielt das eine Ende in seiner Hand fest. Das arme Hündchen hing nun an der verkürzten Leine, hechelnd und mit allen Vieren strampelnd, zwischen Tisch und Boden.

Renate machte Mike auf die ungemütliche Lage Cäsarlis aufmerksam, worauf dieser seinen „Schnügel" auf den Schoß hob, mit seiner linken Hand das Halsband umklammernd.

Renate lobte die Pasta, welche punkto Schärfe tatsächlich hielt, was ihre Bezeichnung versprochen hatte.

Mike war einer jener unbeholfenen Menschen, derer es nördlich vom Gotthard unzählige gibt, welche die Spaghetti lediglich mit Hilfe eines Löffels auf die Gabel zu winden vermögen. So war er gezwungen vom Halsband zu lassen, und während er die widerspenstigen Teigwaren auf die Gabel aufzog, sprang Cäsarli von Mikes Beinen und rannte mitsamt dem verknoteten Rest der Leine im Schlepptau Richtung Küche, aus welcher Edi soeben drei Teller Schnitzel mit Pommes frites balancierte.

Der Wirt, auf seine Fracht konzentriert, bemerkte das Hündchen nicht und stand mit seinem klobigen Schuhwerk auf dessen Leine. Der Knoten verfing sich zwischen Absatz und Sohle, was den Wirt aus dem Gleichgewicht brachte.

Er beschrieb eine Pirouette und landete mit dem äußeren Schuh und voller Wucht mitten auf Cäsarlis Rumpf, sodass die zarte Bauchwand unter dem Druck der herausquellenden Gedärme barst.

Edi Lecoultre bugsierte soeben mit seinen Schuhen den Kadaver Cäsarlis auf eine Schaufel, welche Blanche bereithielt, als Heidi sich mit Toblerohne und Alwine auf die Bank setzte, die den runden Tisch in der Ecke zu zwei Dritteln umschloss. Der junge, vergnügte Mechaniker, der sich, um die Szenerie besser beobachten zu können, rittlings auf den Stuhl gesetzt hatte, krümmte sich vor lauter Heiterkeit, schlug sich mit den Händen auf die Schenkel und wischte sich gelegentlich mit dem Handrücken die Tränen aus den Augenwinkeln. In kurzen Intervallen trafen ihn die Blicke des blonden Gecken wie böse Blitze, die er jedoch nicht wahrzunehmen schien, ja durch den Zährenfilm, der seinen Blick verschleierte, gar nicht bemerken konnte.

Sein Arbeitskollege, ein Mittvierziger mit Glatze – der Reißverschluss seines Combinaisons drohte kraft der übermäßigen Wölbung seines Bauches demnächst zu bersten – klärte die Neuankömmlinge in gemessener Weise über die Vorkommnisse auf. Während seiner Ausführungen verließ Mike Hess das Lokal, wobei er unter der Tür nochmals kehrte machte, den Wirt mit sich überschlagender Stimme als Hundemörder bezichtigte und ihm ein Nachspiel androhte.

Ein Quartal lediglich dauerte Cäsarlis Hundeleben. Ein Quartal in welchem sein Herrchen, der Banker – in Tat und Wahrheit handelte er auf eigene Faust mit Wertpapieren (Rohstoffe und Getreide) –, zum Nutznießer einer verheerenden Hungersnot wurde und beträchtliche Gewinne erzielte.

Mike fuhr in der folgenden Woche abermals in den Schwarzwald und erstand den Bruder von Cäsarli, verpasste ihm ein mit rosa Strass besetztes Brustgeschirr und führte ihn an einer handgeflochtenen, rindsledernen Leine.

Fürwahr konnte Mike Hess den Vorfall im „Kranz" nicht auf sich bewenden lassen, unterstellte er doch dem Wirt, dass er sein Cäsarli in böswilliger Absicht zu Tode getrampelt hätte. Zudem – und dies steigerte seine Rachegelüste – machte er jenen unappetitlichen Vorfall dafür verantwortlich, dass sich Renate, trotz wiederholten Anerbietens seinerseits, nicht mehr mit ihm treffen wollte.

Unverhoffte Wiederbegegnung

Inzwischen hatte sich der junge Mechaniker wieder einge-renkt. Er hieß Robert, war ein früherer Schulkollege von Toblerohne und schon während der Schulzeit für seine ko-lossalen Lachanfälle bekannt. Er vermochte, hatte er einmal heftig zu lachen begonnen, kaum mehr an sich zu halten und kugelte sich, bis ihn heftigste Schmerzen plagten. Diese Eigenart wurde von seinen Klassenkameraden, die es im-mer wieder verstanden, den armen Robert zum Lachen zu bringen, weidlich ausgenutzt. Hinzu kam noch, dass er oft bei unpassenden Gelegenheiten, wo es beileibe nichts zu lachen gab oder dies schlichtweg nicht schicklich war, ur-plötzlich loszubrüllen pflegte.

So etwa bei der militärischen Aushebung im „Sihl-hölzli". Nach dem sportlichen Eignungstest, welchen er mit einem „Gut" abschloss, musste er zur Truppeneinteilung antreten. Diese wurde von einem so genannten Aushe-bungsoffizier vorgenommen, welcher ungefähr im Range eines Obersten stand, jedenfalls war er ein hohes Tier, und diese sind im Schweizer Militär systembedingt ältere Kna-ben. Als dann der Offizier mit seinem überlangen Backen-bart, welcher ihm das Aussehen eines englischen Lords aus Shakespeares Zeiten verlieh, Robert fragte, ob er denn eine Vorstellung habe, in welcher Truppengattung er dereinst dienen wolle, gewann sein Gesicht in Erwartung der Ant-wort durch Hochziehen der Augenbrauen einen gespann-ten Ausdruck, der äußerst läppisch anmutete. Ein Wort von Robert, etwa „Füsilier", hätte das prächtige Schauspiel vor-schnell zerstört. Als dann noch, gleichsam als Supplement, des hohen Tiers linke Augenbraue zu zucken begann, prus-tete Robert lauthals los. Mit Schmerzen in der Brust und Tränen in den Augen fasste er sein Dienstbüchlein mit dem in fetter Grotesk gehaltenen Stempel „untauglich".

Nahm diese Episode aus der Sicht Roberts einen erfreulichen Ausgang, endeten andere ungut. Nachdem er wenig später bei einem Konzert der „Who" in Offenbach – die Band zelebrierte ihre Rockoper „Tommy" – ausgerechnet die herzerweichende Passage mit dem Gesangspart „See Me Feel Me" durch einen seiner Lachkrämpfe störte, sodass er von den Sicherheitsangestellten der Halle verwiesen wurde, rief die Begebenheit im Fußballstadion Hardturm beim Stadtrivalenderby des Grasshopper Clubs gegen den FC Zürich eine geradezu bedrohliche Situation hervor. Als die Heimmannschaft in letzter Minute das Ausgleichstor schoss, war Robert im weiten Rund der Gästefankurve der einzige, der dies lustig fand und sich selbst noch vor Lachen krümmte, als sich ihm einige frustrierte Anhänger des FC Zürich mit geballten Fäusten näherten.

Heidi gelang es, Alwine zu einem Teller Calamari alla Romana zu überreden, obschon dieser der Vorfall von vorhin noch drückend auf dem Magen lag. Außerdem hatte sie keine Ahnung, was sie auf dem Teller erwartete.

„Das musst du einfach probieren", hatte Heidi Alwine angefleht.

Als Alwine dann den ersten Tintenfischring entzweischnitt, schnellte das Krakenfleisch, befreit vom peinvollen Joch des Kreises, ein für alle Mal aus dessen Spannkraft entlassen, frohgemut aus der ölschwangeren, pampigen Panade. Dieser vorwitzige, blanke Hals erinnerte Alwine an den Duschschlauch zu Hause in Affenschlag, dessen Metallspirale sich dazumal von der Brause gelöst und dadurch den Blick auf den unansehnlichen, fleischfarbenen Gummi freigegeben hatte. Noch ehe sie einen Bissen gegessen hatte, eilte sie auf die Toilette.

Als sie sich über die WC-Schüssel beugte kam ihr, als hätte es dessen noch bedurft, das Bild der Gedärme Cäsarlis vor Augen. Als Alwine von der Toilette zurückkehrte, war der Teller mit den widerlichen Gummischläuchlein zu ihrer großen Beruhigung bereits abgeräumt. Ihre Tischgenossen hatten die Ursache Alwines Übelkeit rücksichtsvoll im Schnellverfahren weggeputzt.

Kurz vor der Polizeistunde, die drei Mechaniker waren längst gegangen, trat noch ein später Gast ein. Alwine vermeinte ihren Augen nicht zu trauen. Es war die Bekanntschaft von damals aus dem Zug. Der große, schlanke Schweizer, welcher sie auf der Fahrt nach Zürich so trefflich unterhalten hatte und dem sie sich, aufgewühlt wie sie in ihrer Lage war, so wortkarg gegeben hatte. Er kam schnurstracks auf den runden Tisch zu, währenddessen Edi ihn durch zweimaliges kurzes Antippen seiner Armbanduhr auf die bevorstehende Polizeistunde hinwies. Köbi begrüßte Toblerohne herzlich, sie schienen sich schon seit langer Zeit nicht mehr gesehen zu haben.

Nun ließ Köbi seinen Blick in die Runde schweifen und er verharrte, gleich einem Fadenkreuz auf dem Ziel, bei Alwine. Ein hübsches Lachen erhellte sein Gesicht und flugs ging er um den Tisch herum, umarmte Alwine ehe sie sich erheben konnte und küsste die Verdutzte auf die Wangen.

„Junge, Mädchen oder beides?", fragte er.

Alwine, die zunächst die stürmische Begrüßung zu verwinden hatte, berichtete ihm von der Geburt Tikvas und von ihrer ersten Zeit in Zürich; und es erfüllte sie als Fremde mit einem gewissen Stolz, die beiden Einheimischen, Heidi und Köbi, miteinander bekannt machen zu dürfen. Dann aber wollte sie von Köbi wissen, wie es ihm in Lyon bei seiner Freundin ergangen sei.

Doch mitten in dem ausführlichen Bericht über sein Lyoner Debakel, bäumte sich Edi neben dem Tisch auf und verkündete, die Hände über der Brust verschränkt, den letzten Gästen in seiner feinen Art: „So, meine lieben Leute, es ist Polizeistunde."

Draußen vor der Tür, es hatte inzwischen aufgeklart, klaubte Köbi seine Visitenkarte aus dem Portemonnaie und bat Alwine, ihn gelegentlich anzurufen, da er sie gerne, ja eigentlich so bald als möglich wiederzusehen wünsche.

Das Hotel „Vue du Lac"

Seit nunmehr drei Jahren war Köbi Tschopp im elterlichen Hotel „Vue du Lac" beschäftigt, welches hoch über den Gestaden des Zürichsees auf einer langgezogenen Geländestufe eine erhabene Lage einnahm. Vor zwei Jahren übertrug ihm dann sein Vater leichten Herzens die Leitung des Restaurationsbetriebes, da der Filius nicht nur die Ausbildungs- und Wanderjahre mehr oder minder erfolgreich abgeschlossen, vielmehr – so hoffte der Patron – auch die Sturm- und Drangjahre hinter sich gebracht hatte.

Die Gäste des Gourmettempels rekrutierten sich vornehmlich aus der noblen Umgebung, etwa dem Zürichberg oder dem rechten Ufer des Zürichsees, im Volksmund Goldküste genannt. Nicht wenige waren Stammkunden, sie pflegten zwei- bis dreimal pro Woche im „Vue" zu dinieren. Man kannte sich, man gab sich distinguiert und man grüßte sich ebenso knapp wie formgewandt. Im prachtvollen Speisesaal horchte und spähte man diskret und registrierte mit gespannter Aufmerksamkeit die Bestellungen an den Nachbartischen.

So etwa Charlotte Deuber-Gabathuler, die mit ihrem Gatten, einem neureichen Autohändler, Woche für Woche, immer dienstags, an einem der drei begehrten Tische an der Fensterfront mit herrlichem Blick über das untere Seebecken tafelte.

„Peter", tuschelte sie hinter vorgehaltener Speisekarte, „der Doktor Rusterholz hat sich eben eine Flasche ‚Mont sur Rolle' bestellt", legte die tarnende Karte auf den Tisch zurück und fixierte angesichts der Entdeckung dieser schändlichen Tatsache ihren Mann mit bedeutungsschwangerem Blick.

Dieser, welchem Rusterholz den Rücken zuwandte, kommentierte die Beobachtung seiner Gemahlin mit gedämpfter Stimme: „Kunz vom Betreibungsamt hat mich vergangene Woche im Vertrauen über Rusterholz's miserablen Geschäftsgang unterrichtet. Er hält gar einen drohenden Konkurs für nicht ausgeschlossen."

Charlotte lehnte sich behaglich zurück und nippte genüsslich an ihrem Glas mit dem perlenden „Dézalay".

„Peter hat zwar keinen akademischen Titel", sinnierte sie, „hingegen ist er als Geschäftsmann äußerst erfolgreich."

Zuweilen drängte es Köbi, mit seiner bourgeoisen Klientel seinen Spott zu treiben. Nur hierdurch – dies stand für ihn außer Zweifel – vermochte er sich in deren stelzfüßiges Gehabe jahrein, jahraus zu fügen.

Anlässlich der „Semaines de la cuisine française", einer jahrzehntelangen Tradition des Hauses, fanden sich zum damals stolzen Preis von 38 Franken „Quenelles de brème bordelière" auf der Speisekarte. Dabei handelte es sich um Klößchen einer hundsgemeinen Brachsme, im Volksmund ihrer ovalen Form wegen „Schiissiteckel" oder aber, da mit unzähligen Gräten gespickt, „Gufechüssi" genannt, welche gar die sonst wahrlich nicht wählerischen angelnden Knaben vom Zürichsee für minderwertig befanden und gemeinhin degoutiert ins Wasser zurück warfen.

In krassem Gegensatz zu des Fisches französischem Namen, dessen Wohlklang selbstredend die Sinne der zahlreichen hoffärtigen Feinschmecker unter den Gästen des Gourmettempels zu stimulieren vermochte, stand sein moosiger Geschmack. Der Koch indes kurbelte die Fische schlankweg mitsamt den Gräten durch den Fleischwolf, und durch Zugabe von einem gerüttelt Maß an Gewürzen verstand er den Gout des Vermanschten hinlänglich zu kaschieren. Auf dem Teller fand sich dann die Brachsme an einer sämigen Safransauce auf ein paar Klößchen reduziert wieder, begleitet von Trockenreis.

Einzig der Gastrokritiker einer Zürcher Tageszeitung ging dem Namen und der Herkunft des Fisches auf den Grund und verhöhnte in seinem Artikel, der noch während der französischen Wochen unter dem Titel *Verbrämte brème – der Schlammfisch der Bourgeoisie* erschien, die unbedarften Gäste des „Vue du Lac".

Von madagassischen Broten und anderen Flugkörpern

Alwine traf sich nun öfters mit Köbi. Seine frische, unbekümmerte Art erlaubte ihr für kurze, erhebende Momente aus den peinigenden Erinnerungen herauszutreten. Auch traf es sich gut, dass Dr. Katz für längere Zeit außer Landes weilte. Zudem hatte Judith ihre Halbtagsstelle in der Buchhandlung gekündigt, um sich rund um die Uhr der kleinen Tikva widmen zu können.

An einem lauen Sommerabend waren Alwine und Köbi bei dessen Bekannten Willi Gämperle zu einem Diavortrag eingeladen. Willi, ein Biologiestudent, ein paar Häuser von Köbi entfernt in Küsnacht am Zürichsee aufgewachsen, war vor einer Woche aus Madagaskar zurückgekehrt, woselbst er sich während eines halben Jahres ausgiebigen wissenschaftlichen Studien über Ernährung und Entwicklung endemischer Tausendfüßer hingegeben hatte. Willi, der nun in einer Siedlung in Volketswil wohnte, war ein verschrobener Einzelgänger, der sein Leben ausschließlich seinem Studium und der Forschung widmete. Allein der Kontakt zu Köbi war ihm außerordentlich wichtig, denn es war sein einziger außerhalb seiner doch eher überschaubaren wissenschaftlichen Welt.

So lud er seinen Jugendfreund mit einer gewissen Regelmäßigkeit halbjährlich in seine 2-Zimmer-Wohnung zu jeweils frugalen Abendessen ein. Bei diesen Gelegenheiten pflegte sich in nicht enden wollenden Monologen das einsamer Menschen eigene immense Mitteilungsbedürfnis über Köbi zu ergießen. Dieser hingegen verstand die Beziehung zu Willi als sozialen Akt. Er begegnete seinem wunderlichen Freund mit ungekünstelter Ehrfurcht und erduldete seine ausufernden Schilderungen mit außerordentlichem Gleichmut, wobei er sich an der skurrilen Art Willis durchaus zu ergötzen wusste und somit einen erklecklichen Gegenwert für sein geduldiges Zuhören einheimste.

An jenem Abend lautete das Thema selbstredend Madagaskar. Willi erzählte jedoch nicht über Land und Leute, sondern legte akkurat Bericht ab über seine Arbeit an der biologischen Fakultät der Universität von Antananarivo sowie in der Forschungsstation in Tsingy de Bemaraha.

Seine Ausführungen illustrierte er mit unzähligen Dias – Makroaufnahmen, welche die diversen Gattungen jener, an Extremitäten überaus reichen Kreaturen dokumentierten. Nach annähernd fünfzig Bildern, begleitet von langatmigen Kommentaren, kündigte Willi eine Pause an. Auf einer Jugendstil Kredenz stand eine porzellanene Platte mit Brotschnittchen bereit, welche er nun auf den Tisch stellte. Dabei betonte er feierlich, dass die Brötchen mit madagassischem Schinken belegt wären, welchen er bei seiner Einreise in Kloten durch den Zoll geschmuggelt habe. Inmitten der Kanapees stak ein Zahnstocher, der eine moosgrüne Pfeffergurke befestigte. Die Freude der beiden Gäste über die dargereichte kulinarische Folklore erhielt schon beim ersten Bissen einen argen Dämpfer, denn die von ausgeprägten, in sämtlichen Regenbogenfarben schillernden Fettadern durchzogene exotische Spezialität hatte einen strengen, fauligen Geschmack. Den Gastgeber schien dies nicht zu stören. Alwine und Köbi hingegen konnten sich beide nicht dazu überwinden, diesen Schinken zu essen. Dennoch lag ihnen nichts ferner, als den guten Willi zu brüskieren. So zwängten sie ihre Oberlippen geschickt zwischen den Schinken und das Brot, sodass ihnen der Übelgeruch des Fleisches geradewegs in die Nase stieg, nagten jedoch lediglich das Brot ab, um hernach dem Kaugut Sorge zu tragen. Willi erinnerte sich an eine Flasche Wein, die er in der Küche stehen habe und schickte sich eilends an, diese zu holen.

Während der angehende Biologe sich in der Küche mit dem Entkorken der Flasche abmühte, fragte Alwine mit gedämpfter Stimme und vollem Mund: „Ist dieser Schinken verdorben oder muss der so eklig schmecken?"

„Unserem Freund scheint er offensichtlich zu munden, aber ich finde ihn zum Kotzen, ob er nun hinüber ist oder nicht. Komm, schnell auf den Balkon", raunte Köbi, und sie nahmen ihre angebissenen sowie zwei der drei auf dem Teller verbliebenen Brote mit.

Vier Stockwerke tiefer, auf einer Wiese, tummelten sich kreischend Kinder. Alwine und Köbi schossen die Brote in hohem Bogen über die spielenden Kinder hinweg. Die Wurfgeschosse landeten hinter einer Hecke auf dem angrenzenden Grundstück. Im Schutze jener Umfriedung dümpelte – einer Boje gleich – die mit Schwimmflügeln ausgestattete, dickleibige Nachbarin Willis, Kitty Wohlgemuth, im Swimmingpool. Dieses Kleinstbad hatte ihr Gatte Konrad anlässlich ihres fünfzigsten Geburtstags anlegen lassen. Konrad hatte soeben ein Glas lieblichen Sekt an den Bassinrand gestellt, als eines der fliegenden madagassischen Brote direkt vor Kitty im chlorgeschwängerten Wasser landete. Kitty schrie laut auf. Vampirli, die Apricotpudeldame des kinderlosen Paars, sprang in panischer Reaktion von der Hollywoodschaukel und landete jaulend im Pool, während der als Militärpilot a.D. in der Ballistik geschulte Konrad augenblicklich die Flugbahn des Objektes zurückverfolgte und Willis Balkon, von welchem er just noch Köbi entschwinden sah, als Abschussbasis lokalisierte.

Feierlich kehrte Willi mit dem Wein, einem vierzehnjährigen Beaujolais, aus der Küche zurück, goss den edlen Saft randvoll in die Gläser und stellte die Flasche sanft auf den Tisch. Neben die Flasche legte er, einer Jagdtrophäe gleich, den Korken, den er nur mit größter Mühe dem Flaschenhals entzogen hatte. Eine unbedruckte Ecke der Weineti-

kette zeigte eine fein säuberlich, in kleiner Schrift angebrachte Widmung: *Dem lieben Willi zur Konfirmation, Onkel
Heiri.* Willi erhob das Glas. Allein der tiefrote, durchtränkte
Korken ließ nichts Gutes erahnen. Der trübe Rebensaft
stand denn auch dem zuvor gereichten Schinken in nichts
nach. Denn auch der Trunk war, gelinde gesagt, ungenieß-
bar und strapazierte die Geschmacksnerven sowie die To-
leranzbereitschaft der beiden Gäste in hohem Maße. Willi
tischte, erfreut über den offensichtlichen Zuspruch, noch
weitere Brote auf.

Just als er seine Gäste aufforderte, nochmals zuzulan-
gen, klingelte es an der Wohnungstür. Sichtlich derangiert
ging Willi ins Entree und erkannte durch den Spion den
hochroten Kopf seines Nachbarn. Mit einem unguten Gefühl öffnete er die Tür. Konrad Wohlgemuth schritt grußlos mit zwei, drei energischen Schritten am verdutzten Willi
vorbei ins Wohnzimmer, woselbst ihm der Teller mit den
belegten Broten auf dem Tisch Beweis genug war, dass er
sich an der richtigen Adresse befand. Einem Handball-
Kreisläufer gleich schwang er seinen Arm hoch und
schmetterte das aus seinem Pool gefischte, schwammige
Corpus Delicti an die Wand. Nur knapp verfehlte das Ge-
schoss einen Wechselrahmen, der eine Fotografie des kleinen Willi mit seinen Eltern beim Baden im Klöntalersee
umschloss.

Willi und die beiden Gäste schauten gebannt auf das
matschige Brotstück, welches kurz an der Tapete haften
blieb, um dann auf den Spannteppich zu fallen. Nun wandten sie ihre Blicke, Alwine und Köbi in ängstlicher Erwartung, Willi noch immer völlig konsterniert, dem ungebetenen Gast zu. Dieser wischte sich den Schweiß von der Stirn,
baute sich in der Mitte des Zimmers auf und schrie, indem
er die drei abwechselnd mit kriegerischem Blick musterte:

„Ich verlange eine Erklärung. Dieser Vorfall wird Konsequenzen haben."

Nun konnte sich auch Willi einen Reim aus dem Geschehenen machen und wandte sich mehr betrübt denn erzürnt an Alwine und Köbi: „Ich erkläre den Abend sowie unsere Freundschaft als beendet."

Den beiden Gästen erschien es müßig, den Eklat näher zu erläutern, und obendrein wünschten sie sich nichts sehnlicher, als sich dieser unerquicklichen Situation schleunigst zu entziehen. Sie erhoben sich und verabschiedeten sich von Willi. Köbi fand noch ein paar dürre Worte, um sich für den Abend zu bedanken.

Einerseits von seiner gelungenen Aktion befriedigt, andererseits durch das konsequente Handeln Willis beeindruckt und somit versöhnlich gestimmt, nahm der alte Soldat die Entschuldigung Willis an und ließ sich obendrein zu restlichem Trank und verbliebenen Speisen einladen. Er verschlang, da Kitty sich und ihm wieder einmal eine jener unsäglichen Diätwochen verordnet hatte, die Brote mit außerordentlicher Gier und trank reichlich Wein dazu. Vorbehalte geschmacklicher Art waren Konrad seit vielen Jahren fremd, da ihm bei einer Operation wohl sein ramponierter Kiefer und seine gebrochene Nase wieder hergestellt wurden, allerdings unter Einbuße seines Geschmackssinns.

Dieser Verlust gab damals auch Anlass zu heftigsten Konflikten mit dem Chirurgen, welcher die Operation durchgeführt hatte. Während des dreiwöchigen Aufenthalts in der Privatabteilung des Bezirksspitals Uster hatte sich der damalige Berufssoldat wiederholt mit dem ihn behandelnden Oberarzt Gieri Demarmels angelegt. Diese Animositäten begannen schon am Morgen nach der Operation, als Kitty ihren Mann besuchen kam. Der Oberarzt und Wohlgemuths Frau hatten sich unter der Tür zu Konrads Zimmer gekreuzt. Aus der Schultertasche der Dame reckte Vampirli vorwitzig sein Köpfchen und streifte mit seiner feuchtwarmen Schnauze den bloßen Unterarm des Mediziners. Angewidert wusch sich Demarmels am Lavabo den schleimigen Hundespeichel vom Arm, während er einem Hilfspfleger auftrug, Kitty mitsamt dem Köter aus dem Spital zu begleiten.

Die beleidigte Weggewiesene brauste mit ihrem rosafarbenen zweisitzigen *VW Karmann Ghia* nach Volketswil zurück, um das Hündchen für ein Stündchen ihrer Freundin Betty in Obhut zu geben.

Indessen schickte sich der Oberarzt an, seinen Patienten mit deutlichen Worten über die Spitalordnung zu belehren. Dieser funkelte den Chirurgen durch die Sehschlitze seines bandagierten Kopfes böse an. Da er kraft seines stabilisierten Kiefers nicht sprechen konnte, stieß er markerschütternde Schreie aus, und in seiner Ohnmacht schmiss er das Urinal nach Demarmels. Derlei Hundsföttereien sollten sich hieran über die gesamte Dauer von Konrads Spitalaufenthalt hinziehen.

Nach zweiwöchiger künstlicher Ernährung brachte die Krankenschwester Konrad erstmals den Menüplan der Spitalküche. Der Patient freute sich außerordentlich auf das erste wahrhaftige Essen seit seinem Unfall und machte ein dickes Kreuz ins Quadrat vor Menü 2. Es war denn auch seine – wenn auch fein pürierte – Leibspeise, die ihm von einem Pfleger aus einer Schnabeltasse eingeflößt wurde. Allein als er von dem Brei, der ursprünglich ein „Riz Casimir" war, schlechthin nichts schmeckte, wurde er gewahr, dass er durch die Operationen seinen Geschmackssinn verloren hatte.

Da es zumindest mit dem Sprechen wieder halbwegs klappte, beschwerte er sich beim Chirurgen während dessen nachmittäglicher Visite und beschimpfte ihn auf unflätigste Weise, wodurch sich dieser zu folgender kränkenden, medizinisches Terrain verlassenden Bemerkung hinreißen ließ: „Herr Wohlgemuth", warf er salopp hin, „hinsichtlich

Ihrer Frau frage ich mich wahrhaftig, ob Sie überhaupt jemals Geschmack hatten."

Wohlgemuth schoss vom Bett hoch und stürzte sich, den Infusionsständer im Schlepptau, auf den Mediziner.

Die Sache endete zwei Monate später vor dem Friedensrichter, woselbst der Arzt, der, nebenbei bemerkt, bezüglich des Verlustes des Geschmacksinns keinen chirurgischen Kunstfehler begangen hatte, einem Vergleich zu einer Wiedergutmachungszahlung aufgrund rüder Ehrverletzung einwilligte.

Der Unfall schließlich, welcher zu Konrads Gesichtsverletzungen führte, hatte sich anfangs der 60er-Jahre während eines Formationsfluges der Schweizer Luftwaffe zugetragen. Der als „Kampfsau" unter Pilotenkollegen gleichermaßen bewunderte wie gefürchtete Major Wohlgemuth hatte das Kommando über jenen verhängnisvollen Flug und befahl, seiner martialischen Wesensart gehorchend, die gebotenen Sicherheitsabstände für einmal zu Gunsten des Spektakels hintanzustellen. Der Major und seine vier Piloten waren hoch motiviert und freuten sich auf die von den gängigen Richtlinien enthobenen, waghalsigen Manöver. Während das Quintett auf die startklaren, einsitzigen Vampire DH-100 zuging, fühlte sich der Kommandant, mit der Tollkühnheit ihrer Mission kokettierend, bemüßigt, seinen vier Gefährten einen Leitsatz mit auf den Weg zu geben.

„Erst wenn sich die Flügel streifen, kriegen wir einen Steifen", witzelte er und lachte hierbei das überspannte Lachen, mit welchem klägliche Witzbolde ihre einfältigen Sprüche über das dürftige Mittelmaß zu heben vermeinen. Die Piloten bestiegen schmunzelnd ihre Cockpits, lediglich Philippe Mercanton, ein in Zürich aufgewachsener Welscher, wusste sich ob derlei einfältiger Machotiraden nicht zu ergötzen. Vielmehr hegte er in solchen Momenten Zweifel, ob er sich in dieser Truppe von infantilen Elitären in der ihm entsprechenden Gesellschaft befände.

Bei bestem Flugwetter hoben die Piloten der Staffel an jenem sonnigen Augustnachmittag mit ihren millionenschweren Spielzeugen vom Militärflugplatz Dübendorf zum Flug über die Bündner Alpen ab. Es lief denn auch alles glatt, die Formation zeichnete ebenso präzise wie haarsträubende Figuren in den klaren Berghimmel.

Dann aber, während des Rückflugs, hoch über dem Walensee, touchierte der rechte Flügel der Vampire des Piloten Mercanton das Heck der parallel fliegenden Maschine von Wohlgemuth. Das Flugzeug des Kommandanten scherte rechts aus. Reaktionsschnell riss Wohlgemuth den Steuerknüppel herum, doch erwies sich sein durch den Zusammenprall an der Steuerung beschädigter Kampfjet als unmanövrierbar. Wohlgemuth machte in die Hose und löste den Schleudersitz aus. Derweil die herrenlose Vampire durch die March Richtung Obersee donnerte, trieb der Biswind den Fallschirm samt Major um die Gipfel des Mürtschen. Der an diesem Fluggerät wenig erfahrene und obendrein durch die Kollision geschockte Major vermochte keinerlei Einfluss auf die Flugbahn zu nehmen.

So schwebte er durchs Hintertal ins Spanegg, wo sich der Fallschirm an der Ostflanke des Fronalpstocks im knorrigen Gehölz einer uralten Föhre verfing. Des Piloten Kinn knallte auf einen armdicken Ast, seine Nase brach am spröden Holz des Stammes, und derart verkeilt am Astansatz hing er drei Meter über Grund. Blut schoss aus seiner Nase, Blut rann aus seinem Mund und suchte sich einen Weg durch die rotbraunen, plattenförmigen Furchen des Baumstamms. Seine Arme und Beine blieben abgesehen von ein paar belanglosen Schürfungen und Prellungen unversehrt.

Dem athletischen Konrad gelang es mit immenser Kraftanstrengung, sich an einem über ihm liegenden Ast hochzuziehen. Mit einem gewaltigen, schmerzhaften Ruck löste sich sein Kinn aus der Verankerung; ein abgebrochener Vorderzahn verfing sich in der Speiseröhre. Er senkte seinen Kopf und hustete den Zahn, begleitet von einer roten Fontäne, aus der Kehle. Mit dem Ordonanzmesser durchschnitt er die Leinen des Fallschirms. Ast um Ast kletterte er nun erdwärts, bis er den nachgiebigen Boden der Bergwiese unter seinen Füßen spürte. Aus der Brusttasche seines Combinaisons klaubte er eine Schachtel mit Kompressen sowie einen Schnellverband und schlang sich, indem er vorgängig die Wunden mit den Mullstücken notdürftig abdeckte, die Binde von der Nasenwurzel bis zum Hals um seinen zerschundenen Kopf. Durch den hohen Blutverlust geschwächt, taumelte er Hang abwärts über die abschüssige Alp, die sich weit unter ihm in einem Wäldchen mit lichtem Baumbestand verlor.

Der widerwillige Helfer in der Not

Balz Zopfi freute sich über das Heu, welches an Stangen aufgeschichtet während der vergangenen Sommertage hinreichend ausgetrocknet hatte. Er buckelte Ballen um Ballen zum Heuseil, an welchem er das wohlriechende Viehfutter an einem Haken befestigt ins Hintertal sausen ließ. Nachdem er die letzte Fuhr angehängt hatte, zündete er sich genüsslich einen Stumpen an. Durch die dichten Rauchschwaden überblickte er die steilen Planggen, die ihm Jahr für Jahr gutes Futter hergaben, um sein Vieh durch den Winter zu bringen. Seine Gedanken schweiften zur Jagd. In einem Monat, so hoffte er, würden auf diesen gemähten Flächen Gamstiere das nachwachsende Gras abäsen und ihm zur sicheren Beute werden.

Doch unversehens – Balz verschaffte sich mit einer hastigen Handbewegung freie Sicht durch den Stumpenqualm – bemerkte er die unheimliche Gestalt Konrads, die den Berg heruntertaumelte. In seinen Stiefeln, dem Overall und dem Kopfverband, der mit seinem großen runden Blutfleck an die japanische Nationalflagge erinnerte, wirkte er auf den Bergbauern furchterregend. Der Leibhaftige!

Nun hatte Konrad seinerseits den Wildheuer bemerkt. Er begann vehement mit den Armen zu fuchteln und schrie, wie es ein Tier nicht entsetzlicher vermag. Balz suchte Schutz hinter einem mächtigen Felsblock, und als sich ihm der Major auf etwa fünfzig Schritte genähert hatte, erkannte er die Uniform und die Truppenzugehörigkeit und wusste die Geschehnisse augenblicklich zu deuten. Seine läppische Furcht von vorhin war verflogen; unbeirrt entschloss sich Balz, dem Verletzten zu helfen.

Er ging auf den völlig erschöpften Offizier zu und fragte ihn, was im widerfahren sei. Da Konrad lediglich mit einem Stöhnen antwortete, schulterte Balz den kleingewachsenen, drahtigen Piloten wie eine erlegte Gams und trug ihn schweigend einen guten Kilometer weit zur Seilbahn, welche die Talstufe zum Hintertal überwand. Er setzte ihn in das Chassis des ausgedienten VW-Käfers, welches als Kabine diente, und gemeinsam fuhren sie hinunter in die Talsohle. Dort lud Balz als erstes die Heuballen auf seinen Transporter, legte dann Konrad darauf, zurrte ihn mit dem Spanngurt weidlich fest, was jener mit einem schauerlichen Gestöhne quittierte.

Während der Fahrt auf dem holprigen Alpweg nach Filzbach machte sich Balz, der bis anhin lediglich funktional seinen mitmenschlichen Pflichten nachkam, erstmals Gedanken über seine Fracht. Ausgerechnet er, der einstige Militärdienstverweigerer, sollte zum Retter eines Offiziers werden. Und obendrein zum Retter eines Piloten der Fliegertruppen, welche er als die teuersten, lautesten und überflüssigsten dieser ohnehin entbehrlichen Schweizer Armee zutiefst verachtete. Immerhin war nun vom Festgezurrten kein Laut mehr zu vernehmen.

Balz Zopfis Verweigerungsfall hatte damals weit über die Kantonsgrenzen hinaus für Aufsehen gesorgt. Man war irritiert, da er dem Bild des typischen Dienstverweigerers schlechtweg nicht entsprach. Hatte doch der kräftige, hehre Jungbauer und Nachwuchsschwinger, dem es schlicht nicht gelang, ein positives Gefühl für die Vergeblichkeit zu entwickeln, gar nichts gemein mit diesen ohnehin zu nichts zu gebrauchenden, durch pazifistische Ideologien verblendeten bleichen Studenten, welche der landläufigen Vorstellung des Dienstverweigerers Pate standen.

Kurz vor Filzbach versperrte einer der motorisierten militärischen Suchtrupps den mit Fahrverbot belegten Forstweg. Die vier längst in Dübendorf gelandeten restlichen Piloten der Fliegerstaffel hatten eine Suchaktion nach ihrem

Kommandanten in Gange gesetzt, wobei das Gebiet um den Kerenzerberg großräumig durchforstet wurde.

Balz hielt mitten auf der schmalen Naturstraße an, und während ihn ein junger Leutnant anbrüllte, er solle schleunigst Platz machen, sie hätten Wichtigeres zu tun als ein bisschen Heu zu führen, löste Balz bedachtsam die Gurte und entledigte sich seiner mittlerweile ohnmächtigen Fracht, indem er sie, bar jeglicher Zimperlichkeit, auf die Motorhaube des Armeejeeps legte.

Während ein Soldat sein Funkgerät bearbeitete, um einen Krankenwagen zu ordern, baute sich ein dicklicher Wachmeister vor Balz auf und bestand in ostentativ, militärischem Ton auf einen Rapport. Der Bauer schob den lamentierenden Unteroffizier beiseite und hieß die Fahrer die Straße freizugeben, denn er hätte mit diesem Verrückten schon genug Zeit vertrödelt. Widerwillig manövrierten die Motorfahrer ihre geländegängigen Fahrzeuge ins Wiesenbord.

Balz saß längst, ein Restbrot und einen Römer Herrschäftler vor sich, beim Bärbi im „Adler", als der Krankenwagen mit gellender Sirene über den Dorfplatz schoss. Der Widerschein des Blaulichts huschte flink über die gestärkte Bluse der Serviertochter.

„La donna immobile sul letto stava ...", stimmte Giovanni Piccirillo mit Inbrunst und kräftigem Organ eine in seiner neapolitanischen Heimat geläufige, anzügliche Version des Verdi-Klassikers an, während er mit seiner Maurerkelle schwungvoll die rohe Backsteinmauer pflästerte. Er war zusammen mit zwei Arbeitskollegen, welche wie er aus Marigliano, in der Region von Napoli, stammten, an einem Neubau am östlichen Ortsrand von Rapperswil beschäftigt.

„... col dito pollice se la menava", sang er weiter, während seine erotische Vorstellungskraft die Bilder zum Text lieferte. Doch just in seinen sinnlichsten Phantasien verstummte Giovanni abrupt; die wollüstigen Visionen wurden schlagartig durch die ihrem eigenen Geschick überlassene Vampire des Majors verdrängt, welche pfeilgerade auf ihn zuschoss. Die Maschine krachte ins Haus, explodierte, und das dreistöckige Bauwerk zerbarst zu einem stiebenden Trümmerhaufen, welcher die drei italienischen Gastarbeiter unter sich begrub.

Bereits am Tag nach seiner Kieferoperation regelte Wohlgemuth seine Spitalbesuche generalstabsmäßig. Mit deren Organisation beauftragte er seine Gemahlin Kitty. Zu diesem Zweck übergab er ihr ein Blatt Papier, auf welchem akkurat aufgelistet war, wen er wann und wen er schlechtweg nicht in seinem Spitalzimmer zu empfangen gedenke. Seine Kameraden von der Fliegerstaffel etwa wünschte er am dritten Tag zu sehen, und zwar „au grand complet".

Zuvor verfasste er eine Erklärung, welche mit ebenso einheitlichen wie schwammigen Aussagen darauf abzielte, den von ihm inszenierten Husarenritt mit den reduzierten Sicherheitsabständen vor den Untersuchungsrichtern der Militärjustiz zu verhehlen. Zu diesem Zweck schien es ihm angezeigt, Mercanton als Verantwortlichen der Kollision hinzustellen, um dem mutmaßlichen Unfallverursacher umgehend seine, des Vorgesetzten großmütig schützende Verschwiegenheit anzubieten. Das Verfassen seiner Erklärung indes fiel dem bestandenen Haudegen keineswegs leicht, denn es gestaltete sich für ihn, den stets souveränen Kommandanten, zu einem ungeliebten Akt der Bangigkeit. Sah er sich doch widerwillig gehalten, im Bestreben seinen Kopf zu retten, kleinmütig zu Kreuze zu kriechen.

Vor der versammelten Staffel trug alsdann Kitty folgendes Schriftstück vor:

Geschätzte Kameraden, zuerst möchte ich euch gratulieren, dass ihr nach der unglücklichen Kollision gemäß militärischer Vorschrift und mit kühlem Kopf reagiert und den Flug sicher zu Ende gebracht habt. Ferner bin ich euch zu Dank verpflichtet, dass ihr nach der Landung unverzüglich die Suchtrupps aufgeboten habt.

Zur Ursache der Kollision möchte ich Folgendes festhalten: Als Kommandant unserer verschworenen Truppe liegt es mir fern, unseren Kameraden, Leutnant Mercanton, auf Grund seines Fehlers, der zum Unfall führte, an den Pranger zu stellen. Eingedenk des hohen Maßes an Präzision und Konzentration, welche besagter Formationsflug jedem von uns abverlangte, rate ich zu der schützenden Erklärung – welche wir in kameradschaftlicher Solidarität, zu unser aller Vorteil gegenüber der untersuchenden Justiz übereinstimmend vertreten sollten –, dass der Unfall keinesfalls durch eine fliegerische Fehlleistung verursacht wurde. Vielmehr gilt es zu betonen, dass bei Formationsflügen, selbst bei bester Wahrung der Flugsicherheit, immer ein gewisses Risiko mitfliegt.

Nur mit einer einheitlichen Aussage, welche keinen der Staffel belastet, können wir unseren Kameraden Mercanton vor einer Strafuntersuchung und allfälliger Verurteilung bewahren. Es versteht sich von selbst, dass wir, würden wir den Richtern die Geschichte mit den verringerten Sicherheitsabständen auf die Nase binden, uns allesamt ans Messer liefern würden.

In diesem Sinne erwarte ich von euch Solidarität mit dem Kameraden Mercanton und zähle darauf, dass ihr mir nun mit einem Händedruck eure Loyalität bekundet.

Mit kollegialem Gruß, euer Konrad Wohlgemuth.

Während Kitty das A4-Blatt in Konrads Aktentasche steckte und gemäß dessen Drehbuch das Zimmer verließ, flogen Wohlgemuth drei entschlossene Hände des stummen Einverständnisses zu. Mercanton hingegen, der sich zu Unrecht des Verschuldens der Kollision bezichtigt wähnte, überwand sich nur widerwillig zu einem kraftlosen Händedruck der Zustimmung. War die Angelegenheit für den tatsächlich Verantwortlichen des Zusammenpralls fraglos eine unangenehme, so gereichte sie für Mercanton zum wahrhaften Martyrium, zumal er sich ohnmächtig gedrückt sah, sich der eigennützig-huldvollen Protektion des Majors zu fügen.

In der festen Überzeugung, soeben einer staatspolitischen Sonderleistung assistiert zu haben, durchmaß Kitty mit hohlem Kreuz, die schweinslederne Mappe in festem Griff, die langen Fluchten des Spitals ganz so, als bärge ihr Gepäck den ultimativen israelisch-palästinensischen Friedensvertrag.

Das Communiqué der Schweizerischen Armee zum Flugunfall beleuchtete vornehmlich den spektakulären Ausstieg des Piloten mittels Schleudersitz. Mit stoßender Selbstgefälligkeit feierten die Militärstrategen ihren Scharfblick – die Vampire-Flotte war erst kurz zuvor mit Martin-Baker-Schleudersitzen nachgerüstet worden. Der Selbstrettung des Piloten aus misslicher Lage im unwegsamen, bergigen Gelände widmete der Verfasser eineinhalb Spalten, wogegen Balz Zopfi, der Helfer der ersten Stunde, schnoddrig und beiläufig gerade mal in zwei mageren Zeilen abgehandelt wurde. Nachgerade menschenverachtend mutete die marginale Erwähnung des Todes der drei italienischen Gastarbeiter – Saisoniers, ohnehin auswechselbar wie Glühbirnen – an. Eine lapidare Folgerung, dass eine schlagkräftige Landesverteidigung nun einmal seinen Tribut fordere, hätte der Stoßrichtung dieses Berichtes akkurat entsprochen. Am Schluss stand noch zu lesen, dass die Unfallursache noch nicht geklärt sei und Gegenstand von umfangreichen Ermittlungen der Militärjustiz darstelle.

Da das Militär nur eine beschränkte Haftung trägt, wurden die Angehörigen der drei jungen Süditaliener – sieben zermürbende Jahre nach dem Unfall – von der Eidgenos-

senschaft in schäbiger Manier mit je 29. 000 Franken ent-
schädigt. Die Piloten hingegen kamen allesamt straffrei davon.

Harmonischer Ausklang mit Kräuterlikör

Willi, der soeben einen langjährigen Freund verloren hatte, bemühte sich sogleich mit besonderer Aufmerksamkeit um seinen unverhofften, neuen Gast. Mit erhobenem Zeigefinger verschwand er in der Küche und entlockte dem Küchenschrank mit einer Flasche Appenzeller Alpenbitter eine weitere superbe, alkoholische Restanz. Willi füllte zwei Schnapsgläser randvoll und schob die nächste Diakassette in den Projektor. Konrad jedoch fühlte sich keineswegs veranlasst, die Abbildungen dieser abscheulichen Saft- und Riesenkugler zu betrachten. Er empfand diese Kreaturen als ebenso abstoßend wie überflüssig und widmete all seine Hingabe dem dargereichten Kräuterlikör.

Als der Forscher die Präsentation mit einer Abbildung eines von ihm erstmals entdeckten orangengroßen Riesenkuglers, der, wie es ihm recht und billig erschien, dereinst seinen Namen, nämlich „Sphaerotheriida Gämperle", zu tragen hätte, mit gebührendem Pathos abschloss, war Konrad längst stark angetrunken.

„Hast du keine nackten Negerinnen fotografiert?", fragte er mit gehörigem Zungenschlag, um alsdann, sich um eine Antwort foutierend, eine ihn freilich zum Helden stilisierende Version seines Flugunfalls vorzutragen.

Zu vorgerückter Stunde verabschiedete sich der selbsternannte Heros der schweizerischen Aviatik vom Entdecker des madagassischen Tausendfüßers und torkelte nach Hause.

Vom turbulenten Verlauf des Abends sowie vom ungewohnten Wein- und Schnapsgenuss übermannt, ging Willi umgehend zu Bett. Alsbald sank er in einen tiefen, traumgeschwängerten Schlaf, aus welchem er nach kurzer Zeit schweißgebadet aufschrak. Er hatte von einem fußballgroßen Saftkugler geträumt, der von unbekannter Hand an die

Wand seines Wohnzimmers geschleudert wurde, zerplatzte, um alsdann in gelbbraunen Läufen auf der hellbeigen Tapete zu zerfließen.

Kitty war inzwischen mit dem frisch geduschten, shampoonierten und behutsam geföhnten Vampirli auf ihrem Schoß in der kunstledernen Polstergruppe versunken und vor dem laufenden Fernseher eingeschlafen. Vor dessen Bildschirm waren drei horizontal verlaufende, wechselbare Plexiglasscheiben in den Farben Blau, Rot und Gelb angebracht; eine ebenso eigenwillige wie ungelenke Annäherung an den Farbfernseher, welcher sich in jenen Jahren angeschickt hatte, die Wohnzimmer trendbewusster Zeitgenossen zu erobern. Als Konrad durch die Stube taumelte, flimmerte just Karel Gott seine „Schiwago-Melodie" darbietend mit blauem Kopf, rotem Rumpf und gelben Beinen über die Mattscheibe. Der berauschte Konrad, im Hochgefühl seines Triumphs, baute sich vor den beiden auf und hub zur Schilderung seines Racheaktes an, als ihm unversehens speiübel wurde. Er wankte und plumpste knielings direkt neben Kitty auf die Polstergruppe. Mit der Rasanz eines Klappmessers schnellte die Schläferin auf, wobei das bedauernswerte Vampirli kopfüber auf die Rauchquarz-Glasscheibe des Salontisches knallte. Der blattgolden gerahmte Spiegel zu Kittys Linken offenbarte ihr, wie sich der Held der Lüfte unter heftigem Würgen über die Rückenlehne der Couch auf den lilafarbenen Spannteppich erbrach.

Vor dem Friedensrichter

Derweilen hatte Edi Lecoultre in Sachen Cäsarli vor dem Friedensrichter anzutreten. Dieses Amt wurde von keinem Geringeren bekleidet als von dem wiederholt verhinderten Stadtrat Maurer, dessen Wege sich bereits einmal mit Edi gekreuzt hatten und zwar zur Jugendzeit des Wirtes. Stets wenn Maurer an jene Begebenheit erinnert wurde, geriet sein Blut selbst nach den fünfzehn Jahren, die seither verstrichen waren, in Wallung. Deshalb war er befangen, und die Maxime seines Amtes hätte es ihm geboten, das Geschäft „Michael Hess gegen Edouard Lecoultre" einem Kollegen eines anderen Stadtkreises zu übergeben.

So begreiflich die Verbitterung Maurers zur Zeit des Geschehnisses auch war, so erbärmlich mutete es an, dass er diesen Groll, tief in seiner Seele verscharrt, über solch lange Jahre konservierte. Dem Friedensrichter ermangelte es – ein Manko, welches vielen Menschen unschönen Charakters anhaftet – an der Fähigkeit der Seelenreinigung, einer „Putzete", welche einstmalige Animositäten zu tilgen vermag, ehe sie in einer engen Schlucht des Herzens verkommen und der Fäulnis anheimfallen, um letztlich als stinkende Frucht der Vergangenheit irgendwann, gemeinhin zur Unzeit, hervorzubrechen.

Die Geschichte also hatte sich vor fünfzehn Jahren im Zürcher Stadtkreis 1 zugetragen, woselbst Hansjakob Maurer, damals noch Gemeinderat, am oberen Ende der Trittligasse in der Dachwohnung eines herrschaftlichen Hauses residierte, welches sich seit Jahrhunderten im Maurerschen Familienbesitz befand und eine berauschende Aussicht auf die Altstadt bot. Überdies eröffnete ihm die bevorzugte Lage von seiner Dachzinne aus den Fernblick in die Alpen, insbesondere in diejenigen des Glarnerlandes, die ihm nicht geheuer waren. So ließ er denn, wenn er am Sonntagmorgen die Trittleiter auszog und aufs Dach stieg, um ausgiebig zu frühstücken, seine Blicke ausschließlich über die Dächer der Altstadt schweifen, wobei er sich Mal für Mal von einem martialischen Gefühl ergriffen gelobte, die visuelle Macht über sein Quartier nun auch politisch an sich zu reißen.

Edi hingegen wuchs mit seinen Eltern und seiner jüngeren Schwester in einer spartanischen 3-Zimmer-Wohnung am unteren Ende der Trittligasse auf. Drei Häuserzeilen westwärts, an der Schlossergasse, wohnte Ernstli, der, präzis eine Woche nach Edi geboren, mit ihm sämtliche Klassen der Primar- und Sekundarschule durchlief. Jener Ernstli, in der Schule beileibe nicht einer der Besten, zeichnete sich durch eine spezielle Begabung aus: dem Aushecken von Streichen und Lausbübereien. Zum Leidwesen des Knaben zählte dies nicht als Schulfach, ansonsten hätte er darin mit einer garantierten Sechs seinen dürftigen Notenschnitt gehörig aufzupolieren vermocht.

An jenem Frühlingsabend vor fünfzehn Jahren eilten Ernstli und Edi nach der Schule schnurstracks zum Fahrradmechaniker Otto Blaser an der Predigergasse, von welchem sie sich einen defekten Veloschlauch erbaten.

„Dort in der Tonne unter dem Bild von Hugo Koblet liegen Dutzende. Bedient euch", sagte der alte, gutwillige Handwerker.

Im Hinterhofgärtchen von Edis Haus schnitten die beiden Knaben ein 40 cm langes, unversehrtes Stück aus dem Gummischlauch. Daraufhin verknotete Ernstli ein Ende. Nun füllten sie den Schlauch prallvoll mit abgestandenem Wasser aus der Regentonne. Am anderen Ende wurde die prallschwarze Kautschukwurst gezwirbelt. Sodann schlugen sie das Kunstwerk in ein Zeitungspapier ein, gingen durch das Haus auf die Gasse und legten es auf einen derer Tritte mit dem gezwirbelten Ende satt an die Hausmauer des Nachbarhauses. Das Paket nahm sich wie eine auf dem Markt gekaufte, eingepackte Gurke oder Aubergine aus.

Die beiden Freunde verkrochen sich in den Hausgang, woselbst sie durch die Gitterstäbe eines kleinen, schmalen Fensters die Installation vortrefflich observieren konnten.

Sie lagen kaum eine Minute auf der Lauer, als der Gemeinderat Maurer in Anzug, Krawatte und gestärktem Hemd würdigen Schrittes die Gasse herunterkam. Heute Abend sollte sein großer Auftritt erfolgen. An der Parteisitzung im Säli des Zunfthauses war die Nominierung des Stadtratskandidaten anberaumt, und er, Hansjakob Maurer, nachdem er vor vier Jahren sträflich – wie er es leidvoll empfunden hatte – übergangen wurde, was ihn damals beinahe zum Austritt aus der Partei bewogen hatte, war überzeugt, dass die Fraktion diesmal nicht an ihm vorbeikommen würde.

Auf der Höhe der beiden Lausbuben, die hinter den Gitterstäben ihre Hälse reckten, gewahrte Maurer das Paket auf der Gasse und nahm es seiner ihm eigenen Neugier erliegend auf. Sogleich begann sich das des Anpressdruckes entledigte, gezwirbelte Ende zu lösen, und als der Gemeinderat das vermeintliche, in Zeitungspapier eingeschlagene Gemüse vor seinem stattlichen Bauch hielt, spritzte das faulige Wasser einer Fontäne gleich aus dem Schlauch, sodass der Gemeinderat vom Krawattenknopf bis zu den Schuhen klatschnass wurde. Laut fluchend schaute sich Maurer um, ohne jedoch die beiden Schlingel zu erblicken. Doch deren Ermittlung schien sich zu erübrigen, denn bereits als der tropfende Maurer wutentbrannt die steile Gasse wieder hinaufstieg, um sich abermals umzuziehen, ahnte er, dass die beiden im ganzen Quartier für ihre Streiche bekannten Knirpse Edi und Ernstli wohl auch hinter dieser Lausbüberei stecken würden.

Der Abend verlief für den Unglücklichen dennoch insofern erfolgreich, als dass er durch seine Partei, nachdem er eine gute halbe Stunde zu spät zur Sitzung erschienen war, zum Stadtratskandidaten aufgestellt wurde. Beim

Wahlgang im Herbst wurde er denn auch gewählt, schied jedoch als Überzähliger aus.

Dass es zwischen Hess und Lecoultre zu keiner Einigung kam, vermochte keinen der drei Beteiligten zu überraschen. Zu unerbittlich verharrten die beiden Kontrahenten auf ihren Positionen. Und hätten sie sich auch nur einen Hauch angenähert, so hätte dies der Friedensrichter zu hintertreiben gewusst, wollte er doch diesen einstigen Lausbuben Lecoultre vor Gericht sehen.

Mike Hess unterliegt vor dem Bezirksgericht

Edi Lecoultre kam eben von der Gerichtsverhandlung zurück.

„Wie ist es gelaufen?", fragte Blanche, die hinter dem Buffet Gläser abtrocknete.

„Nun", berichtete der Wirt mit Zornesröte im Gesicht, „die Schadenersatzklage wurde abgewiesen."

„Das freut mich für dich. Es wäre fürwahr allzu absurd gewesen …"

„Allerdings, aber dieser gestopfte Lackaffe hat mir beim Hinausgehen unmissverständlich klargemacht, dass er den Fall ans Obergericht weiterzuziehen gedenke. Und der hölzige Ernst, den ich auf dem Weg hierhin im Tram getroffen habe, hat mich vor dem Obergericht gewarnt. Die seien dort äußerst hundefreundlich."

„Ein hundefreundliches Gericht", lachte Blanche, „woher will dieser Schreiner dies wissen?" Sie machte eine abwertende Handbewegung und schwang das Geschirrtuch über die Schulter.

Es war beileibe nicht der Tag von Mike Hess, denn nach der Niederlage vor dem Bezirksgericht drohte bereits neues Ungemach. Kaum hatte er das Gerichtsgebäude verlassen, stürzte er hastig dem zur Abfahrt bereiten Tram entgegen. Just als er seinen Lackschuh auf das Trittbrett setzte, schwang dieses hoch, während sich die Türen schlossen. Die Straßenbahn fuhr los, und er fühlte, wie die mit Hartgummi umfassten Türrahmen in böser Entschlossenheit seinen Kopf von der Schläfe bis zu den Backenknochen zu zerquetschen trachteten. So hing er, mit seinem Gesicht im Tram, mit dem Hinterkopf und dem Rest seines Körpers draußen, an der fahrenden Straßenbahn. Es gelang ihm, sich mit beiden Händen an den seitlich der Türen angebrachten Handläufen festzuhalten. In einer Linkskurve schlug der zappelnde Mike mit der Hacke einem vorbeifahrenden Auto den Außenspiegel ab. Einer der wenigen Fahrgäste im Tram, ein junger, fülliger Herr, der vis à vis der Türe saß, glotzte ihn saudumm an, fernab jeglicher Inspiration, die bedrohliche Lage des Eingeklemmten dem Tramchauffeur zu melden. So fuhr der bedauernswerte Mike bis zur nächsten Haltestelle, wo ein Dackel kläffend an ihm hochsprang, bis sich endlich die Türen öffneten und ihn aus seiner unerquicklichen Lage erlösten. Hess hielt sich seinen malträtierten Kopf, aus seinem Mund floss Blut. Zu seinen Füßen auf der Traminsel bildete sich eine ansehnliche rote Lache, in der sich drei Backenzähne wie kleine, weiße Inselchen ausnahmen. Auf dem Trottoir gegenüber erwartete ihn ein finsterer Herr, der an einem Auto lehnte, dessen linker Außenspiegel fehlte.

Entronnenes Mutterglück

Alwine führte in der folgenden Zeit das Leben einer aufge-
schlossenen jungen Frau in einer modernen Stadt im Kreise
ihrer Freunde. Gewiss, sie liebte Tikva, doch die einstige
Mutterliebe verflüchtigte sich nach und nach, das Kind
wurde ihr allmählich auf eine seltsame Weise fremd. Wann
immer die junge Mutter ihre Tochter in ihren Armen hielt,
ward sie schmerzlich an dessen Herkunft erinnert, und der
widerliche Film der Vergewaltigung im Maisfeld begann
sich mit erbarmungsloser Regelmäßigkeit abzuspulen. Die
wonnigen Wogen des Mutterglücks, welche Alwine während der ersten Lebensjahre Tikvas so anmutig umspült
hatten, verebbten zusehends und wichen einem schauder-
haften Ekel.

In dieser Zeit geriet auch der jahrelange stetige Brief-
wechsel zwischen Alwine und ihrer Mutter ins Stocken.
Dies lag daran, dass Alwine, wann immer sie aus den Briefen der Mutter Neuigkeiten von ihrer Familie oder aus ihrem Dorf erfuhr, von Gewissensbissen geplagt wurde.

„Ich habe meine Familie verlassen, es gibt kein Zurück
mehr."

Selbst jene Nachricht der Mutter in einem ihrer ersten
Briefe, Stögermaier sei in die Steiermark versetzt worden,
mochte sie durchaus nicht zu einer Rückkehr bewegen.
Wenn dieser Stögermaier nun doch nicht der Täter war, so
könnte ihr Vergewaltiger weiterhin im Umkreis von Affenschlag leben. So geschah es, dass Alwine nur noch jeden
zweiten, dann jeden dritten Brief der Mutter beantwortete.
Ihr Schuldgefühl wurde mit jedem unbeantworteten Brief
größer, und das Schreiben wurde mehr und mehr zur Qual.

Das Mädchen, es war mittlerweile fünf Jahre alt und besuchte den jüdischen Kindergarten in Zürich, gab, wenn
man es nach seiner Mutter fragte, stets Judith an. Dieses
Kind mit dem blonden Wuschelkopf, welches beileibe

nicht Alwines Wunsch entsprungen war, wurde von Judith nicht nur liebevoll bemuttert, es wurde regelrecht in Besitz genommen. Der Preis, den Alwine für die hierdurch erlangte Freiheit zu bezahlen hatte, waren sporadische Einsätze an der Seite des weltfremden Kauzes Katz, welcher die junge Frau als seine Verlobte wahrnahm, sie jedoch, seiner Schüchternheit entsprechend, in keiner Weise bedrängte.

Dass Alwine sich nunmehr alle zwei bis drei Tage mit Köbi traf und immer öfters nicht in der Villa, sondern in des Freundes Wohnung an der Zwinglistraße, in dem von den Stadtzürchern so genannten „Chreis Cheib", übernachtete, war Judith wohl bewusst.

Der durch die Entbehrungen, welche sein wissenschaftliches Wirken einforderte, weitgehend absorbierte Alon hingegen, schien diesen Wandel in Alwines Lebensweise bislang nicht registriert zu haben; doch dies sollte sich künftig ändern.

Am Rhein

Schiller, der Kumpel des Komparsen und Fratzke, bestieg um die Mittagszeit im Zürcher Hauptbahnhof den Zug nach Schaffhausen. Die Hitze im Abteil war unerträglich. Kaum war der Zug angerollt, zog Schiller an den metallenen Griffen der Fenster und streckte seinen Kopf in den luftigen Spielraum der Düfte des Sommers. Seine schulterlangen Haare wehten im Fahrtwind, lediglich zweimal unterbrochen von der Aufforderung des Kondukteurs, das Fenster zu schließen. Schiller freute sich auf das abendliche Fest in der Villa Brunstein, zu welchem er zwar keine Einladung erhalten hatte, doch, dies hatte ihm der ebenfalls nicht eingeladene Fratzke versichert, hochwillkommen sei.

Die gute Sitte verbietet einem, dies hatte ihm seine Mutter stets eingebläut, als Gast mit leeren Händen zu erscheinen. Doch da er wieder einmal völlig blank war, hatte er sich entschieden, seinen Onkel Eugen im Thurgau aufzusuchen, um ihn um ein kleines Almosen zu bitten. Nach Abzug der Auslagen für das Bahnbillett sollte der Hunderter, den er sich erhoffte, für ein kleines Präsent reichen.

Derweil Schiller im Schaffhauser Bahnhofbuffet bei einer Stange Hell auf den Regionalzug nach Diessenhofen wartete, schüttete sein Onkel im Garten seiner Villa auf einer Anhöhe hoch über dem Rhein Holzkohle in die Blechmulde seines Gartengrills. Eugen Hablützel, Inhaber der Maschinenfabrik „Hablützel und Geeser", lebte seit ein paar Jahren im Ruhestand. Am frühen Nachmittag erwartete er seinen langjährigen Freund Hartmut Köppel und dessen Gemahlin zu einem nachmittäglichen Essen im Garten. In den Vorkriegsjahren und insbesondere während des Zweiten Weltkrieges hatte Hablützel mit Köppel, damals ein ranghoher Offizier der NSDAP, manches, für beide Seiten lukratives Geschäft abgewickelt. Nun saßen sie, hüben wie drüben, auf ihren wohlverdienten Altenteilen, man besuchte sich gelegentlich, um schließlich spätestens bei Kaffee, Cognac und Zigarre in Erinnerungen an die gute alte Zeit zu schwelgen.

Am gegenüberliegenden Ufer des Rheins, auf deutschem Staatsgebiet, saß ein untersetzter, rundlicher Mann auf einem Klappstuhl und freute sich an der warmen Sonne und an den Schmetterlingen, die ihn munter umkreisten. Horst Matz, so hieß er, zählte wahrlich nicht zu den Gewinnern des Krieges. Als Sohn eines in Russland verschollenen deutschen Soldaten wuchs er teils bei seiner Mutter, teils bei seinen Großeltern auf. Nach der Schulzeit fand der tüchtige Jüngling eine Anstellung als Hilfsschlosser in einer kleinen Schlosserei der Wohngemeinde seines Opas. Geprägt von den spartanischen Verhältnissen der Nachkriegszeit haderte er nie mit seinem Schicksal, vielmehr betrachtete er sich als ein Günstling des Wirtschaftswunders: „Wenn ich bloß meine Bleibe, meine Stullen und meine Klamotten habe", pflegte der genügsame Schwabe zu sagen.

Horst pflückte sich die kross gebratene Bockwurst vom Rost seines Klappgrills, umschloss sie mit einer Papierserviette, klaubte eine Semmel aus der Tüte, die neben ihm auf ausgewaschenen Steinen stand, und versank wohlig in seinen Campingstuhl, wodurch die ohnehin schon angerissene Naht der Sitzfläche um ein paar weitere Zentimeter nachgab. An schönen Sommertagen pflegte der eingefleischte Junggeselle – wie er sich selbst bezeichnete – in aller Regel nach der Arbeit mit seinem Moped an den nahen Rhein zu fahren. Seine Grillutensilien fanden in einem Hänger Platz – einem Geschenk seines Vorgesetzten zu seinem zwanzigsten Arbeitsjubiläum. Heute war Samstag, und nachdem Horst in den späten Morgenstunden, gemäß seiner Obliegenheit, die Werkstatt aufgeräumt und gereinigt hatte, packte er seine Sachen, schwang sich auf sein Kraftrad und erreichte nach kurzer Fahrt die kiesige Lichtung am Flussufer. Genüsslich biss er die Wurst an; die entfesselten Fettperlen verfingen sich in seinem dichten, vorzeitig ergrauten Brusthaar.

Horst trank einen kräftigen Schluck Bier aus der Flasche, welche, durch einen kleinen Steinwall geschützt, ihren Platz im Fluss hatte und von dessen kühlem Wasser auf Trinktemperatur gehalten wurde.

Sein Blick schweifte über den Rhein hinweg auf das südliche Ufer. Auf einer Anhöhe, umsäumt von dichtem Mischwald, lag die Villa des schwerreichen Industriellen Hablützel. Horst erinnerte sich gut an den groß gewachsenen Herrn mit dem schlohweißen Haar und den buschigen Augenbrauen. Vor einigen Jahren hatte er für ihn verschiedene Beschläge angefertigt, so auch einen eisernen Schuhabstreifer mit geschwungenen Flügeln, in welchen seine Initialen EH ausgestanzt waren.

Hablützels Gäste waren eingetroffen und der Hausherr war eben damit beschäftigt, ein Rindsfilet auf dem Rost seines Gartencheminées behutsam zu wenden.

Tief unter dem gepflegten Garten trieb im Rheingraben, präzis auf der Staatsgrenze, inmitten des lustlos dahin streichenden Flusses, der von zwei neugierigen Schwänen flankierte, aufgeblähte Leichnam des „Schönen Heinz", eines jungen Treuhänders, welcher vor einer guten Woche an einem schwülen Nachmittag von seinem Freund in einer Aufwallung von Eifersucht am Ufer des Rheins mit einem Stahlseil erdrosselt und ins Wasser geschmissen worden war. Der leblose Körper hatte sich hierauf nach wenigen hundert Metern im Geäst einer Weide verfangen, welche ihn schließlich nach tagelangem hartnäckigen Krallens für seine letzte Reise freigab.

Hablützel entkorkte auf der Anrichte eine Flasche Federweißen, ging zum Gartentisch und füllte die Gläser. Die Nachmittagssonne ließ den Wein in den Gläsern funkeln.

„Frau Badertscher", kommandierte der Hausherr ohne aufzuschauen, „nehmen Sie die Kräuterbutter aus dem Gefrierfach."

Frau Badertscher war neu in Hablützels Haushalt. Ihre Vorgängerin war eine gewisse Elisabeth Herzog. Sie ging dem Fabrikanten seit den frühen Dreißigerjahren zur Hand. Damals, kaum war Eugen von seinem gestrengen Vater zum kaufmännischen Leiter der Maschinenfabrik ernannt worden – er wurde gewissermaßen als „kleineres Übel" seinem älteren Bruder, einem Morphinisten, vorgezogen –, nahmen die Geschäftsbeziehungen mit Köppel und dessen stark aufrüstendem Deutschland Fahrt auf.

Der schwule Eugen war sich indes sehr wohl bewusst, dass seinesgleichen in Nazideutschland nicht eben gut gelitten war und hieß ebendaher das Bethli, seine Cousine, während der gesellschaftlichen Momente der geschäftlichen Treffen nördlich und südlich des Rheins seine Gattin zu mimen. Gar gelegentliche Liebkosungen wie Küsschen auf Wange und Stirn waren Bestandteil ihrer mündlichen Übereinkunft.

Die gepachtete Frau Hablützel gab ihren Part stets mit Bravour und spielerischer Leichtigkeit, was ihr kraft der mannigfaltigen Annehmlichkeiten, welche ihr dieses Rollenspiel einbrachte, nicht unwesentlich erleichtert wurde.

Im vergangenen Spätsommer jedoch, nach über vierzig Jahren, ward die altledige Elisabeth Herzog des verlogenen Spiels überdrüssig. Durch Bethlis künftige Weigerung indes, geriet Eugen Hablützel in erhebliche Schwierigkeiten. Er sah sich gezwungen, eine Einladung bei den Köppels kurzerhand abzusagen, und zermarterte sich sein Hirn um eine plausible Erklärung für seinen neuen Status.

Den ersten Gedanken, der ihn durchzuckte, die Erklärung, sie hätten sich getrennt, hatte er umgehend fallen gelassen, da sich zwischen Hulda Köppel und Bethli während der vergangenen Jahrzehnte ihrer Bekanntschaft – gewissermaßen im Schatten der beiden Herren – längst eine starke Bande entwickelt hatte. Folglich hätte Hulda sicherlich nach ihrer Adresse gefragt, um sie gelegentlich besuchen zu können. Es bedurfte eines Winkelzugs, welcher dem befreundeten Paar das Nichtmehrvorhandensein seiner vorgetäuschten Gattin hinlänglich darlegen würde. Bei einem gut bemessenen Bourbon Whisky auf der Terrasse überkam ihn der Geistesblitz: Er musste Bethli sterben lassen.

So gab er in seiner Not, etwelche Kalamitäten weitgehend ausschließend, einer Buchdruckerei im entfernten Aargau die Anfertigung von vierzig Todesanzeigen in Auftrag. Aus den Zeilen des Formulars ging explizit hervor, dass die Trauerzeremonie im Sinne der Verstorbenen im engsten Familienkreis auf einem Nachen fernab des Ufers auf dem von Bethli zu Lebzeiten inständig vergötterten Bodensees bereits stattgefunden habe, woselbst man ihre Asche dem Wasser übergeben habe.

Von diesen vierzig Formularen warf er deren neununddreißig in den Mülleimer und sandte das verbliebene Exemplar seinem deutschen Freundespaar. Allein die Köppels ließen sich nicht lumpen und legten der Kondolenzkarte mit den wohl gewählten Worten der Anteilnahme, ihren Gepflogenheiten gehorchend, hingegen der offenkundigen Ermangelung eines Grabes ungeachtet, eine Fünfhundert-Frankennote für späteren Grabschmuck bei.

Just als sich die kleine Gesellschaft mit den kristallenen Gläsern über dem reich gedeckten Tisch zuprostete – Hulda vergoss dabei eine Träne für das verstorbene Bethli

–, ertönte die Hausglocke. Sichtlich ungehalten stellte Eugen sein Glas auf den Tisch, ging durch das Wohnzimmer und öffnete argwöhnisch die Haustüre.

Sein Neffe Hans, in Stadtzürcher Kreisen als Schiller bekannt, stand vor der Tür. Hans reichte seinem Onkel die Hand und gewahrte zugleich an dessen leicht säuerlichen Mine, dass er für seine Aufwartung wohl einen ungünstigen Zeitpunkt gewählt habe. Deshalb machte er aus seinem Anliegen keinen Hehl und bat Onkel Eugen frank und frei um hundert Franken, wobei er sich wohlweislich versagte, ihn durch langatmige Anführungen über die Gründe für seine momentane Finanzschwäche zu behelligen.

Der kinderlose Eugen Hablützel hatte über ein halbes Dutzend Nichten und Neffen. Alle wussten sie um die verwerflichen Geschäfte, auf welchen des Onkels Reichtum gründete, was die meisten von ihnen jedoch nicht davon abhielt, sich an seinem nie versiegenden Tropf zu laben. Eine löbliche Ausnahme bildete in dieser Hinsicht Hans, welcher seinen Onkel bisher erst einmal um Geld angegangen hatte. Deshalb, wohl auch weil sich Hablützel nicht lange aufhalten wollte, ging er schnurstracks ins Arbeitszimmer und kam mit zwei Hunderternoten zurück.

Er streckte die Scheine seinem Neffen mit folgender Empfehlung entgegen: „Nicht für Drogen, nicht für Alkohol und schon gar nicht für Weiber, mein lieber Hans", und entschwand mit einem väterlichen Lächeln ins Halbdunkel des Hausflurs.

Das Gartenfest

Schiller entstieg dem Tram an der Endstation in Wollis-
hofen mit einem prall gefüllten Plastiksack. Er enthielt zwei
anderthalb Liter Korbflaschen Chianti Ruffino; seine Gür-
teltasche, in welcher er stets seine Raucherutensilien mit
sich führte, barg nebst einem Päckli Camel, Papierli und
Filter ein „Zäni" schwarzen Afghan, welches er sich zuvor
bei einem Freund gekauft hatte. Er war heilfroh um diese
beiden Besorgungen in letzter Minute, denn es wäre ihm
nicht recht gewesen, mit leeren Händen zum Fest, das
heute Abend in der Villa der Brunsteins stieg, zu erscheinen. Es war dies eine Frage des Anstandes, und darüber
hinaus hatte er zumindest die gewichtigste der Prämissen
seines Onkels, das Geld nicht für Weiber zu verwenden,
befolgt.

Die Idee zum Fest hatte Köbi gehabt. Judith und Alon
gönnten sich ein Shoppingwochenende in Mailand und hatten Tikva im Vorbeifahren bei Judiths Eltern in der Innerschweiz abgeladen. Diese Gelegenheit musste beim Schopf
gepackt werden, um in der Villa Brunstein ein gehöriges
Fest zu veranstalten.

„Es wäre schlicht undankbar, die Gunst der Stunde
nicht zu nutzen", hatte Köbi befunden.

Kurzerhand benachrichtigte er sämtliche Freunde, welche ihrerseits ihre Bekannten einluden. So wurde der Kreis
beliebig erweitert und es trafen am Samstag ab dem frühen
Nachmittag bis spät abends eine Unmenge festfreudiger
Leute ein, viele, die Alwine und Köbi kaum oder gar nicht
kannten. Dies war an sich kein Problem, denn das Anwesen
bot genügend Platz. Es musste lediglich ständig für Nach-
schub an Grillgut, Bier und Wein gesorgt werden.

Als Schiller in den Garten der Villa trat, ward er augenblicklich von der friedvollen Stimmung eingenommen. Auf
der Wiese wurde Federball gespielt, im See gebadet und

mitten auf dem Granittisch in der Gartenlaube thronte eine gigantische Wasserpfeife, die bei den Gästen regen Zuspruch fand. Der Wohlgeruch von gebratenen Würsten eskortierte die Sommerdüfte und Pink Floyds „Grantchester Meadows" verlieh mit seinen sanften Klängen der Lustbarkeit den trefflichen musikalischen Rahmen. Schiller stellte seine beiden Korbflaschen auf den Tisch, legte das Haschischplättli zur allgemeinen Verwendung neben die Wasserpfeife, gönnte sich aus jener zwei tiefe, kühle Züge und mischte sich alsdann frohgemut unter die Badenden.

So harmonisch sich das Fest am Nachmittag angelassen hatte, so chaotisch sollte es enden.

Als die Sonne sich anschickte, hinter dem Horizont wegzuschleichen, waren nicht wenige der Festgemeinde bereits ziemlich high. Köbi und Alwine, welche diesen Wandel mit Besorgnis registrierten, fanden es deshalb höchste Zeit, die Gesellschaft in Alons Rittersaal zu bitten, woselbst, gleichsam als kultureller Höhepunkt des Abends, Anatol Nussbaumer, ein in einschlägigen Kreisen bekannter Lyriker, der vor Jahresfrist sein erstes Gedichtbändchen herausgegeben hatte, eine Autorenlesung zu halten gedachte. Ein harter Kern Literaturbeflissener hatte sich längst auf den nicht minder harten Stabellen, die den langen, massiven Tisch umgaben, installiert. Anatol saß, flankiert von zwei Ritterrüstungen, an der Stirnseite des hölzernen Kolosses. Die erweiterte Zuhörerschaft, die sich schließlich im prunkvollen Raum einfand, setzte sich vornehmlich aus denjenigen zusammen, die noch nicht komplett hinüber waren.

Unvermittelt schlug jemand mit einem Löffel an eine Flasche. Der Lyriker gewahrte das Zeichen und erhob sich etwas steif, indem er sich mit beiden Händen auf der Tischplatte abstützte. Er hatte am Nachmittag im Garten einen währschaften Trip eingeworfen und schaute mit verklärtem

Blick in die erwartungsfrohe Runde. Nun nahm er sein gebundenes Elaborat zur Hand und schmiss es, gleich einem Schieferstein, über den Tisch. Der lyrische Wurfkörper brachte am anderen Ende des Tisches eine Bierflasche zu Fall, deren Inhalt sich schäumend auf den Boden ergoss.

„Heute fühle ich mich unheimlich optisch", rief der Dichter daraufhin beschwingt aus und ging mit erhobenen Armen sowie mit wieder erlangter Elastizität ab in den Garten, um sich im verglühenden Abendlicht zu ergehen.

Derweil drei besonders Literaturbeflissene über den tieferen Sinn der Worte des Poeten mutmaßten, folgte das konsternierte Publikum der Koryphäe der gefühlvollen Dichtung zögernd ins Freie. Im selben Augenblick heulte aus der Richtung des kleinen Parkplatzes bei der Eingangspforte ein Motor großtuerisch auf. Nunziato Bonieri, der Hausdiener und Gärtner des „Vue du Lac", hatte das Gaspedal des Porsche Carrera gleichsam als Erweis seines Eintreffens nochmals tüchtig durchgedrückt.

Den flotten Schlitten hatte der Hotelier Tschopp einst seinem Filius Köbi zum Geschenk gemacht, nachdem sich dieser nach seinen Ausbildungsjahren heimzu in den Schoß des elterlichen Betriebes begeben hatte. Allein die Wahl dieses Präsents beruhte auf einer groben Fehleinschätzung des Vaters. Vielleicht lag es daran, dass dieser seinem Sohn dessen vieler Auslandaufenthalte wegen nicht mehr hinreichend nahe war. Zudem konnte sich der Vater, der einen Aston Martin in der Garage stehen hatte, schlicht nicht vorstellen, dass ein junger Mann an einem solchen Sportflitzer keinen Spaß haben würde. Doch Köbi lag kaum etwas so fern wie die Protzerei. Zudem sah er gut aus und war frei von Komplexen. Vielmehr genügte ihm sein von Rost zerfressener Renault 4, ein Auto, das in den Kreisen in welchen er verkehrte, Kultstatus genoss. So kam es, dass der Luxuswagen in der Garage des „Vue" ein weitgehend unauffälliges Dasein fristete.

Forthin überließ Köbi die Karosse, sehr zum Missfallen seines Vaters, dem langjährigen Hotelangestellten Nunziato Bonieri, der ihm diese Leihgabe dankte, indem er sich an seinen freien Tagen mit geschwellter Brust hinter deren Lenkrad setzte und den Porsche ebenso beseligt wie sinnlos in erschöpfenden Ausfahrten durch die halbe Schweiz jagte.

Immerhin war es just jener Nunziato, der dem damals 20-jährigen Köbi Jahre zuvor voller Inbrunst seine vom entwaffnenden neapolitanischen Pragmatismus herrührende Maxime kundtat: „Gauff ein Borsch – dann villi Frau."

Mit juveniler Fedrigkeit entsprang Bonieri dem Sportwagen. Auf seiner langen, leicht gebogenen Nase saß eine gespiegelte Pilotenbrille. Das großzügig aufgeknöpfte Hemd gewährte einen erbauenden Einblick in seinen dichten, schwarzen Brustpelz. Leichtfüßig trabte er zur Beifahrerseite, um die Wagentüre für seine zwei drallen, blonden Begleiterinnen zu öffnen, die sich etwas ungelenk aus dem Auto schälten und alsdann Effekt heischend ihre hoch gerutschten Minijupes glatt strichen. Nun begab sich der Italiener, eskortiert von den beiden üppigen Stützen seiner These selbstgefällig zur Gesellschaft, zu welcher die drei schillernden Paradiesvögel einen erquicklichen Gegenpol bildeten.

Der spektakuläre Auftritt Bonieris wurde von Anatol Nussbaumer observiert, der sich in der schütteren Deckung zweier zusammengewachsener, dem Kahlfraß des Zünslers anheimgefallener Buchsbäumchen hielt. Nun teilte er mit seinen langen Armen, einem Brustschwimmer gleich, die dürren Pflanzen, dass deren abgestorbenes Laub raschelnd zu Boden fiel, stürzte sich mit einem Lustschrei auf die adrettere von Bonieris Begleiterinnen und drohte sie in heftiger Umarmung zu erdrücken. Diese, sie nannte sich Maggie, hatte sich im Nu vom ersten Schrecken erholt und befreite sich, bar jeglicher übermäßiger Hast, aus der Umklammerung. Vielmehr ließ sie nun den entflammten Literaten gewähren, welcher sie im Stile eines Minnesängers und unter Aufbietung seiner gesamten lyrischen Gaben bezirzte. Nach einigen Rezitationen von Liebesgedichten – darunter auch zweier selbst verfasster – verließ dieser Walther von der Vogelweide der Neuzeit mit Maggie im Schlepptau die Gesellschaft am Gartentisch, um sich ans Ufer zu begeben, woselbst er Maggie behände ins kleine Ruderboot half, welches an einem kurzen Holzsteg vertäut war. Er setzte sich ihr gegenüber auf die Ruderbank und tauchte die Ruder mit außerordentlicher Gewandtheit – seine Eltern betrieben am Ägerisee einen Bootsverleih – ins stille Wasser des Zürichsees.

Die am Tisch Zurückgebliebenen, zumindest jene, deren Auffassungsvermögen noch halbwegs intakt war, zeigten sich ergötzt über die lyrische und offenbar erfolgreiche Werbung des jungen Anatol und suhlten sich wonnig in dem nachhallenden Wohlklang der Verse, welche sie aus dessen berufenem Munde nun doch noch zu vernehmen das Glück hatten.

Der einer seiner Schönheiten beraubte Bonieri verfiel augenblicklich in eine tiefe Kümmernis, die jedoch nicht lange anhielt, da sich nun Romy, die andere, anschickte, den Ärmsten mit Liebkosungen zu überhäufen.

Lediglich Toblerohne behielt einen klaren Kopf, nachdem er in der nun herrschenden Stille das Eintauchen der Ruder vernommen hatte. Wohl wissend um den Zustand Anatols, rannte er die paar Meter zum Seeufer, entledigte sich seiner Kleider und schwamm auf den See hinaus. Nachdem er die Bucht hinter sich gelassen hatte und sich im offenen Wasser befand, rief er, so laut es ihm sein heftig pochender Puls erlaubte, nach Anatol. Allein das Boot mit

den beiden Entflohenen befand sich längst mit eingezoge-
nen Rudern eine knappe Seemeile vom Ufer entfernt. Als
Maggie Toblerohnes Rufe vernahm, schloss sie ihre
schmiegsamen Schenkel schalldämpfend um Anatols Ohren, auf dass er von den Rufen nichts hörte.

So kehrte Toblerohne unverrichteter Dinge in den Garten zurück. „Die beiden müssen schon ziemlich weit draußen auf dem See sein", berichtete er, „ich habe in der Dunkelheit nichts gesehen und gehört habe ich auch nichts."

Nunziato Bonieris Mine wurde hierauf ziemlich weiner-
lich, denn er hatte Maggie versprochen, dass er sie, zusammen mit Romy, gegen Mitternacht im Club absetzen werde,
in welchem sie arbeiteten.

Nun wurde die Gesellschaft von einer gedrückten Stimmung beschlichen, welcher der melancholische Gesang von
Leonhard Cohen seinen ungewollten Beistand leistete. Der
Komparse, der kurz zuvor mit Fratzke zur Gesellschaft ge-
stoßen war, erkannte das Gebot der Stunde, legte spornstreichs „McDonald and Giles" auf und schob den Laut-
stärkenregler des Verstärkers wohlbedacht nach rechts. Sogleich hob sich das allgemeine Befinden, man füllte die Gläser und sog vergnüglich an der Wasserpfeife.

Auch Alwine tat einen tiefen Zug und ließ sich taumelig
auf die Hollywoodschaukel fallen, welche dicht neben dem
Gartentisch stand. Alwine schwindelte der Kopf und ihr
Blick traf auf Fratzke, der keine zwei Meter von ihr entfernt
am Tisch saß. Dieser unterhielt just die gesamte Gesellschaft mit einer dramatischen Anekdote aus seinem früheren Leben als Seemann. Alwine, welcher es der Geschichte
mit der abgebissenen Nase wegen von jeher vor dem vier-
schrötigen Deutschen graute, schien es nun, als würden
seine aufgeblasenen Backen abermals eine zerkaute Nase
bergen, die er demnächst auszuspeien gedenke. Sie zog es
vor, sich hinzulegen, allerdings wurden ihre Schwindel
dadurch noch stärker. In ihrer Not rief sie nach Köbi, der

sich sogleich um sie kümmerte. Alwine wollte nur noch nach Hause in Köbis Wohnung. Da sich Köbi mit Fug und Recht als nicht mehr fahrtüchtig erachtete, kam es ihnen zupass, dass sich Nunziato, dem das Unwohlsein Alwines nicht entgangen war, anerbot, sie nach Hause zu chauffieren. Er, der dem Alkohol sowie jedweder Drogen seit jeher abhold war, hatte ohnehin vor, Romy, die seit geraumer Zeit in trunkener Schwere an ihm hing, in den Club zurückzufahren. So zwängten sich Köbi und Alwine auf den Notsitz und Nunziato steuerte den Porsche, unbeirrt durch Romys Lockenkopf, der vorerst an seiner Schulter ruhte, um alsdann, nach einer rasant genommenen Rechtskurve, auf dessen Schoß abzurutschen, in die Kalkbreite und schließlich durch die Langstraße, wo er mit gelegentlichem Hupen auf sich und sein Gefährt aufmerksam zu machen suchte.

Nachdem Romy an ihrem Arbeitsplatz und Alwine in Köbis Wohnung angelangt waren – Köbi wollte des Wohlergehens seiner Freundin versichert sein und blieb noch ein Weilchen auf der Bettkante sitzen –, fuhren die beiden Männer zurück zur Villa.

Dort bot sich ihnen eine gespenstische Szenerie. Der Garten lag in völliger Dunkelheit, die Lautsprecher jedoch schienen noch mehr aufgedreht. Die Rückkehrer stießen im taufeuchten Rasen an Gläser und Flaschen. Bonieri stolperte über einen Körper, der reglos in der Wiese lag.

Lediglich im Innern der Villa war noch etwas wie Leben auszumachen. Dort steckte Jesús, ein junger Chilene, zwischen zwei Tritten in der Wendeltreppe fest. Er hatte versucht, auf allen Vieren in den oberen Stock zu gelangen, und sich bei diesem Vorhaben – da er den Aufstieg im Gegen- statt im Uhrzeigersinn in Angriff nahm – mit dem Brustkorb zwischen dem fünften und sechsten Tritt verkeilt. Er zappelte ungestüm mit den Beinen, wobei er um ein Haar eine schlanke, kristallene Vase, die blumenlos auf dem Boden neben der Treppe stand, umstieß.

Fratzke erhob sich schwerfällig aus dem Sofa und versuchte, den Eingeklemmten aus seiner misslichen Lage zu befreien. Er riss den Ärmsten mit seiner geballten Seemannskraft in willkürlichem Wechsel an den Armen und Beinen, wodurch er dessen Verkeilung gar noch zementierte. Der arme Jesús quittierte Fratzkes stümperhafte Bemühungen mit markerschütternden Schreien. Schließlich ließ der Matrose mit der lapidaren Feststellung: „Der Olle steckt janz schön fest", von dem Unglücklichen ab.

Ein hagerer Kerl mit John Lennon-Brille und Spitzbart, den niemand kannte, der sich jedoch seit seinem Erscheinen am frühen Nachmittag in dümmlichem Philosophieren gefiel, schaute sich die Szenerie aus dem Polstersessel an. Seine knochigen Beine hingen über der wulstigen Lehne, während er, einen Whisky in der Hand, mit dem Gebaren eines Dozenten zu einer Erklärung des Malheurs ansetzte:

„Der gute Jesús, in der südlichen Hemisphäre geboren und aufgewachsen, hat die Treppe, der Macht der Gewohnheit unterliegend, von der falschen Seite in Angriff genommen, weil sich dort unten alles im Gegenuhrzeigersinn dreht. Die Luft- und Wasserwirbel, die Senoritas beim Tango, selbst die Schrauben ..."

„Du verzele Schissedrägg. Bringe lieber Schrubezier", herrschte ihn Bonieri an, da er einsah, dass man den Chilenen mit allem Reißen und Zerren und schon gar nicht mit nichtsnutzigen Thesen aus seiner misslichen Lage zu befreien vermochte. Köbi reichte ihm das gewünschte Werkzeug und Bonieri versuchte unverzüglich, die Schrauben vom fünften Tritt zu lösen. Die hölzernen Stiegen waren auf metallene Winkel gebettet, die ihrerseits an die kunstvoll geschwungenen Wangen geschweißt waren. Jeweils vier Schrauben banden die Buchentritte an die Winkel. Bonieri vermochte deren zwei zu lösen, doch die restlichen zwei taten keinen Wank. Nun sah er keine andere Lösung, als einen Tritt abzusägen. Da Nunziato Bonieris Sinn unstreitig nach spektakulären Aktionen stand, kam für ihn nichts Geringeres als eine Motorsäge in Frage.

Vergeblich suchte er im Geräteschuppen hinter dem Haus nach dem gewünschten Gerät, da die Umgebungsarbeiten auf dem Brunstein'schen Grundstück periodisch von einem Gärtner, der seine eigenen Gerätschaften mitbrachte, erledigt wurden. Kurzerhand setzte sich Bonieri in den Porsche und fuhr im Morgengrauen zur Hotelanlage des „Vue du Lac", um nach einer Dreiviertelstunde mit „seiner Husqvarna" zurückzukehren.

Die vorhin noch dröhnenden Boxen waren mittlerweile verstummt und die gesamte verbliebene, etwa zehnköpfige Gesellschaft döste oder schlief bereits in verschiedenen Winkeln des Salons, einzelne im Garten. Nur mehr Köbi saß auf der Treppe neben dem kaum hörbar wimmernden Jesús, dessen Kopf, Beine und Arme scheinbar leblos herunterhingen. Während der Italiener pflichtbewusst den Ölstand der Motorsäge kontrollierte, setzte er den Chilenen in Kenntnis, dass er mit dieser Husqvarna in der Parkanlage des Hotels schon einige gigantische Bäume gefällt hätte. Als der Verkeilte das Schwert der Säge eine Handbreit neben seinem Kopf gewahrte, stieß er grauenerregende, hochtonige Schreie aus. Bonieri ließ sich dadurch nicht beirren und warf mit gravitätischem Gehabe die Motorsäge an. Es krachte fürchterlich im Salon, sodass einige der Schläfer synchron hochschossen. Köbi stand bereit, um den Eingeklemmten nach dem befreienden Akt aufzufangen. Als das Sägeschwert eine Handbreit neben des Chilenen Brustkorb ansetzte, rief dieser mit matter Stimme etliche Heilige an, doch alsbald hatte der handwerklich geübte Neapolitaner den Tritt mit sauberem Schnitt durchgetrennt.

Verfrühte Rückkehr

Am Sonntag um die Mittagszeit kehrten Alon und Judith früher als geplant aus Mailand zurück. Ein kräftiges Tief mit Zentrum über dem Golf von Genua hatte ihnen die geplante, abschließende kulinarische Exkursion ins Piemont vergällt. Die Rückreise war beschwerlich, hatte es doch auf der Alpensüdseite anhaltend und kräftig geregnet. Zudem mussten sie den gesamten Gotthardpass im Schneckentempo hinter einem belgischen Reisebus herfahren, da sich zum Überholen nie eine Möglichkeit ergeben hatte und sich der Chauffeur des Busses, den durch wohl allzu penetrantes Hupen zum Ausdruck gebrachten Aufforderungen Alons, ihn durch Ausbiegen in einen der diversen Parkplätze vorbeizulassen, standhaft widersetzte. Selbst die Hoffnung auf den üblichen Kaffeehalt von Bus-Reisegesellschaften auf dem Hospiz hatte sich nicht erfüllt.

Als die entnervten Brunsteins endlich ihr Zuhause am Zürichsee erreicht hatten, fanden sie zu ihrem Erstaunen das schmiedeeiserne Portal zu ihrem Anwesen speerangelweit offen. Alon parkte auf dem Platz vor dem Haus. Der Lägernkies knirschte unter dem Gewicht des schweren, englischen Luxuswagens.

„Was zum Teufel ist hier los?", rief Alon, als er gewahrte, dass auch die Haustüre offen stand und stürzte hastig zum Eingang der Villa.

Beinahe wäre er im Entree über eine Rotweinfasche gestolpert, die mitten auf dem handgeknüpften Perser lag. Als er die halbvolle Flasche aufnahm, ergoss sich ein Schluck ausgerechnet über ein helles Segment des zum überwiegenden Teil in Dunkelrot gehaltenen Prunkstücks. Ein flüchtiger Blick auf die Weinetikette verriet ihm, dass es sich bei der Flasche um eine der zwölf 59er Bordeaux handelte, die ihm zu Ehren seiner vor einem halben Jahr erlangten Professur von der Leitung der Universität übermacht wurden.

Judith, mit ihrer Reisetasche in der einen und Tikva an der anderen Hand, hielt auf der Türschwelle inne und erschrak zunächst ob des entsetzlichen Gesichtsausdrucks ihres Mannes, der sie in seiner vollkommenen Wandlung an Mr. Hyde erinnerte. Alon schritt nun wortlos, die Flasche stetsfort mit seiner rechten Hand umklammernd, zur Wendeltreppe, um nachzusehen, ob Alwine auf ihrem Zimmer sei. Doch noch ehe er die erste Stufe erklommen hatte, schmiss er die Flasche, einen wüsten Fluch ausstoßend, an die weiß getünchte, bildlose Wand. Just an jene Wand, welche er mit einem am gestrigen Tage in einer Mailänder Galerie erstandenen, sündhaft teuren Ölbild zu dekorieren gedachte. Die Flasche zerbarst in tausend Stücke, wobei der vortreffliche Saft auf dem kahlen Grund einen bordeauxroten Fleck hinterließ – eine Zufallskunst, wohl von weit höherem künstlerischen Wert als jene, dieser unschuldigen Mauer angedrohte, stillose Malerei eines Römer Dilettanten.

„Der Tritt", rief Alon mit irrem Blick über die Schulter blickend Judith zu, während seine zitternde Hand auf die fehlende Stufe wies.

Derweil räkelte sich das letzte menschliche Relikt des Festes zwischen Schilfbüschen am Ufer des Sees. Die erbarmungslose Mittagssonne, die sich um die hohen Parkbäume gewunden hatte, schien dem Verkaterten mittlerweile glutheiß ins Gesicht. Sein schweißnasses T-Shirt klebte an seinem Körper, als er das Anwesen von den Eigentümern unbemerkt verließ; denn Alon kontrollierte im Keller den Bestand seiner Weine, währenddessen Judith in ihrem Zimmer die weinende Tikva tröstete.

Auf der Seestraße kam dem Langschläfer der Renault von Köbi entgegen, der soeben auf den Privatweg der Villa einbog. Köbi hatte sich mit Alwine aufgemacht, um, ehe die Brunsteins zurückkehren würden, Wohnung und Garten so gut es eben ging wieder instand zu stellen. Das schauerliche Relikt eines aus den Fugen geratenen Festes stellte sich mit wackligen Beinen vor das Auto und unterrichtete die beiden von der Ankunft der Eigentümer. Alwine riet Köbi dringend zur Umkehr, da sie Alon nur allzu gut kannte und diesem Choleriker in der ersten Aufwallung seines Zorns keinesfalls ins offene Messer laufen wollte.

„Ich werde heute Abend anrufen und hoffentlich mit Judith sprechen können", sagte sie, als sie mit dem Verkaterten auf dem Rücksitz wieder stadteinwärts fuhren. „Auch dies wird kein Zuckerschlecken werden, schließlich, und dies macht die Sache nicht einfacher, habe ich doch volles Verständnis für ihre Wut, welche mir bestimmt entgegenschlagen wird, und werde mich auch auf etwelche Konsequenzen gefasst machen müssen. Ach, wären wir doch in der Wahl der Gäste selektiver vorgegangen", lamentierte sie.

„Ich werde jedenfalls für alle entstandenen Schäden aufkommen, so auch für die im Keller fehlenden Weine", beeilte sich Köbi zu versprechen.

„Das wird dich eine schöne Stange Geld kosten; dies tut mir leid, aber es wird wohl das Mindeste sein, auf das wir uns gefasst machen müssen."

„Dieses Fest war meine Idee und dass es aus dem Ruder lief, habe ich selbst zu verantworten. Dafür werde ich geradestehen und ich möchte mich dafür einsetzen, dass dein nun wohl gröblich ramponiertes Einvernehmen mit deinen Zieheltern wieder ins Lot kommen wird."

Alwine hatte Glück. Als sie am Abend in der Villa Brunstein anrief, meldete sich sogleich Judith am Apparat. Diese schoss unverzüglich mit einem Monolog los, welcher sich, gespickt mit Vorwürfen, über die Aufzählung der entstandenen Schäden in Haus und Garten, fehlender Weine, bis zu etlichen halbleeren Schnapsflaschen hinzog und letztlich in der eindringlichen Warnung vor dem Gemütszustand Alons gipfelte. Ihr Mann, schloss Judith, habe einen Nervenzusammenbruch erlitten und erwarte sie beide am morgigen Montag um 18 Uhr zu einer Besprechung in der Villa. Den unmissverständlich vorgetragenen, schwerwiegenden Vorhaltungen zum Trotz, vermeinte Alwine in Judiths Stimme eine gewisse Solidarität herausgehört zu haben. Dieses partielle Verständnis, so hoffte Alwine, dürfte denn auch beim morgigen Alon'schen Tribunal besänftigend einwirken und ihr zu einer gelegenen, wenn auch kaum entscheidenden Rückendeckung gereichen.

Als Alwine am Montagabend mit Köbi über den knirschenden Kies zur Villa schritt, kam ihnen Judith mit einem gefrorenen Lächeln und vom Wind zerzausten Haaren entgegen und führte sie wortlos in den Rittersaal, woselbst Alon, ebenso wie samstags Anatol Nussbaumer, stirnseitig zwischen den beiden Ritterrüstungen thronte. Durch das Fenster zu seiner Rechten blinkte die Sturmvorwarnung des gegenüberliegenden Ufers. Alon funkelte die beiden kriegerisch an und begann, ohne ein Wort der Begrüßung, unverzüglich mit der Auflistung der Schäden, welche die Orgie, wie er das samstägliche Fest unverhohlen bezeichnete, in seinem Haus gezeitigt habe.

Danach, als hätte er diesen eben erst wahrgenommen, fragte er Alwine mit einem knapp gehaltenen, seitlichen Kopfheben Richtung Köbi: „Ist dies dein Freund?"

Anstelle von Alwine antwortete nun Köbi, der sich vorerst mit aufrichtigen Worten für das Veranstalten des Festes und dessen leichtfertig entglittene Kontrolle entschuldigte, um alsdann dem Professor Brunstein zu versichern, dass er uneingeschränkt für jedwede entstandene Schäden, sobald ihm eine Auflistung der anfallenden Kosten vorliege, aufkommen werde.

„Ich will es kurz machen", fauchte Alon, „da ich nicht wissen will, wer Sie sind und wessen Standes Sie abstammen. Es ist mir jedoch daran gelegen, dass Sie mein Haus rasch möglichst wieder verlassen. Ich werde Ihnen die komplette Schadensliste zukommen lassen. Sie werden den Totalbetrag binnen zehn Tagen nach Erhalt auf mein Bankkonto einbezahlen. Nun gehen Sie, ich möchte Sie nie mehr sehen. Ihre Anschrift können Sie meiner Frau hinterlassen."

Bereits zehn Tage später erhielt Köbi von Professor Brunstein eine detaillierte Rechnung über den Gesamtbetrag von 4235 Franken. Nebst der Offerte des Schreiners für das Ersetzen des Trittes, derjenigen des Malers, der Rechnung für den (nicht gleichwertigen) Ersatz der vier Flaschen Bordeaux sowie diverser Spirituosen, jener der Teppichreinigung (wobei Alon bleibender Flecken wegen einen Minderwert geltend machte) schlugen vor allem Fakturen einer Gebäudereinigungsfirma sowie des Gärtners zu Buche. Beigeschlossen war auch die Kopie einer Buße der Seepolizei wegen unerlaubten Festmachens eines Ruderbootes am Landungssteg der Zürcher Schifffahrtsgesellschaft am Bürkliplatz, garniert von 85 Franken Gebühr für die Rückführung des Objekts an dessen Besitzer.

Alwine, die sich seither von den Brunsteins fernhielt und in Köbis Wohnung logierte, fiel alsbald einer tiefen Niedergeschlagenheit anheim. Sie war zerrissen von der Sehnsucht nach Tikva, sie vermisste Judith und verließ die Wohnung lediglich für ihre Arbeit am Unispital. Einmal noch kehrte sie in die Villa am See zurück, um die Zweitschlüssel zu Köbis Wohnung zu holen. In der Schublade des Nachttischchens fand sie jedoch lediglich die Briefe ihrer Mutter, die hintere Ecke, wo die Schlüssel stets lagen, war leer.

Köbi konnte sich während dieser schwierigen Zeit trotz besten Willens nicht hinreichend um Alwine kümmern, da seine Eltern auf einer dreimonatigen Weltreise weilten und die zusätzlichen Verpflichtungen im „Vue" ihn allzu sehr in Anspruch nahmen. So verbrachte Alwine Abend für Abend in dem Loch in der baufälligen Mietskaserne im Kreis 4. Selbst Angeboten von Heidi und auch Toblerohne, die sich ihrer annehmen wollten, vermochte sie nicht Folge zu leisten und erstarrte vollauf in ihrer lähmenden Einsamkeit.

Alon indessen, überzeugt, dass Alwine von diesem Köbi ungut beeinflusst werde, setzte sich zum Ziel, die Abtrünnige bis zur Rückkehr seines Kollegen Katz aus den Staaten wieder in den Schoß ihrer Familie an die Villa am See zurückzuführen. Der Befindlichkeit Alwines ungeachtet, verfolgte er sein Vorhaben, sie mit dem Kernphysiker zu verkuppeln, weiter.

Der Psychoterror

Karl Hürlimann, genannt Charlie, schlurfte missmutig zum Telefon, welches mit penetranter Hartnäckigkeit sicher schon ein Dutzend Male geklingelt hatte. Er fühlte sich elend, sein Kopf hämmerte und der Magen schmerzte. Der gestrige Abend im Nationalhof, an welchem er in sauglatter Gemeinschaft bis zur Polizeistunde ein Bier ums andere getrunken hatte, rief sich marternd und mahnend in Erinnerung. Wer mochte ihn um diese Stunde anrufen und zudem mit einer solch unverschämten Beharrlichkeit?

„Hürlimann. Woher haben Sie meine Nummer? Aha, vom Inserat in der Zeitung. Geht es nicht eine halbe Stunde später? Also, bis dann, Adieu."

Charlie, ein arbeitsloser Elektromonteur, bot seine Dienste seit ein paar Monaten in einem Kleininserat im Stadtblatt an: *Detektei Hürlimann, Ermittlungen – Bewachungen – Beschattungen.* Die Geschäfte freilich liefen nicht gut, es war erst der zweite Anruf bei vier Inseraten in der Großauflage.

Er schluckte vier Kopfwehtabletten, trank, während er sich ankleidete, zwei Tassen schwarzen Kaffee und verließ die Wohnung. Von der nahen Kirchturmuhr schlug es halb elf.

Charlie tat, seiner misslichen Verfassung ungeachtet, gut daran, sich um diesen Auftrag zu bemühen, denn er war völlig pleite, hatte da und dort schon Schulden gemacht. Seinen Hund hatte er vergangene Woche ins Tierheim gegeben, da das Geld für dessen Futter nicht mehr reichte. Die Hundemarke hatte er ihm zuvor noch abgenommen. Sie hing seither an einer protzigen, silbernen Halskette und verlor sich in Charlies dichtem blondem Brusthaar, welches er mit stets bis zum vierten Knopf aufgeknöpftem Hemd der Damenwelt nicht vorenthielt und von dessen Wirkung er sich allerhand versprach.

Auf elf Uhr hatte er sich mit dem potenziellen Auftraggeber auf der östlichen Bank eines nahe gelegenen Parks verabredet. Pünktlich durchquerte der Laiendetektiv die Grünanlage und ließ sich auf besagter Sitzbank nieder. Er streckte seine zu kurz geratenen Beine aus und zündete sich eine Brunette Doppelfilter an. Charlie hatte kaum zwei Züge getan, als sich ein elegant gewandeter Herr neben ihn auf die Bank setzte. Charlie schmiss die just angerauchte Zigarette über die Schulter. Der Elegante gab sich mit gedämpfter Stimme als der Anrufer von vorhin zu erkennen.

Das Gespräch dauerte keine zehn Minuten. Man war sich denn auch schnell einig, zumal Charlie Hürlimann exakt das schmierige, zu etwelchen Aktionen jenseits der Grenze der Legalität bereite Subjekt der Demimonde zu verkörpern schien, welches dem noblen Herrn für seinen Auftrag vorschwebte. Der Elegante seinerseits strahlte in der Wahrnehmung Charlies Kapitalkraft aus, die der Auftraggeber schließlich durch das in Aussicht gestellte, fürstliche Honorar akkurat untermauerte.

Der Herr übergab Charlie einen Haus- und einen Wohnungsschlüssel und trug ihm auf, binnen zweier Tage je ein Duplikat anzufertigen.

„Sie bringen mir übermorgen die zwei Originale zurück. Wir treffen uns zur gleichen Zeit am selben Ort", ordnete er in gebieterischer Manier an und ging seines Weges.

Charlie hatte seine respektablen Beziehungen zur Halbwelt spielen lassen und händigte seinem Klienten beim nächsten Treffen im Park fristgerecht, mit wichtigtuerischer Nonchalance die beiden ihm anvertrauten Schlüssel aus. Darauf ließ Charlie die Duplikate gleich Jagdtrophäen an seinem Zeigefinger baumeln, bis der Elegante ihn anherrschte, er solle die Schlüssel auf der Stelle einstecken, und ihn sogleich mit weiteren Anweisungen versah. Zufrieden, mit den 500 Franken Vorschuss in der Tasche, den er sich bei der ersten Begegnung erbeten hatte, verließ Charlie den Park.

Drei Tage darauf machte Alwine in Köbis Wohnung eine unheimliche Entdeckung. Als sie abends nach Hause kam, bemerkte sie im Aschenbecher auf dem Küchentisch einen Zigarettenstummel mit braunem Filter. Da sie und Köbi beide weißfiltrige Gauloises rauchten und Alwine den Aschenbecher am Abend zuvor noch geleert hatte, ging sie beunruhigt hinaus zur nächsten Telefonzelle und wählte die Nummer vom „Vue". Köbi wusste auch keine Erklärung und schlug vor, am Montagabend gemeinsam den Hauswart aufzusuchen.

Herr Rizzo, ein schnauzbärtiger Sizilianer, öffnete die Türe seiner Parterrewohnung und bedeutete Alwine und Köbi, ohne nach dem Grund ihres Besuches zu fragen, mit gewandter Handbewegung, dass sie willkommen seien und eintreten sollten. Mit nach wie vor ausgestreckter Elle dirigierte Salvatore Rizzo, dessen wohlgerundeter Bauch an eine Wassermelone erinnerte, die Besucher in kordialer Manier in die Küche. Der einstige Schweißer der Maschinenfabrik Oerlikon übte seit seiner vorzeitigen Pension vor drei Jahren das Amt als Hauswart mit großer Hingabe aus.

Kaum hatten die beiden am Küchentisch Platz genommen, drehte ihnen der Hauswart den Rücken zu, schraubte den achteckigen Kaffeekocher auf und füllte ihn mit Wasser aus einer Chianti-Korbflasche. Sein knappes „Caffè" klang eher nach Aufforderung denn nach Frage.

„Herr Rizzo, sind Sie kürzlich in meiner Wohnung gewesen?", fragte Köbi etwas vorschnell in des Hauswarts Rücken.

Überrascht drehte sich Rizzo um: „Non, perché?"

Rizzo hatte sich während seiner dreißig Jahre in der Schweiz lediglich rudimentäre Deutschkenntnisse erworben, hingegen die Gastfreundschaft seines Heimatlandes bewahrt.

„Wir vermuten, dass uns jemand während unserer Abwesenheit besucht hat."

„Gestohlen etwas?", wollte Rizzo wissen, während hinter ihm der hochsteigende Kaffee blubberte.

Alwine verneinte kopfschüttelnd.

Sichtlich beruhigt goss Rizzo den Kaffee in die dickwandigen Espresso-Tassen.

„Zucker?", fragte er.

„Nein, dies wäre doch zu schade um den besten Espresso nördlich des Gotthards. Wenn Sie mir jedoch eine Zigarette hätten, ich habe die meinen in der Wohnung oben vergessen."

Rizzo griff hinter sich auf die Abdeckung des Küchenbuffets und streckte ihm ein Päckchen „Stella-Filter" entgegen.

Köbi war erleichtert, als seine Lippen die Zigarette mit dem weißen Filter umschlossen, denn es hätte ihn betrübt, wäre auf diesem herzensguten Menschen auch nur der Schatten eines Verdachts haften geblieben. Und wäre Rizzo dennoch in der Wohnung gewesen, wäre er als Hauswart ohnehin kaum um eine Erklärung verlegen gewesen.

Alwine hingegen, die gehofft hatte, dass sich die Angelegenheit durch das Gespräch beim Hauswart klären würde, machte ein finsteres Gesicht.

Rizzo indessen freute sich über die Komplimente, die seinem Espresso zuteilwurden, und verriet ihnen sogleich das Geheimnis dessen exquisiten Aromas. Nebst dem frisch und sehr fein gemahlenen Pulver einer torrefazione della meridionale sei das Wasser mitentscheidend, für welches er eigens jede Woche einmal nach „Oggefeld – isch bi Bulagg" fahre. Dort hätte es einen Bach, dessen Wasser sich ideal für den Kaffee eigne. Das Resultat bestätige, dass sich jeder Kilometer nach Hochfelden lohne, stellte Köbi sehr zur Freude Rizzos fest.

„Herr Rizzo, Sie waren gestern bestimmt nicht in unserer Wohnung?", wiederholte Alwine verzweifelt die Frage von vorhin.

„Per l'amor del cielo", rief er mehr Hilfe ringend denn ungehalten, indem er die Arme hochreckte und mit seinem, den Himmel anflehenden Blick, bereits an der fleckigen Küchendecke scheiterte.

Gestern sei er den ganzen Tag im Bocciaclub „Schwammdink" bei der Vereinsmeisterschaft gewesen. Die ersten Jahre in der Schweiz, als seine herzensgute Ophelia noch bei ihm gewesen sei, hätten sie nämlich im Kreis 12 gewohnt. Und dem dortigen Bocciaclub sei er halt, obwohl er nun bereits über zehn Jahre im Kreis 4 wohne, treu geblieben. Er streckte erneut seine kräftige Elle aus, die in einer übergroßen Hand ihren würdigen Abschluss fand und ließ ihn seine Gäste ins Wohnzimmer folgen. In den Nischen einer monumentalen Wohnwand, an welcher sich an einigen Stellen das Nussbaumfurnier gelöst hatte und den Blick auf den darunter liegenden, hellen Pressspan freigab, standen unzählige zinnerne, silbrige und vergoldete Pokale. Selbst die hinter geschliffenen Glasschiebetüren gelegenen Regale für Geschirr sahen sich von den schwülstigen Trophäen erobert. Der leidenschaftliche Bocciaspieler ließ es sich nicht nehmen, die Geschichte einiger ausgesuchter Pokale eingehend zu erläutern.

Schließlich, nach zwei weiteren Runden Kaffee, wurden die Besucher unter der Wohnungstür, wo Rizzo ihnen noch zwei Flaschen Sugo seiner 85-jährigen Mutter aus Ragusa in die Hände drückte, verabschiedet.

Am Samstag derselben Woche hatte sich Köbi mit Alwine im „Ring" verabredet. Das „Vue" konnte ihn an jenem

Abend entbehren, und Köbi hatte Alwine nach zähem Ringen dazu überreden können, mit ihm ins Kino zu gehen. Das hämmernde Geläut der Stadtkirche hatte eben die siebte Abendstunde verkündet, als Alwine die Wirtsstube betrat. Ihre verhärmte Miene widerspiegelte die himmelschreiende Tragödie ihres Daseins. Nur flüchtig, als sie Köbi, der am runden Tisch saß, gewahrte, verklärten sich ihre fahlen Augen auf wundersame Weise.

Im kleinen Kino im Seefeldquartier wurden vorwiegend Independent-Filme gespielt, die auf kleineren Filmfestivals einen der diversen Preise ergattert hatten. Köbi hatte den Streifen ausgewählt, zumal er von einem oberösterreichischen Regisseur stammte, von dem Alwine freilich noch nie was gehört hatte. Der Film, „Frustland" von Gregor Filter, spielte in unmittelbarer Nähe von Alwines Heimat und zeigte einen grandiosen Albin Spreizer in seiner Traumrolle schlechthin, in welcher er einen Kellner einer Backhendlstation in Wels gab, der in der Schlüsselszene sein vielleicht tausendstes Backhendl angewidert von sich gestreckt quer durch die Gaststube trägt, um es alsdann mit dem Rücken zum Gast zu servieren.

Draußen, aber noch immer mitten im Film, lehnten sie sich auf einer Rasenfläche zwischen dem See und dem Restaurant „Wienerwald" an einen gewaltigen Baumstamm, rauchten einen Joint und beobachteten die Kellner in ihren moosgrünen Gilets, welche im Gegensatz zum Filmhelden noch unverbraucht wirkten und mit dem Servieren von Backhendln nicht die geringste Mühe bekundeten.

Sie trennten sich vor dem Opernhaus. Köbi musste schließlich doch noch einen Einsatz an der Hotelbar leisten, da nach einem Bankett noch einige Gäste erwartet wurden.

Schade, sinnierte Alwine, während sie am Pfauen auf den Trolleybus wartete. Liebend gerne hätte sie Köbi nach diesem schönen Abend bei sich gehabt. Vor einem guten

Monat hatte sie mit ihm geschlafen. Es war das erste Mal gewesen, und sie hatte sich am anderen Morgen befreit gefühlt und war denn auch stolz, dass es ihr gelungen war, die Mauer der Abscheu, hinter welcher sie seit der Vergewaltigung gefangen war, zu durchbrechen.

Als Alwine kurz nach Mitternacht die Wohnung betrat, stach ihr ein widerlicher Geruch in die Nase. Sie wollte Licht machen im Gang, doch die Birne versagte ihren Dienst. Nun betätigte sie hintereinander die Lichtschalter der Küche und des Wohnzimmers – es blieb dunkel. Mit dem Feuerzeug in der Hand ging sie hinaus ins Treppenhaus zum direkt neben ihrer Wohnungstüre angebrachten Sicherungskasten. Zunächst dachte sie sich nichts dabei, da die Sicherung schon öfters durchgebrannt war. Im flackernden Lichtkegel gewahrte sie nun aber, dass die Sicherung des hinter einem kleinen Sichtfensterchen mit: „Wohnung 3. Etage rechts. Licht: Gang, Küche, Wohnzimmer" bezeichneten Sicherungssockels herausgedreht und in ihrer porzellanenen Schraubkappe auf dem Boden des Sicherungskastens lag. Noch immer frei von Argwohn drehte sie die Halterung samt der Sicherung, deren rotes Köpfchen unversehrt war, ins Gewinde des Sockels.

Nun erklang aus der jählings hell erleuchteten Wohnung eine Stimme in grauenerregender tiefer Langsamkeit, die sich ungeahnt binnen Sekunden vom tiefsten Bass zum Bariton hochschwang. „Bist du einsam heut Nacht …", hallte es aus den Boxen; mittlerweile hatte der Plattenspieler die erforderten 45 Touren pro Minute erreicht. Mit zitternder Hand zirkelte Alwine den Tonarm des Plattenspielers in die Ruheposition. Nun war es die absolute Stille, die ihre Furcht einflößende Wirkung tat. Selbst die Reklamation der Frau Riesen, der Nachbarin, die sonst des kleinsten Lärms wegen klingelnd oder polternd an der Wohnungstüre im Hausflur ausharren konnte, blieb aus.

Nach Alwines erstem Schrecken schien alles auf einen Scherz Köbis zu deuten. Doch als sie in die Küche trat, entfuhr ihr ein Schrei, der ihr sogleich in der Kehle abstarb. Auf dem Küchentisch lag in einem mit Senfschlieren verschmierten Teller eine angebissene Wurst. Daneben stand eine halbvolle Flasche Bier.

„Ist da noch jemand in der Wohnung?"

Alwine riss die Einbauschränke im Wohnzimmer auf, schaute auf dem dunklen Balkon nach und ging schließlich ins Badezimmer. In der WC-Schüssel, einem Flachspüler, bei welchem die Ausscheidungen – gleichsam zur letzten Kontrolle – auf einem Podest zwischengelagert werden, bevor man sie mittels Spülung aus dem Blickfeld entlässt, war eben diese Spülung nicht betätigt worden. Angewidert ließ Alwine den WC-Deckel auf die Brille krachen und verließ ohne zu spülen das Bad.

Nun, sie hatte jeden Winkel durchsucht, es befand sich niemand in der Wohnung, doch, dies war offensichtlich, es war jemand da gewesen. Fragen über Fragen zermarterten ihr das Hirn. Alwine schloss die Wohnungstüre und ließ sich im Wohnzimmer auf das Bettsofa fallen. Nun verließen sie die Kräfte, welche ihr zuvor noch zu besonnenem Handeln verholfen hatten. Sie wurde, der muffigen Wärme, die in der Wohnung hing, ungeachtet, von Frösten geschüttelt. Sie war gelähmt von der unappetitlichen, schauerlichen Atmosphäre, welche der fremde Besucher in der Wohnung hinterlassen hatte. Gerne hätte sie Köbi angerufen, doch die Wohnung hatte kein Telefon. Sie wollte weg – irgendwohin, nirgendwohin –, getraute sich jedoch nicht aus der Wohnung. Sie trat auf den Balkon, beugte sich über das Geländer, welches leicht nachgab, da eine Strebe an der Ecke von Rost zerfressen war und blickte hinunter in die Finsternis des Innenhofs. „Weshalb ist die Strebe nicht gebrochen und ich mitsamt dem Geländer in die Tiefe gestürzt", dachte sie. Im nächsten Augenblick wich Alwine angstschlotternd zurück und schloss die Balkontüre. Sie setzte sich an den Küchentisch, auf welchem noch immer der Teller mit der angebissenen Wurst stand. Doch sie gewahrte weder Wurst noch Teller, sie ließ den Kopf auf die Tischplatte fallen, wollte nichts mehr sehen, nichts mehr empfinden.

Als sich die ersten Sonnenstrahlen des erwachenden Tages an den rußgeschwängerten Fensterscheiben brachen, verließ Alwine die Wohnung, trat hinaus in die frische Morgenluft und nahm das Tram zum Hauptbahnhof. Am Billettschalter verlangte sie eine Fahrkarte nach Gstaad.

Auf die stereotype Frage des Beamten: „Einfach oder retour?", fand sie zunächst keine Antwort.

„Einfach, bitte", entschloss sie sich, nachdem sie von dem freundlichen Herrn hinter der Glasscheibe mit einem fragenden, doch keineswegs ungeduldigen Blick gemustert wurde.

Eine halbe Stunde später saß Alwine im Frühzug nach Bern. Sie reiste ohne jegliches Gepäck und hatte sich draußen im Gang auf einen Zweiersitz neben der Toilette gesetzt, da sie sich nicht unter die Leute ins Abteil mischen mochte.

Die Brunsteins besaßen in Gstaad ein Ferienhaus, welches Judith von einer wohlhabenden Tante geerbt hatte. Da Judith diese Woche mit Tikva in den Sommerferien in Portofino weilte und Alon ohnehin keine Zeit und Muße für Ferien aufbringen konnte, war sich Alwine sicher, dass niemand im Haus war und sie sich dorthin zurückziehen konnte, bis sich – wie sie hoffte – das Trauma der vergangenen Nacht wieder legen würde.

In Gstaad angekommen, suchte Alwine sogleich Apollonia Loosli auf, welche die Reinigungsarbeiten im Anwesen der Brunsteins besorgte. Frau Loosli zeigte sich freudig überrascht, denn sie hatte die kleine Österreicherin, wie sie

Alwine nannte, schon lange nicht mehr gesehen. Den Kaffee, welcher ihr angeboten wurde, lehnte Alwine dankend ab, ließ sich von der enttäuschten Spettfrau den Schlüssel des Ferienhauses aushändigen und machte sich ungesäumt auf den Weg zum Chalet.

Alwine hielt sich den ganzen Sonntag hinter verschlossenen Fensterläden verschanzt und ließ keinen Sonnenstrahl eindringen. Sie legte sich auf das Kanapee im Wohnzimmer und wurde bis zum nächsten Morgen von furcht-erregenden Träumen gepeinigt.

So musste sie abermals ihre Vergewaltigung erleiden, wobei obendrein Alon mit Habichtaugen das Treiben umlauerte und ihren Peiniger mit den Worten: „Nur zu, Stögermaier" zu seinem schändlichen Tun ermunterte. Immer wieder erwachte Alwine bachnässig in Angst und Schrecken.

Am Montagmorgen kreisten all ihre Gedanken um die nächtlichen Träume und die beklemmende Nacht in Köbis Wohnung. Keine Judith, kein Köbi, keine Tikva fanden Platz in ihrem Denken.

Die Konsequenz

Beat Rösti sperrte die massive Holztüre seines Haushaltwarengeschäftes auf. Der rüstige 70-Jährige führte den Laden in dritter Generation. Bidu, wie sie ihn hier in Gstaad nannten, hatte sich diesen Frühling nach Jahren des Zauderns zum Entschluss durchgerungen, das Geschäft per Ende September endgültig zu schließen. Viel warf der Laden ohnehin nicht mehr ab. Einen Totalausverkauf indes hatte er nicht geplant. Dies kam nicht in Frage, denn lieber wollte er die verbleibende Ware fortwerfen, denn sie als billiger Jakob unter Preis zu verschleudern. Gute Ware hat seinen Preis. Dies galt vor gut hundert Jahren, als sein Großvater die Handlung gegründet hatte, galt seither immer und hatte „Heïland Stärne" auch weiterhin zu gelten. Bis zum letzten Tag, dem 29. September 1973.

Die Hoffnung freilich, dass einer seiner beiden Söhne das Geschäft dereinst übernehmen würde, hatte sich schon vor Jahrzehnten zerschlagen. Der Erstgeborene hatte das Berner Oberland bereits mit fünfundzwanzig Richtung Salt Lake City verlassen, wo er sich als Skilehrer mehr schlecht als recht durchschlug. Eine Fotografie, die einst in einem Luftpostcouvert angekommen war und seither, dem Verbleichen ausgesetzt, in der Ritze zwischen Glasscheibe und Holzwerk des Stubenbüffets steckte, zeigte, als stummes und einsames Lebenszeichen eines verlorenen Sohnes, den Ruedi im Skilehrerdress vor der Wasatchkette, deren unscheinbare Hügel – auch als die Farben noch stimmten – nach Bidus Dafürhalten den Berner-Alpen nie und nimmer das Wasser reichen konnten. Der Zweitgeborene lebte zwar noch im Dorf, war aber schon als Jugendlicher hoffnungslos dem Alkohol verfallen. Ab und zu begegneten sich Vater und Sohn unverhofft in einem der Gstaader Wirtshäuser. Sie grüßten sich nicht.

Die scharfen Strahlen der Morgensonne, welche sich soeben hinter dem Kamm des Wasserngrates emporreckte, schienen Bidu Rösti geradewegs ins Gesicht. Geblendet schloss er für einen Moment die Augen, und so dauerte es eine ganze Weile, bis er die junge Frau, die direkt vor ihm stand, wahrnahm. Ihr Gesicht verschanzte sich zu einem guten Teil hinter einer riesigen Sonnenbrille. Deren dunkelfarbenen Gläser verbargen ihre verweinten Augen, ihre Verzweiflung, ihre Not. Die unverhoffte Kundin drückte sich um den verdutzten Rösti in den Laden und verlangte in fremdländischem Dialekt nach einem kurzen Seil. Der Händler ging nach hinten und kam mit einem 3-metrigen Chalberstrick, einem in jener ländlichen Gegend gängigen Utensil, zurück. Die Frau nahm den Strick an sich, legte einen 20-Franken-Schein auf den Korpus, und ehe sich Rösti versah, hatte sie die Handlung verlassen.

„Fräulein, Sie bekommen noch 13 Franken 60 zurück", rief er der merkwürdigen Kundin nach. „Jä nu dä", brummte er und langte nach dem Geldschein, um ihn in die Kasse zu legen, die in der mittleren Schublade einer muffigen Schafreite ihren Platz hatte. Die Türe des rustikalen Schrankes brauchte er hierzu nicht zu öffnen, da sein Vater aus praktischen Erwägungen bereits vor Jahrzehnten den aus Sicherheitsgründen die Schubladen knapp überlappenden Falz um ein paar Millimeter gestraft hatte. Denn in ihrem betulichen Berner Oberland hatten sich die Röstis stets sicher gefühlt. Nie wurde bei ihnen eingebrochen, und dies sollte „Heïland Stärne" auch so bleiben.

Eher verstört denn erfreut über sein gutes Geschäft, ging Rösti abermals hinaus, um die Sonnenstoren über den Schaufenstern herunterzukurbeln. Er sah dabei eben noch, wie die geheimnisvolle Fremde auf dem stotzigen Sträßchen, das nach dem Nüweret führte, hinter einer kleinen Lärchengruppe verschwand. Es war eine Sackgasse.

Es stank entsetzlich. Die Verwesung war bereits weit fortgeschritten. Judith stürzte aus dem Haus ins Freie, während Alon wie in Erz gegossen im Innern des Hauses verharrte. Alwine hing, Röstis Chalberstrick um den Hals, an dem mittleren der drei massiven, tannenen Balken, die das Wohnzimmer des ehemaligen Bauernhauses der Länge nach durchmaßen. Dieser mittlere Balken war verkrümmt und ließ just über dem Stubentisch zur Decke eine Handbreit Luft. Ihr Schritt streifte das Blatt des umgekippten Tisches, ihre Zehenspitzen hatten Ellipsen in den Staub des dunklen Holzriemenbodens gezeichnet.

Judith hatte draußen im Garten bereits ihr drittes Papiertaschentuch nassgeweint, als endlich Alon zu ihr an den Gartentisch trat.

„Maßarbeit", befand er trocken.

Dieses eine Wort, diese himmelschreiende Kaltherzigkeit seines nüchternen Befundes, diese Unfähigkeit der Fassungslosigkeit empfand Judith als dermaßen ungeheuerlich, dass sie abermals von heftigen Weinkrämpfen übermannt wurde und schließlich ermattet ihren Kopf auf die Granitplatte des Gartentisches sinken ließ, mit den Händen als Scheuklappen den Sehkreis ihrer Augen vermauernd. Alon legte seine Hand auf ihre Schulter. Mit einem blinden Schlag der Handkante – er traf ihn an der Gurgel – vermochte sie seine aufgesetzte Zärtlichkeit abzuwehren. Alon schrie vor Schmerz auf, drehte sich ab und erging sich hernach gedankenvoll, die Arme auf dem Rücken, die Finger verkrallt, im prächtig angelegten, alpinen Garten. Ein Königreich für eine Zigarette – er hatte vor einem halben Jahr das Rauchen aufgegeben.

„Du warst nicht im Krieg", hätte er schreien mögen, „du hast nicht Hunderte von Exekutionen miterlebt, du hast das Flehen, die Schreie der Todgeweihten nicht gehört. Du hast von den Gefangenen, die sich in Mauthausen in ihrer Verzweiflung über den großen Fels in den Tod stürzten – wenn überhaupt – erst nach dem Krieg in deinen verdammten Schweizer Zeitungen gelesen."

„Unsere Alwine war ein Mensch", stammelte Judith kaum hörbar. Und nun aus voller Brust: „Hast du Scheißphysiker jegliche Gefühle verloren? Wird deine Denkweise ausschließlich durch wissenschaftliche Dogmen dirigiert? Akkurate Analyse statt Teilnahme. Du bist völlig verroht!"

Alon stieß das schwere Gartentor auf, setzte sich in seinen Bentley und brauste das geschotterte Sträßchen hinab ins Dorf, wo er den Vorfall – wie er die Tragödie bezeichnete – auf dem Posten der Berner Kantonspolizei meldete.

Wieder zu Hause, benachrichtigte Judith Jonathan Katz, der im Zuge seines Amerikaaufenthaltes mittlerweile an einem zweiwöchigen Kongress an der Harvard Universität in Massachusetts als Gastdozent im Fachgebiet Quantenphysik referierte, über den Freitod Alwines. Er sei sehr bestürzt, erklärte dieser gefasst, könne sich jedoch unmöglich aus dem hochbrisanten Kongress ausklinken, der sich mit dem gequantelten Energieniveau um die Spektrallinien des Wasserstoffatoms auseinandersetze, und zwar vom unzulänglichen Bohr'schen Konzept bis hin zu den neuesten, vornehmlich den seinigen Erkenntnissen. Er werde wohl, da der Kongress sich noch zehn Tage hinziehe, leider auch die Beerdigung verpassen, wofür sie, Judith, sicher Verständnis habe. Dies hatte sie beileibe nicht, wollte es ihm auch sagen, doch schon knackte es in der Hörmuschel. Aufgehängt oder Störung der internationalen Leitung? Wie auch immer: „Du gequanteltes Scheusal", schrie sie in die taube Muschel, und legte auf.

Zur schlichten Beisetzung – auf weiterreichende religiöse Sakramente wurde in Anbetracht der Umstände verzichtet – reiste auch Alwines Mutter aus Österreich an. Es war dies ihre zweite Reise nach Zürich. Der Vater hatte ihr Drängen, die Tochter ein weiteres Mal zu besuchen, stets zu hintertreiben gewusst. So blieb Frieda lediglich ein anfänglich reger Briefkontakt, der zwar nie gänzlich abriss, jedoch von Seiten der Tochter mehr und mehr ins Stocken geraten war. Die Mutter zeigte sich in tiefer Trauer, zu bedrückt um Fragen zu stellen oder gar Vorwürfe zu erheben.

Gut zwei Monate nach dem Begräbnis lenkte Alon seinen Bentley abermals das stotzige Sträßchen ins Nüweret hinauf. Niemand saß auf dem Beifahrersitz. Die rückwärtige Sitzbank war kahl, die Ringgi und Zofi-Hefte, die einst darauf verstreut lagen, weggeräumt.

Der Herbst war zäh und lag, den gelegentlichen Aufwallungen des Winters trotzend, anmutig und warm über dem Land. Es war das erste Mal, dass Alon alleine für ein verlängertes Wochenende nach Gstaad fuhr.

Als er vor ein paar Tagen beiläufig zu Judith sagte, er freue sich auf die Tage im „Mon Désir", schickten sich die finsteren Wolkentürme, welche sich zwischen ihnen kraft ihrer grundverschiedenen Befindlichkeiten aufgetürmt hatten, erneut an zu kochen.

Blitz und Donner brachen hemmungslos aus: „Du bist vermutlich gar noch stolz darauf, dass es dir nichts ausmacht, zwei Monate, nachdem sich unsere unglückliche Alwine in der Stube erhängt hat, am Tisch zu essen, über welchem Alwine hing. Das Haus ist ja wieder clean; die Leiche durch die Polizei abgehängt, der Strick ist entsorgt und die zuverlässige Frau Loosli hat geputzt und wohl auch ausreichend gelüftet. Ich wünsche dir jetzt schon einen guten Appetit."

Noch vor Ablauf des Jahres wandte sich Judith an einen Anwalt, um die Scheidung in die Wege zu leiten. In ihr Tagebuch schrieb sie: *Mit keiner Träne traure ich der Beziehung*

nach, die längst keine mehr war. Der Boden unserer Ehe ist nicht nur
ausgetrocknet, dessen Erde ist verseucht. Da hilft kein Umstechen und
frischer Humus wäre eine Verschwendung.

Köbi hatte seine Wohnung im Langstraßenquartier gekündigt, die wenigen persönlichen Sachen Alwines in eine Kartonschachtel gepackt und auf dem Estrich im „Vue" deponiert. Er wollte diese intimen Effekten, vornehmlich ein an-
sehnlicher Stapel Briefe, dem Zugriff der Brunsteins entziehen und hatte vor, die Schachtel in etwa zehn Jahren,
sobald Alwines Tochter Tikva im erforderlichen Alter
stünde, zu übergeben.

So geschah es, dass Alwines kärgliche Hinterlassen-
schaft gut zwanzig Jahre vergessen auf dem Dachboden des
„Vue" lagerte. Erst als das Hotel Mitte der 90er-Jahre renoviert wurde und zu diesem Zweck der Dachstock geräumt
werden musste, stieß Köbi auf den ominösen Karton. Augenblicklich beschlich ihn ein beschämendes Gefühl. Er
machte sich Vorwürfe. Würde er Tikva, mit Nachnamen
Brunstein oder Schimpfhuber, ausfindig machen können?

Zwei Tage nach der Entdeckung auf dem Dachboden saß
Köbi in der Küche einer Zwei-Zimmer-Wohnung an der
Gasometerstraße in Zürich, unweit seiner ehemaligen
Wohnung. Die Kartonschachtel stand neben ihm auf dem
Fußboden, die junge blonde Frau kam soeben mit zwei Fla-
schen Bier aus dem Keller zurück. Sie war sichtlich erfreut,
den ehemaligen Freund ihrer Mutter kennenzulernen.

Tikva studierte Germanistik an der Universität Zürich,
war unlängst von zu Hause ausgezogen und hatte diese
Wohnung zusammen mit ihrem Freund Martin gemietet.
Zuvor hatte sie mit Judith eine luxuriöse Attika-Wohnung
in Rüschlikon bewohnt. Die Villa am gegenüberliegenden
Ufer hatte Alon nach der Scheidung verkauft und, nachdem

er wiederholt durch anonyme Morddrohungen antisemitischer Prägung belästigt worden war, die Schweiz Richtung Israel verlassen.

In den folgenden Tagen las Tikva sämtliche Briefe ihrer Großmutter an ihre Mutter. Auch – allen Vorbehalten zum Trotz – einen ungeöffneten Brief, der ihre Mutter zwei Wochen vor ihrem Tod erreicht haben musste. Es waren dies bedrückende Dokumente der Sehnsucht. Auch stand in den Briefen immer wieder von einem gewissen Unhold Stögermaier geschrieben, welcher, dies ging aus den Zeilen unmissverständlich hervor, ihre Mutter damals in Österreich vergewaltigt hatte. Von ihrer Mutter, an welche sie sich nur in Fragmenten zu erinnern vermochte, wusste sie bislang lediglich, dass sie gestorben sei, als sie, Tikva, fünf Jahre alt war.

Auf die drängende Frage nach ihrem leiblichen Vater wusste Judith Folgendes zu antworten: „Dieser war ein rumänischer Landarbeiter, der deine damals noch minderjährige Mutter geschwängert hatte und fortan nie mehr gesehen wurde."

Die jugendliche Tikva fertigte sich nach und nach ein Bild dieses Rumänen. Kräftig gebaut war er, mit schwarzen auf die Schulter fallenden Locken und funkelnden smaragdgrünen Augen. Sogar einen Namen erhielt er: Ilja Popescu. Bisweilen kokettierte Tikva vor ihren Schulkolleginnen mit ihrem Erzeuger und wusste von der einen Liebesnacht ihrer Mutter mit Popescu einige Details zu erzählen. Diese über Jahre konservierte, romantische Mär, sollte nun mit einem Schlag dieser schäbigen, entsetzlichen Wirklichkeit weichen.

Aus den Briefen ging zudem hervor, dass Alwine sehr wohl auf Informationen über ihren mutmaßlichen Vergewaltiger bestanden hatte. So hatte etwa die Mutter die Versetzung Stögermaiers nach Eisenerz gemeldet, und einem Brief, der drei Jahre später datiert war, lag ein Ausschnitt

der „Kronen-Zeitung" bei, in welchem über die Vergewaltigung einer 16-jährigen Schülerin in Eisenerz berichtet
wurde. Darüber stand in der Handschrift der Mutter: *Stögermaier?*

Knapp zwei Monate nachdem Tikva die Briefe der Mutter
erhalten und sie sich versichert hatte, dass Stögermaier
noch immer in Eisenerz lebte, machten sich drei junge
Leute in einem VW-Polo auf den Weg in die Steiermark. Es
war heiß, die Heizung des Autos lief auf vollen Touren, da
der Regler klemmte, während die saftlosen Boxen die Lo-
sung des Papstes nach dem Massaker und den Vergewalti-
gungen von Srebrenica preisgaben: „Die im Balkankonflikt
durch Vergewaltigung geschwängerten Frauen haben nach
christlicher Lehre kein Recht auf Abtreibung; vielmehr sollten sie das Geschehene als einen Akt der Liebe begreifen."

Epilog

Des Rottenführers zweite Karriere

Schwerfällig pflügte der Deckenventilator die verbrauchte Luft im weiß getünchten Büro des Viehzuchtbetriebes Schmadke inmitten der Savannen des Gran Chaco im westlichen Paraguay. Zwei reich befrachtete Fliegenfänger schlenkerten in dessen müdem Luftstrom. Während der Leiter des Betriebszweigs Schweinemast geringschätzig die kahle Wand hinter seinem Gegenüber fixierte, zerquetschte er mit der Kuppe seines Daumens einen flügellahmen Käfer, welcher sich impertinent surrend, in gänzlicher Ohnmacht rücklings auf einem Fetzen Papier liegend, um die eigene Achse drehte. Eine Emulsion aus Blut und Körpersäften besudelte Sergios Arbeitszeugnis. Es war das Original; Sergio besaß keine Kopie.

Der Jefe erhob sich schwerfällig und verließ das Büro. Er musste mal. Als er sich, seinen Penis in der Hand, mit dem Urinstrahl das Toilettenbecken schlecht und recht treffend erleichterte, sprach er: „Mein Kleiner, heute kriegst du noch Arbeit". Denn nach Feierabend hatte er sich wie so oft vorgenommen nach Filadelfia zu fahren, um eine der paar wenigen Nutten, welche jenes Provinzkaff zu bieten hatte, zu vögeln. Seine hochschwangere Frau war abgesehen von den Versorgungen im Haushalt ohnehin für nichts mehr zu gebrauchen. Solche Abende versetzten ihn jeweils in verschiedenster Hinsicht in ein Hochgefühl, denn schließlich war er überzeugt, als netten Nebeneffekt den mittellosen, meist minderjährigen Mädchen mit seinem Geld Gutes zu tun. Er unterließ es, auf den Spülknopf zu drücken, denn der Spülkasten der Marke „Niagara-Falls" gab schon seit Wochen nicht mehr her als ein dürftiges Rinnsal.

In seinem Büro zurück sagte er gleichgültig: „Geh", seine Geringschätzung gegenüber dem unterwürfigen Mestizen akzentuierend auf Deutsch, die Aufforderung mit einer fortscheuchenden Handbewegung übersetzend.

Sergio nahm sein verunstaltetes Zertifikat vom Tisch, bedankte sich für den Empfang, trat auf den Gang hinaus und schloss die Türe geräuschlos. „PEDRO LEHMANN, SUBDIRECTOR" stand auf einem Messingschild in übergroßen Lettern, welches auf der Außenseite angebracht war. Sergio verließ die Hazienda geknickt. Eine weitere Hoffnung auf Arbeit hatte sich soeben zerschlagen.

Des Subdirektors schwerer Körper versank tief in dem schweinsledernen Chefsessel. Er stieß mit dem Schuh leicht an das Pult, sodass der Polstersessel eine Vierteldrehung beschrieb, schlug die Beine übereinander und zündete sich eine Havanna an. Sein leerer Blick schweifte in die öde Weite dieses trockenen, durch den Zigarrenrauch und die staubblinden Fensterscheiben überreich weich gezeichneten Landstrichs.

Seit fast vierzig Jahren lebte Hellfried Schweingartner mittlerweile in Paraguay. Kurz nach dem Krieg hatte er seine wenigen Sachen gepackt und die große Seereise über den Atlantik in eine ungewisse Zukunft angetreten. Eine Zukunft auf einem Kontinent, den er nicht kannte, wo eine Sprache gesprochen wird, die er nicht beherrschte. Während der mehrwöchigen Überfahrt hatte er die Bekanntschaft eines jungen Deutschen gemacht, der wie er, mit ruhmreicher nationalsozialistischer Vergangenheit, die Gunst der Wirrnisse in der Nachkriegszeit nutzte und ehe seine Kriegsverbrechen ruchbar wurden, sich durch Flucht den Fängen der Häscher des Militärtribunals von Nürnberg zu entziehen wusste. Der Deutsche hatte die Adresse einer Rinderzucht in Paraguay in der Tasche, welche ihm sein Onkel kurz vor seiner Abreise zugesteckt hatte. So kam der

Auswanderer Schweingartner gewissermaßen zu seiner Anstellung, noch ehe er einen Fuß auf den fremden Kontinent gesetzt hatte.

Klaus Schmadke führte die Rindermästerei in zweiter Generation. Mitte der Vierzigerjahre schloss er dem Betrieb eine Schweinemast an. Schmadke bediente sich der Kontakte zu seinem Heimatland und rekrutierte für seinen stark expandierenden Betrieb vornehmlich junge, im Schinden und Schlachten versierte Landsleute – menschliche Abfallprodukte des Krieges. Bloß waren fortan Rinder und Schweine an Stelle jüdischer und bolschewikischer Kriegsgefangener ihre Opfer.

Im Jahre 1954, nach der Machtübernahme von Alfredo Stroessner, erhielt Schweingartner durch Vermittlung Schmadkes, welcher beim General in hohen Gnaden stand, eine neue Identität. Fortan war er Pedro Lehmann, geboren 1924 in Asunción, und somit gegen die Verfolgungen weitgehend gefeit, vor welchen sich die faschistischen Kriegsverbrecher auch in Südamerika in Acht nehmen mussten.

Ein Jahr darauf wurde der frischgebackene Lehmann zum stellvertretenden Leiter des Geschäftszweiges Schweinemast befördert. Er ließ sich auf dem Firmengelände eine komfortable Villa, ausgestattet mit den modernsten amerikanischen Küchengeräten, errichten und nahm sich eine junge, bildhübsche Paraguayerin zur Frau, die ihm binnen dreier Jahre drei gesunde, angenehm hellhäutige Töchter gebar. Der einstige Rottenführer hatte ein glückliches, geregeltes Leben und ersetzte im Zehnjahresrhythmus seine Lebensgefährtinnen durch Frischfleisch, wie er es nannte. Mit 63 Jahren wurde er das letzte Mal Vater. Seine Freude war unermesslich, denn es war nach acht Mädchen in vier Ehen der erste Junge. Er gab ihm den Namen Friedrich.

Hablützel unter Mordverdacht

Kaum eine Woche nach dem letzten Besuch des Ehepaares Köppel auf dem Landsitz ihres Freundes Hablützel, las Hartmut Köppel unter dem Titel *Verdächtiger im Tötungsdelikt Heinz B. festgenommen* in einer Schweizer Zeitung Erstaunliches: *Der 72-jährige, im Homosexuellenmilieu bestbekannte ehemalige Thurgauer Industrielle H. wurde gestern an seinem Wohnsitz festgenommen. Es besteht der dringende Verdacht ...*

Für Köppel stand außer Zweifel, dass es sich beim Festgenommenen um seinen langjährigen Geschäftspartner Hablützel handeln musste.

Er schmiss das Schweizer Boulevardblatt auf das Tischchen des Erotik-Clubs „Wet Dreams", in welchem er regelmäßig verkehrte und der seiner Grenznähe wegen von vielen Schweizer Kunden besucht wurde. Nun öffnete sich zu seiner Linken eine Tür. Vom anmutigen roten Neonlicht, welches durch den Türspalt drang, umspielt, wedelte Tina mit ihrer Peitsche und warf Hartmut Köppel schmachtend eine Kusshand zu. Doch der solchermaßen Geköderte winkte ab, setzte sich an die Bar und bestellte sich ein Bier und einen doppelten Apfelkorn. Der Mordverdacht, sollte er sich denn bestätigen, mochte ja noch angehen – aber schwul, der Eugen? Er, Hartmut, hatte ihm vertraut.

„Mit diesem abartigen Sauhund hatte ich eine jahrzehntelange Geschäftsbeziehung", raunte er und bestellte, als müsste er sich nachträglich desinfizieren, einen weiteren Doppelten.

„Das volle Programm, eisenhart", trug er Tina auf, als er die Folterkammer betrat.

Lediglich 48 Stunden später wurde Eugen Hablützel aus der Untersuchungshaft entlassen. Die Ermittlungen führten zum wahren Täter, dem Freund des Opfers, einem Bankangestellten aus Dickihof.

Der Flugunfall Wohlgemuths als Argument gegen Schleudersitze

Kaum ein halbes Jahr nach dem Flugunfall des Konrad Wohlgemuth beriet der Nationalrat während seiner Herbstsession in hitzigen Debatten den Kauf von neuen Kampfflugzeugen für die Schweizer Armee. Ein Parlamentarier einer bürgerlichen Partei aus der Innerschweiz, wohlgemerkt ein bodenständiger Eidgenosse und Befürworter einer starken Schweizer Wehrmacht, brüskierte das Parlament, unter dem Eindruck des Wohlgemuth'schen Unfalls stehend mit seiner Aussage, dass er dem geplanten Kauf der Kampfjets nur unter der Bedingung zustimme, dass die Cockpits nicht mit Schleudersitzen ausgerüstet werden.

„Es darf nicht angehen", befand er, „dass sich Piloten der Luftwaffe auf Kosten der Steuerzahler in gefährlichen Spielen gefallen, um sich dann, wenn's brenzlig wird, mittels Schleudersitz der Gefahr zu entziehen und das Flugzeug herrenlos durch die Gegend sausen zu lassen."

Von der politischen Mitte bis zur Rechten war man sprachlos, während sich die Ratslinke an diesem Votum zumindest amüsierte.

Die vermeintliche Genugtuung des Franz-Eugen Oss

Ende Mai des Jahres 1975 war der Fischergott Petrus Franz-Eugen Oss wohlgesonnen. Der Polizist hatte am vereinseigenen Weiher ein Prachtexemplar von einem Hecht gefangen. Wonnetrunken holte Oss Mitte Jahr den Hechtkopf beim Präparator ab und fieberte dem Moment entgegen, an welchem sein 91er an der Wand über dem Esstisch den 88er seiner Frau Margot dominieren sollte. Nachdem er die Trophäe neben, selbstredend drei Zentimeter über demjenigen seiner Frau festgemacht hatte und sich hinter den Esstisch begab, um die Installation zu begutachten, traf ihn beinahe der Schlag. Der Kopf seines großen Fanges wirkte und war wohl auch schmaler und kleiner, als Margotens 88er. Seine Enttäuschung war dermaßen tiefgehend, dass er hinfort seinen Platz am Esstisch mit seinem Sohn Eugen tauschte, um die beiden verfluchen Hechtköpfe in seinem Rücken zu haben.

Das einsame Ableben des Karl Hürlimann

Karl Hürlimann, der Detektiv, der damals von Alon Brunstein angeheuert, für die Arrangements in Alwines Wohnung besorgt gewesen war, starb mit 47 Jahren an Darmkrebs. An seiner Beerdigung – nichts mehr als eine Urnenbeisetzung im engsten, kaum existenten Familienkreis – nahmen gerade mal fünf Personen, inklusive Pfarrer und einer älteren Dame, die in der Hoffnung auf ein Leidmahl bei jeder Beerdigung auf dem Friedhof Wipkingen auf der Matte stand, teil.

Alon Brunstein prügelt sich in der Knesset

Zweimal noch sollte Judith ihren geschiedenen Mann sehen – jedoch nur am Bildschirm. Anfangs der 1980er-Jahre strahlte die Schweizer Tagesschau einen Bericht über wüste Ausschreitungen in der Knesset aus. In der Mitte des Getümmels prügelte sich, gleich einem Fels in der Brandung, der mittlerweile korpulente Hüne Alon Brunstein, als Abgeordneter der Falken mit Parlamentariern der Tauben. Ein paar Jahre danach sah Judith den einstigen Professor der Universität Zürich in einer Reportage über Siedler auf annektiertem palästinensischem Gebiet. Man zeigte Alon mit umgehängtem Gewehr auf dem Balkon seines Hauses – offensichtlich allzeit bereit, einen palästinensischen Eindringling abzuknallen.

Stögermaiers Schuld 28 Jahre nach der Tat bewiesen

Im Vergewaltigungsfall Schimpfhuber wurde Stögermaiers Vaterschaft von Tikva durch die österreichischen Untersuchungsbehörden post mortem festgestellt und seine Schuld dadurch bewiesen. Mit der Straftat an der Schülerin in Eisenerz hingegen hatte er nichts zu tun. In jener Sache führte der Zufall fünf Jahre nach dem Verbrechen zur Verhaftung eines Kürschners aus Leoben, welcher die Tat nach anfänglichem, hartnäckigem Leugnen kleinlaut gestand.

Tikvas Rückkehr in die Schweiz

Der Prozess gegen Tikva, namentlich das milde Urteil, hatte europaweites Aufsehen erregt. Die Boulevardblätter hatten ihre Heldin und jubelten Tikva hoch, in anderen Medien wiederum wurde der Richterspruch als unterschwellige Duldung der Selbstjustiz angeprangert. Die beiden damaligen Begleiter von Tikva wurden freigesprochen. Das Gericht folgte ihren Aussagen, die Tat sei im Affekt geschehen.

Tikva war zu fünf Jahren Haft verurteilt worden, von welchen sie deren dreieinhalb in der Justizanstalt Schwarzau absaß, um danach wegen guter Führung vorzeitig entlassen zu werden. Dreimal während ihrer Haftzeit erhielt sie Besuch von ihrer Oma, Frieda Schimpfhuber. Die rüstige alte Dame brachte der Gefangenen jeweils Marillenknödel mit und ließ ihre Enkelin in einfühlsamen Gesprächen die weitgehende Billigung ihrer Tat spüren. Die gütige Großmutter war es denn auch, welche vor dem Tor des majestätischen Barockbaus und einstigen kaiserlichen Jagdschlosses die Entlassene erwartete und in ihre Arme schloss.

In der Schweiz hatte Tikva niemanden über ihre bevorstehende Entlassung informiert, denn sie beabsichtigte behutsam in Zürich einzutauchen um alsdann, ihren Launen folgend, ihre Bekannten nach und nach aufzusuchen. Allen voran Judith, die stets zu ihr gehalten und mit welcher sie über die gesamte Dauer ihrer Haft einen regen Briefkontakt gepflegt hatte. Auch hatte diese ihr wiederholt angeboten, für die erste Zeit nach der Rückkehr bei ihr zu wohnen. Ihren damaligen Freund Martin jedoch begehrte sie nicht zu treffen, denn der Kontakt zu ihm war nach einem halben Jahr, währenddessen sich seine Briefe geradezu nachjagten – einmal gar, wurde ein Brief vom nachfolgenden überholt –, abrupt abgebrochen.

Die geplante, klandestine Heimkehr wurde Tikva allerdings gehörig vergällt. Zu groß war das mediale Interesse, welches der Repatriierung der Vatermörderin in den beiden Alpenländern zuteilwurde. Die Zeitungen berichteten hüben wie drüben über die bevorstehende Entlassung Tikvas. Andreas Zaugg, ein Schweizer Reporter, hielt sich gar vor den Pforten der Schwarzau in einer Taxe verborgen, um Tikva nach Wien zu folgen.

An jenem nebelverhangenen Januarmorgen bestieg Tikva den Zug in Wien und reiste, wie vor gut 31 Jahren – damals im Bauch ihrer Mutter – nach Zürich.

Auch Judith, die mittlerweile auf der Redaktion einer Zürcher Zeitung arbeitete, war genau informiert. Sie beabsichtigte Tikva dem Rummel, welcher ihr bei der Rückkehr drohte, fernzuhalten. Hingegen ließ sie es sich nicht nehmen, eine Festlichkeit in kleinem Rahmen zu Tikvas Rückkehr in die Freiheit zu organisieren. Dazu lud sie ein paar handverlesene, ehemalige Studienkollegen ein und reservierte in einer einfachen Beiz in Thalwil ein kleines Säli. Nachdem sie von Andi, ihrem Berufskollegen, aus Wien eine SMS mit der Abfahrtszeit des Zuges erhalten hatte, gab sie den Freunden Tikvas die genauen Koordinaten für den Empfang bekannt.

Am Nachmittag fuhr Judith mit dem Zug nach Wädenswil, dem vorletzten Halt des Zuges aus Sargans nach Zürich. Nachdem sie den Zug, in welchem Tikva gemäß den akkuraten Angaben Andis reisen musste, bestiegen hatte, durchquerte sie während der kurzen Fahrt sämtliche Zweitklasswagen und traf Tikva schließlich – der Zug hatte, kurz vor Thalwil, seine Geschwindigkeit bereits gedrosselt – in einem Sechserabteil in lebhaftem Gespräch mit einem älteren Herrn. Es war Andi Zaugg. Die Begrüßung war kurz, Tikvas Erstaunen groß.

„Schnell raus hier", raunte Judith, „im Hauptbahnhof wartet ein ganze Armada von Journalisten auf dich."

Und im Hinausgehen sagte sie zum völlig verdutzten Andi: „Tut mir echt leid, dass ich dein Vertrauen missbraucht habe. Doch der Schutz meiner Tochter hat Vorrang. Zumindest konntest du dich durch ein mehrstündiges Exklusivinterview während der Fahrt schadlos halten."

Als Andi die Halle des Zürcher Hauptbahnhofs durchquerte, musste er sich durch verschiedene Grüppchen von Waffen- und sonstigen Narren schlängeln, welche mit diversen Transparenten und lautstark vorgetragenen Parolen für Selbstjustiz, Aufweichung des Waffengesetzes oder für die Todesstrafe demonstrierten. Narren, die Tikvas Mythos für das Verkünden ihrer verschrobenen Standpunkte zu missbrauchen trachteten.

Auf dem kurzen Weg vom Bahnhof Thalwil zum Restaurant klärte Judith Tikva über die Gründe ihres Eingreifens in ihre Rückkehr auf. Obschon sich die Rückkehrerin das Eintreffen in Zürich anders ausgemalt hatte, war sie Judith dankbar für ihre wohlmeinenden Vorkehrungen. Als sie dann im Säli des Restaurants Hecht eintrafen, wurde eine völlig gelöste Tikva von ihren Freunden, unter welchen sich auch Martin und Ueli befanden, liebevoll begrüßt. Judith beobachtete die Szenerie mit der Genugtuung einer erfolgreichen Theaterintendantin. Tikva schien mit sich im Reinen zu sein, in einem Gleichgewicht zwischen Schuld und Sühne, welches sich auch durch ihr herzliches Lachen über den gewagten Scherz offenbarte, den sich Martin geleistet hatte, indem er das Messer von Tikvas Gedeck kurzerhand durch ein Plastikmesser ersetzt hatte.

Danksagung

Mein großer Dank geht an:

Nicole Faisst
Manuela Waeber
Karl B. Schlumpf
Corinna Podlech

Zeitfracht Medien GmbH
Ferdinand-Jühlke-Straße 7
99095 Erfurt, Deutschland
produktsicherheit@kolibri360.de